GIANCARLO
DE CATALDO
MIMMO
RAFELE

ZEIT DER WUT

Unverkäufliches, unkorrigiertes Leseexemplar!

Die Buchhandelsausgabe erscheint als Hartband mit Schutzumschlag am 6. März 2012.

GIANCARLO DE CATALDO
MIMMO RAFELE

ZEIT DER WUT

THRILLER

Aus dem Italienischen von Karin Fleischanderl

FOLIO VERLAG

Die Originalausgabe dieses Buches ist erstmals 2009 unter dem Titel
La forma della paura bei Giulio Einaudi editore, Turin, erschienen.
© der Originalausgabe: Giulio Einaudi editore, Torino 2009

Lektorat: Christiane Keller

© der deutschprachigen Ausgabe
FOLIO Verlag Wien • Bozen 2012
Alle Rechte vorbehalten

Umschlagfoto: © Patrick Zachmann, Magnum Photos

Grafische Gestaltung: Dall'O & Freunde
Druckvorbereitung: Typoplus, Frangart
Printed in Austria

ISBN 978-3-85256-592-7

www.folioverlag.com

Prolog

Land in der Nähe von Knin
Republik Serbische Krajina, 7. August 1995

An dem Tag, an dem das offizielle kroatische Heer Knin zurückeroberte und die *Operation Sturm* die Republik Serbische Krajina hinwegfegte, an diesem Tag erschoss der Kommandant vier seiner besten Männer. Während seine und Pilićs Bande die versprengten bewaffneten Serben verfolgten, die sich den Truppen Franjo Tudjmans nicht ergeben wollten, hatten sie sich in den Hügeln rund um die Stadt aus den Augen verloren. Der verzweifelte Widerstand der Serben flößte dem Kommandanten Bewunderung ein. Auch wenn er aufgrund der komplizierten Umstände gezwungen gewesen war, sich auf die Seite Zagrebs zu schlagen, galten seine Sympathien diesen Kämpfern, die gleichzeitig unbarmherzig und loyal waren und im Grunde nur ihr Leben verteidigten. Pech für sie, dass die weit gestreuten Interessen des Kommandanten in diesem Augenblick keine Kollaboration mit den Serben aus der Krajina zuließen: sonst hätte sich die Geschichte ganz anders entwickelt.

Aber nicht aus politischem Kalkül oder gar aufgrund einer humanitären Regung hatte sich der Kommandant vier fähiger Männer entledigt. Seit vier Jahren tobte auf dem Balkan ein erbarmungsloser Krieg. Und weil es im Krieg darum geht, dem Feind überlegen zu sein, sind Vergewaltigungen, Massendeportationen, Blutbäder und über das Ziel hinausschießende Grausamkeiten, der Soldaten aus allen Lagern frönen, legitime militärisches Mittel. Wenige Wochen davor hatten die Serben unter General Mladić Tausende Frauen und Männer massakriert, nur weil sie Muslime waren. Gewisse Exzesse sind im Krieg nicht nur unvermeidlich, sondern sogar nützlich. Man muss nur begreifen, wann es an der Zeit ist aufzuhören.

Der Kommandant hatte sich zu einer derart extremen Geste gezwungen gesehen, weil er die Notwendigkeit verspürte, eine Grenze zwischen Soldat und Mörder, zwischen Kämpfer und Söldner zu ziehen: kein Kommandant trennt sich leichten Herzens von den Jungs, mit denen er den herben Geruch der Schlacht und Todesgefahr geteilt hat. Auch wenn ein Soldat keinem offiziellen Heer angehört, auch wenn er keine Uniform trägt, fügt er sich widerspruchslos den Befehlen. Der Mörder, der Söldner, verkörpert den anarchischen Aspekt des Kriegs. Eine gewisse Nützlichkeit kann man ihm nicht absprechen. Aber wenn er beginnt in eigener Sache zu arbeiten und das große Ganze zu vernachlässigen, muss er unweigerlich bestraft werden.

Der Kommandant hatte seine vier Männer – die Brüder Dorin, italienische Faschisten aus Mali Lošinj, Mate und Carlo, Ustascha aus Sisak – in einer Höhle auf dem Weg nach Gračac gefunden. Einer von Pilićs Jungs hatte sich ihnen angeschlossen, ein versprengter Söldner, der immer besoffen war. An der Brutalität, mit der sie über das Mädchen hergefallen waren – den zarten Zügen und der verschreckten Schönheit nach zu schließen eine Serbin –, war nichts, was man rechtfertigen konnte, nichts Militärisches. Man hatte die Schlacht gewonnen. Das Gejammer der Pazifisten und der humanitären Organisationen würde bald zu einem ohrenbetäubenden Chor anschwellen. Weitere Grausamkeiten waren unangebracht, sofern sie nicht von einer konkreten und unmittelbaren Notwendigkeit diktiert wurden. So war es noch immer sinnvoll, Männer von Frauen zu trennen, oder aus Rache für die erlittenen Verluste, die Feinde zu erschießen, die man mit der Waffe in der Hand überraschte. Ein kleines Mädchen zu vergewaltigen, war jedoch nicht nur eine überflüssige, sondern mit Blick auf die Zukunft auch eine kontraproduktive Geste.

Der Kommandant befahl ihnen, Haltung anzunehmen. Die Männer würdigten ihn keines Blickes.

– Hört auf oder ich bringe euch um.

Nach wie vor ignorierten die Männer den Befehl. Einer der beiden Italiener lachte und forderte ihn auf, mitzumachen. Der Kommandant legte das Maschinengewehr an und machte sie kalt, einen nach dem anderen. Dann ging er in die Höhle. Ekelerregender Geruch empfing ihn. Nach Blut, Staub, Sperma und Verwesung. Ein paar Schritte von dem Mädchen entfernt lag der aufgedunsene Leichnam eines Zivilisten. Den Arm noch nach ihr ausgestreckt, als wolle er sie beschützen. Der Vater vielleicht, oder ein Verwandter. Oder vielleicht nur irgendein unglücklicher Serbe. Mit einem Tritt stieß der Kommandant die Leiche des Ustaschas von dem Mädchen. Der Tod hatte einen verblüfften Ausdruck auf seinem Gesicht hinterlassen. Der Ustascha hatte nicht geglaubt, dass der Kommandant seine Drohung wahr machen würde. Er war ein Söldner, kein Soldat. Ein Soldat hätte verstanden. Ein Soldat hätte gehorcht.

Das Mädchen war blutüberströmt, und als der Kommandant sich über sie beugte, zuckte sie zusammen und drehte sich weg. Ihre Augen waren weit aufgerissen. An Körper und Seele verletzt, aber das junge Herz schlug noch immer. Der Kommandant flüsterte ihr tröstende Worte zu, das Mädchen schien sich langsam zu beruhigen. Sie war kaum älter als fünfzehn. Sie würde überleben. Sie würde nie vergessen. Der Kommandant wischte ihr den Dreck ab, flößte ihr ein paar Schlucke Schnaps aus seiner Feldflasche ein, hüllte sie in seine Jacke, schulterte sie und trug sie aus der Höhle.

Es war ein heißer Sommerabend, die Sonne ging gerade unter. Die Sonne versengte die Hügel der Krajina. Der Kommandant blieb ein paar Meter vor dem Eingang der Höhle stehen, legte den Körper ins weiche Gras und warf rasch hintereinander vier Granaten ins Innere. Bei der letzten Explosion stürzte das Gewölbe ein und ein Felssturz begrub die aufgedunsene Leiche und die fünf

Söldner unter sich, die sich für Soldaten gehalten hatten. Dann legte er sich das Mädchen wieder über die Schulter und ging zum Lager. Als er in der Dämmerung dort ankam, war die Schlacht vorüber. Präsident Tudjman hatte vor laufenden Fernsehkameras der ganzen Welt erklärt: „Endlich ist der serbische Tumor aus dem kroatischen Fleisch herausgeschnitten worden."

Pilić reichte ihm eine Flasche Sliwowitz, warf einen Blick auf das Mädchen und machte eine vage Geste.

– Kriegsbeute, sagte der Kommandant.

Pilić stellte keine weiteren Fragen. Er hätte auch keine Antwort gegeben.

Zwei Tag später brachte der Kommandant Alissa – so hieß das Mädchen – zum Flughafen von Zagreb. Beide hatten Diplomatenpässe mit falschen Namen. Pilić blieb in Kroatien. Als sie sich verabschiedeten, hatte er ihm einen heimlichen Wunsch anvertraut.

– Ich glaube, sie werden mich zum Minister oder etwas Ähnlichem machen.

– Alles Gute. Aber wenn es schief gehen sollte, denk daran, dass du in Italien einen Freund hast, auf den du dich verlassen kannst.

– Es wird nichts schief gehen. Nicht bei mir.

Pilić war ein Träumer. Die Zukunft hielt höchstens ein internationales Gericht oder eine Kugel in den Nacken für ihn bereit. Aber er war und blieb ein Mann mit tausend Möglichkeiten. Vielleicht konnte er ihm eines Tages nützlich sein.

In der Menschenschlange vor dem Gate warteten sie auf den Flug nach Venedig. Alissa schmiegte sich schweigend an den Kommandanten, zuckte bei jeder Bewegung zusammen, sah ihn mit ihren großen grünen Augen an.

– Ich werde dich nie verlassen, sagte er immer wieder zu ihr, bei mir bist du in Sicherheit, immer.

Das Mädchen zeigte auf jemanden hinter ihr.

Der Kommandant drehte sich um und sah einen drahtigen Mann in den Vierzigern mit schmalem Bärtchen und schütterem Haar. Er sah ihn durch die Glaswand an, die die Ankunfts- von der Abflughalle trennte. Der Kommandant grüßte ihn mit einer ironischen Geste. Sein alter Freund Lupo wandte den Blick ab und ging zum Ausgang.

Während sie an Bord gingen, dachte der Kommandant, dass er wie immer um ein Haar der Katastrophe entgangen war. Lupo in Zagreb bedeutete, dass ein Haufen braver Jungs, die auf der richtigen Seite Blut vergossen hatten, Schwierigkeiten bekommen würden. Wenn Lupo kam, bedeutete das immer Schwierigkeiten.

Aber mittlerweile hatte er nichts mehr mit dem Ganzen zu tun.

Er beugte sich über Alissa, um sie aufzumuntern.

Sie lächelte ihn an. Zum ersten Mal. Der Kommandant verlor sich in diesem strahlenden Lächeln und empfand ein völlig neuartiges und unverständliches Gefühl, halb Sehnsucht nach einem Neuanfang, halb zartes Bedauern. Sie schloss die Augen. Das Flugzeug hob ab.

Erster Teil

Marco

1.

Es begann ganz zufällig, mit einer Bemerkung, die Monica Marino wie nebenbei fallen ließ, während sie sich, eben aus der Dusche kommend, die x-te Zigarette anzündete.
– Bald tut sich was.
Marco Ferri, der sich noch in den rosa Laken räkelte, warf ihr einen zerstreuten Blick zu und beschwerte sich über den Zigarettenrauch. Monica kuschelte sich an ihn.
– Nun komm schon, Marco. Sag mir nicht, dass du nichts davon weißt.
– Offensichtlich ist es nichts Ernstes.
– Was redest du? Morgen fassen wir Pilić.
Marco spitzte die Ohren. Seit drei Jahren liefen sie Pilić und seiner Kroatenbande hinterher. In seiner Heimat galt dieser Pilić als Kriegsheld. In einem Film war er bei einem Angriff auf einen Tschetnik-Posten zu sehen. Man sah einen blonden Burschen mit grauen Augen, der seine Kalaschnikow schwenkte, den Kameramann anlächelte und *Tuc thompson, Kalšnijkov a i Zbrojevka, baci bombu, goni bandu preko izvora* sang, „Entsichere die Thompson und die Kalaschnikow, zünde die Bombe, jag die Banditen"... Seit er mit drei Ex-Söldnern in Rom aufgetaucht war, gingen bereits acht Raubüberfälle, vier Tote und ungefähr zwanzig Verletzte auf sein Konto. Für den Leiter der Kriminalpolizei Alessio Dantini, Marcos und Monicas Chef, waren die vier mit Kokain zugedröhnten Psychopathen zu einer Obsession geworden. Brutal. Entschlossen. Blutrünstig. Und vor allem nicht zu fassen.

Moncia küsste ihn und begann sich anzuziehen. Mit der Zigarette zwischen den Lippen, der Rauch kräuselte in der Luft.

– Mastino hat einen Tipp bekommen, fügte sie hinzu.

Aldo Mastino. Der Chef des Überfallkommandos. Marco kannte ihn kaum. Er hatte den Ruf eines Bullen mit Eiern. Aber Dantini mochte ihn nicht. Marco öffnete das Fenster, um den Zigarettengestank zu vertreiben, und rief seinen Chef auf dem Handy an. Dantini hörte ihm schweigend zu, dann seufzte er leise.

– Ich lass dich in Mastinos Einheit versetzen.

– Der wird keine Freudensprünge machen.

– Ist mir egal. Wenn ich nicht zu diesem verdammten Kongress müsste, würde ich mich persönlich darum kümmern.

– Ich werde mein Bestes tun.

– Klar. Denk daran, dass ich sie lebendig haben will, Marco.

Er legte das Handy auf das Nachtkästchen und schlüpfte in ein T-Shirt. Monica Marino blickte ihn mit verschränkten Armen und besorgtem Blick an.

– Du gehst hin, nicht wahr?

– Ich pass schon auf.

2.

Sie trafen sich im Morgengrauen, in der Garage des Hauptquartiers. Aldo Mastino aus Caserta, Hauptkommissar, klein und gedrungen, spitzes Gesicht, Zigarettenstummel im Mundwinkel. Sandro Perro, Hauptkommissar, fett und schlaff, schiefe Boxernase, legendärer Mundgeruch. Die Polizisten Corvo, Rainer und Sottile. Muskelprotze, kampfbereit. Begeisterte Schützen. Die Falken des Überfallkommandos. Mastino begrüßte Marco ironisch – „da ist ja der Mann des Großen Chefs!" – und zeigte auf das Auto mit den Panzerglasscheiben, das mit dem Logo einer Geldtransportfirma getarnt war.

– Der Coup soll um sieben Uhr stattfinden, wir brauchen zwei Stunden, um uns zu postieren. Wir werden drinnen auf sie warten. Pilić und die Seinen glauben, es handle sich um einfache Beute, um einen Routineraubüberfall ... Sie haben keine Ahnung von dem, was sie erwartet, wir zählen also auf den Überraschungseffekt. Los, nimm die.

Marco blickte die Beretta an, die Mastino ihm reichte, und schüttelte den Kopf.

– Mir ist mein Glücksbringer lieber, antwortete er und zeigte ihm seine Heckler & Koch, die ihm Avram geschenkt hatte, ein Israeli, den er beim Nato-Kurs kennengelernt hatte. Der erste Jude, mit dem er Brot, Salz und eine willige Kollegin geteilt hatte. Mastino nahm ihm die Maschinenpistole ab und wog sie in der Hand, dann gab er sie ihm zurück und nickte überzeugt.

– Du weißt, dass das keine Dienstpistole ist, nicht wahr?
– Dantini hat mir erlaubt, sie zu tragen.
– Ach, ja Dantini ... hat er dir einen Sonderbefehl erteilt, Junge?

– Kein Blutvergießen.

– Unseres oder ihres?, mischte sich Pietro ein und gab ein unangenehmes polterndes Lachen von sich.

Marco antwortete nicht.

– Und was ist das?

Er stellte fest, dass Mastino wie hypnotisiert die runde Narbe an seinem Haaransatz betrachtete.

– Mein drittes Auge, antwortete Mario todernst.

– Wie ist das passiert?

– Eine lange Geschichte.

– Wolltest du damit vielleicht einen Nagel in die Wand schlagen, wie es die Carabinieri machen?

Marco blickte Perro an, der eine sarkastische Miene aufsetzte. Gut, er war ein ehemaliger Boxer. Und sein Vorgesetzter. Aber seiner, Marcos, Schnelligkeit hätte er nichts entgegenzusetzen gehabt. Er hätte ihn mit zwei Schlägen zu Boden strecken können, vielleicht sogar mit einem. Er atmete langsamer, um die WUT zu kontrollieren. Du hast einen Auftrag, sagte er zu sich, Dantini vertraut dir. Enttäusch ihn nicht.

Mastino legte ihm die Hand auf die Schulter.

– Es reicht, befahl er, an die anderen gewandt. – Ferri ist einer von uns. Begrüßen wir ihn, wie es sich gehört.

Die Jungs schauten sich verwundert an. Mastino runzelte die Stirn. Alle, sogar Perro, hoben ihre Waffe und stießen einmütig einen wilden Schrei aus.

Marco schloss die Augen, während ein Schauer durch seinen Körper lief. Es war wie zur Zeit der Zulus, wie in Birmingham und Newcastle. Derselbe Gestank von verschwitzten Körpern und Rasierwasser, Schreichöre und Testosteron, derselbe Schub von Adrenalin, der in den Venen zirkulierte. Gewalt, Gewalt, die die WUT besänftigte. Aber es war keine sinnlose Gewalt. Es war das harte und unbarmherzige Gesicht der Gerechtigkeit. Er spürte, dass er Mastino mochte. Er spürte, dass er diese Leute mochte. Er fühlte sich wie zu Hause. Sein mächtiger und erregter Schrei gesellte sich zu jenen der Einheit.

3.

Pilić schloss die Augen und atmete tief durch.
– Ich hatte einen Traum …
Valentin nahm ihm den Spiegel aus der Hand und wischte mit den Fingerkuppen etwas weißes Pulver auf.
– Du solltest mit dem Zeug nicht übertreiben, Chef.
– Willst du nicht wissen, was ich geträumt habe?
– Träume bringen Unglück.
– Du wirst alt, Valentin.
– Vielleicht. Wir sind bereit, Chef.
Seufzend schlug Pilić die grauen Augen auf und lächelte den Männern zu. Die Zwillinge Rade und Ante saßen bereits im 5er-BMW. Valentin war drauf und dran, sich ans Steuer des Audi A6 zu setzen. Entschlossen streifte er sich die Sturmhaube über, unmittelbar gefolgt von den anderen. Pilić war müde. Er schwor, dass dies der letzte Coup sein würde. Der Italiener würde verstehen. Irgendwann kam im Leben der Augenblick, „es reicht" zu sagen. Letzte Nacht hatte er vom Bauernhof seines Vaters geträumt, von den Ziegen, die bei Sonnenuntergang meckernd zurückkamen, von dem Jungen, der Priester werden wollte, die Illusion gehegt hatte, Minister zu werden, und als Bandit geendet hatte. Vielleicht hatte Valentin recht. Vielleicht bringen Träume tatsächlich Unglück. Aber Pilić war müde und er hatte Sehnsucht nach den Küsten und den Bergen seiner Heimat. Als er sich neben Valentin setzte, stimmte er leise ein trauriges Lied an. Die Zwillinge waren schon unterwegs.

4.

Mastino hatte den Jungen ans Steuer des Lieferwagens gesetzt. Die beste Position, um ihn im Auge zu behalten. Sicher und mit gleichmäßiger Geschwindigkeit fuhren sie über die Cristoforo Colombo.

– Wir fahren zur Hölle, ins Infernetto-Viertel …, hatte Perro kurz davor gescherzt.

Mastino hatte dem Jungen erklärt, dass sich die Kroaten in Ostia versammelten.

– Warum nehmen wir sie nicht dort hops?

– Ostia ist groß. Meine Quelle hat keine genaue Adresse genannt …

– Und nicht einmal die Handynummer!, hatte Corvo oder vielleicht auch Sottile hinzugefügt.

Der Junge hatte versucht herauszufinden, wer die Quelle war. Ein scharfer Blick hatte gereicht, um ihn zum Schweigen zu bringen. Der Junge hatte sich sogar entschuldigt. Er war ein Mann Dantinis, klar, sein Augapfel. Aber er war auch ein Bulle. Bulle durch und durch. Das sah man an seinen Bewegungen, man spürte es an seinem Geruch. Der junge Ferri hatte große Lust, die Fäuste zu schwingen. Für gewöhnlich wollte Dantini mit solchen Wildfängen nichts zu tun haben. Er zog bedächtige Typen vor, Polizisten mit Samthandschuhen. Die hatte er besser in der Hand. Mastino beobachtete ihn weiterhin verstohlen. Dieses Loch mitten auf der Stirn. … Der Junge machte ihn neugierig. Vielleicht konnte man was aus ihm machen.

– Dantini is' 'n guter Bulle, sagte er, um das Terrain zu sondieren, bloß denkt er manchmal wie ein Soziologe … ich weiß nicht, ob ich mich klar genug ausdrücke, er macht sich zu viele Probleme, ja ...

– Ich verdanke ihm alles, flüsterte Marco entschlossen.

Na gut. Loyal. Treu. Mutig. Aber bis zu welchem Punkt?

– Ach, aber er verehrt dich! Er sagt, du bist einer, der nicht locker lässt, und aus seinem Mund ist das gewiss ein Kompliment ...

Marco wandte einen Augenblick lang den Blick von der Straße ab und warf ihm einen finsteren Blick zu. Mastino versteckte sich hinter einer Zigarette. Dem Jungen war der spöttische Tonfall nicht entgangen. Er bestand also nicht nur aus Muskeln. Er hatte auch Hirn. Gespür. Hervorragende Eigenschaften für einen Bullen. Und Gewaltbereitschaft natürlich. Das hatte er in seinen Augen gelesen, zuvor in der Garage. Als Perro ihn provoziert hatte. Vielleicht sollte er ihn einfach machen lassen. Sehen, wie weit er gehen würde. Die Sache wurde langsam interessant. Es ging darum, die richtige Saite zu erkennen und sie im richtigen Augenblick anzuschlagen.

– Im Übrigen wirst du von einem Haufen Kollegen geschätzt ... sie sagen, du bist wie ich ... ein Mastino ... ein Bluthund ...

– Ich hatte tatsächlich mal einen Hund. Er hieß Killer. Ich hielt ihn an einer Kette im Zwinger. Nur ich durfte mich ihm nähern.

– Und dann?

– Dann hat ihn jemand vergiftet.

– Hast du herausgefunden wer?

– Ja.

– Und hast du dich gerächt?

Marco gab keine Antwort. Er beschränkte sich auf eine vage Geste und konzentrierte sich wieder auf die Straße. Aber Mastino hatte seine Entscheidung bereits getroffen. Er mochte diesen Jungen. Er mochte seine ungezügelte Kraft. Willkommen an Bord, Marco Ferri. Es ist kein Zufall, dass ich und du in diesem Lieferwagen sitzen, und nicht dein großer Chef. Er wollte ihn gerade fragen, woher er stammte, weil er in seiner Stimme den schleppenden Tonfall des Nordens erkannt hatte, doch da tauchten auf der Gegenfahrbahn plötzlich die Kroaten auf.

5.

Als Alessio Dantini am Ort des Blutvergießens ankam, war die Truppe bereits vollständig versammelt: Rettungsautos, Gerichtsmedizin, Spurensicherung, der diensthabende Staatsanwalt und die Presse. Der Chef der Kriminalpolizei warf einen verzweifelten Blick auf die beiden Limousinen der Kroaten, auf die dunkle Silhouette des Lieferwagens mit den Panzerglasscheiben,, auf den glänzenden Lauf der Bazooka, die gerade von zwei Sprengmeistern untersucht wurde, auf die Männer im weißen Kittel, die Patronenhülsen einsammelten und Fotos schossen. Ein Kordon uniformierter Polizisten schirmte den Tatort von dem Grüppchen Journalisten und Kameramännern ab, die verzweifelt versuchten, einen Blick auf die vier von schwarzen Tüchern verhüllten Leichen zu erhaschen.

Zwei Schritte von den Leichen entfernt nahm Mastino die Glückwünsche einiger Lackaffen in Zivil entgegen („Eine wunderbare Operation! Kompliment, Herr Doktor, keiner hat einen Kratzer abbekommen …"). Perro hob die Hand zum Handschlag mit den drei anderen Falken. Marco stand etwas abseits. Er hielt noch die Maschinenpistole in der Hand. Dantini ging zwei weiteren Totenvögeln aus dem Weg, die das Massaker in fettem römischen Akzent kommentierten („Das habn se sich verdient, die Zigeuner!"), ging zu dem Jungen und berührte ihn leicht an der Schulter. Bei der flüchtigen Berührung zuckte Marco zusammen. Dantini blickte ihn mit seinen kleinen dunklen Augen an. Hinter ihm im Stamm einer Pinie waren zwei Einschusslöcher zu sehen.

– Ich hatte doch gesagt, kein Blutvergießen, sagte er in ruhigem Tonfall. Dantini verlor nie die Ruhe. Dantini schickte dich

mit einem Lächeln in den Himmel und tötete dich mit einem
Einsilber.
– Es war die Hölle ...
– Etwas genauer bitte.
Marco nahm den Kopf in die Hände. Er versuchte dem Bilderchaos in seinem Kopf eine Ordnung zu geben. Aber die Bilder waren ungenau, verschwommen. Und es gab da etwas, was er nicht erzählen wollte, schon gar nicht Dantini.
– Ich warte, Ferri.
Also. Sie hatten plötzlich gebremst und die Fahrtrichtung gewechselt. Sie hatten den Audi gerammt, ihn von der Straße gedrängt, dann waren sie ins Buschwerk gerast, gefolgt von dem BMW. Sie hatten die Lichtung erreicht und darauf gewartet, dass die beiden, die zurückgeblieben waren, nachdem sie den Audi gerammt hatte, nachkamen. Die Autotür war aufgegangen. Perro hatte das Feuer eröffnet. Pilić hatte irgendetwas geschrieen. Alle hatten geschrieen. Das Ganze hatte nur wenige Sekunden gedauert.
– Und du?
– Ich habe geschossen. Wie alle anderen auch. Ich sagte ja, Herr Doktor, es war die Hölle. Entweder wir oder sie, Herr Doktor ...
– Red weiter.
Noch mehr Bilder im Kopf. Pilić, der Mastino hasserfüllt anblickte und einen Fluch in seiner Sprache hervorstieß. Pilić, der von den Schüssen, die der Kommissar abfeuerte, zerfetzt wurde. Perro ging zu einem hin, der röchelnd am Boden lag – er hatte einen Bauchschuss abbekommen, vielleicht hatte er selbst, Marco, ihn getroffen – und nach der Bazooka griff, die Pilić hatte fallen lassen, und erledigte ihn mit einem Kopfschuss. Dann ...
– Ich habe mich auf dich verlassen, Ferri!
Marco senkte den Kopf. Dantinis Enttäuschung machte ihn wehrlos. Und er hatte nicht den Mut, ihm zu sagen, dass ihn die

Sache ziemlich erregt, aufgewühlt, innerlich leer gemacht hatte ... dass es wie ein Rausch gewesen war. Es war aufregend gewesen, mittendrin zu sein. Es war aufregend gewesen, die Arschlöcher zu erschießen. Das Blutvergießen war aufregend gewesen. Und seine WUT hatte insgeheim applaudiert, hatte endlich ein Ventil gefunden. Dantini hätte es nicht verstanden. Mastino schon. Nach der Aktion hatten sie sich die Hand geschüttelt. Und die anderen hatten wieder die Waffen gehoben, von einer unbändigen Freude erfasst. Dantini hätte es nicht verstanden.

– Der Junge ist in Ordnung, Dantini. Sei ihm nicht böse, er hat ausnahmsweise das Richtige getan!

Und jetzt kam ihm auch noch Mastino lächelnd zu Hilfe. Kopfschüttelnd wandte Dantini sich ab. Einen Augenblick lang, einen kurzen Augenblick lang leuchtete echter Hass in seinem Blick auf. Dann erlangte er die übliche Fassung zurück, er nickte und sein dünner Mund verzog sich zu einem wissenden Lächeln.

– Du hast recht, Mastino. Der Junge hat Talent.

Mastino schnaufte überrascht.

– Ehrlich gesagt, hab ich nicht gedacht, dass du es so gut aufnehmen würdest.

– Hätte ich nicht sollen?

– Es ist uns nicht gelungen, das Schlimmste zu verhindern, ich weiß, dass der Befehl anders lautete, aber ...

– ... aber angesichts der Umstände hattet ihr keine andere Wahl. Ich verstehe schon. Es wäre besser, viel besser gewesen, sie lebendig zu schnappen. Wir hätten aus ihnen rauskriegen können, wie sie uns so lange entwischen konnten. Ob sie von jemandem gedeckt wurden ... Aber wie ihr schon gesagt habt, war es die Hölle, entweder wir oder sie. Alles klar. Gehen wir, Ferri, ich bringe dich nach Rom zurück ...

Das war jetzt ein wenig zuviel Fair Play, dachte Mastino, während Dantinis Alfa davonfuhr. Er an seiner Stelle hätte Zeter und Mordio geschrieen. Gut, Dantinis Phlegma war legendär, aber zweifellos hatte der Bastard den Braten gerochen. Im Augenblick war die Situation zwar unter Kontrolle, aber man konnte ja nie wissen. Vielleicht sollte er Vorsichtsmaßnahmen ergreifen, sich mit dem Kommandanten beratschlagen. Der hatte das letzte Wort. Inzwischen kam Perro auf ihn zu, dicht gefolgt von einem Journalisten mit einem kleinen Aufnahmegerät in der Hand, dem es gelungen war, die Sperre zu durchbrechen.

– Was sollen wir dem erzählen, Chef?

Mastino betrachtete den Journalisten. Er war ein alter Fuchs. Er schrieb für eine Tageszeitung, die immer die Partei des Stärkeren ergriff. Der Kommandant hatte ihnen stundenlange Vorträge gehalten, wie wichtig Propaganda war. Mit einem freundlichen Lächeln hängte er sich bei dem Schreiberling ein und führte ihn zu den Leichen.

– Schauen Sie sie an. Das waren herzlose Mörder, unbarmherzige Verbrecher. Sie haben unsere Sicherheit gefährdet. Jetzt haben sie für all das bezahlt, was sie angerichtet haben. Das macht natürlich die armen Opfer nicht mehr lebendig, aber … Schreiben Sie, die Stadt ist gerettet und die Bürger können wieder ruhig schlafen. Dank der Staatspolizei!

6.

Sie waren bereits auf der Höhe des EUR, als Marco die gespenstische Stille durchbrach.
– Ich habe versucht ihm zu erklären, wie der Befehl lautete ...
– Sprechen wir nicht mehr darüber. Es war ein Fehler, dass ich zu diesem verdammten Kongress gefahren bin. Immerhin handelte es sich nur darum, den Justizminister zum Teufel zu jagen, ein Dutzend Staatsanwälte und genauso viele angesehene Journalisten ... Nimm dir ein wenig Urlaub, Ferri, ich sehe, du bist gestresst ...
– Sie vertrauen mir nicht, Herr Doktor.
– Was zum Teufel willst du damit sagen?
– Erzählen Sie mir alles. Ich habe Sie beobachtet, als Mastino zu uns gekommen ist. Ihr Gesichtsausdruck ...
– Was für ein Gesichtsausdruck?
– Keine Ahnung ... als ob sie ihn an der Gurgel packen wollten ... im letzten Augenblick haben Sie sich zurückgehalten. Aber ich kenne Sie, Herr Doktor. Sie machen nie einen Rückzieher.

Dantini seufzte. Der Junge war sauber. Er zweifelte nicht an seiner Loyalität. Aber er war gewalttätig. Hin und wieder hatte er sich nicht unter Kontrolle. Die Aktion hatte ihn erregt. In seinen Augen hatte Mastino das Richtige getan. Er konnte ihm nicht mehr vertrauen. Nicht ohne Beweise. Es lieber bleiben lassen. Er würde mit Lupo sprechen. Gemeinsam würden sie entscheiden, was zu tun war.
– Kein Problem, Ferri, glaub mir. Es ist alles in Ordnung ... soll ich dich irgendwo absetzen?

Marco blickte sich um. Sie waren nur einen Katzensprung von Monica Marinos Wohnung entfernt.

– Lassen Sie mich hier aussteigen, Herr Doktor.
– Na gut. Und ... nimm dir Urlaub, Junge, du hast es verdient!

Monica öffnete ihm im Unterrock, mit der üblichen Zigarette. Marco umarmte sie so heftig, dass sie einen Schrei ausstieß.
– Entschuldige, flüsterte er und ließ sie los.
Sie blickte ihn überrascht an, als ob sie ihn zum ersten Mal sähe. Dann versuchte sie eine Rechtfertigung.
– Ich verstehe dich. Es ist nicht der richtige Abend.
Nein, es hatte nichts mit dem Abend zu tun. Und nicht einmal mit Monica, der Ärmsten. Alles war falsch, alles. Nur eine einzige Frau wäre imstande gewesen, die WUT zu besänftigen. Aber auch sie hatte irgendwann einmal aufgeben müssen.

Später holte Marco den Portier Pierino aus dem Schlaf, ließ sich das Fitnessstudio im Tufello aufsperren und malträtierte methodisch den Boxsack.
Im selben Augenblick führte Dantini im Hof von San Vitale, dem Sitz des Ersten Polizeidistrikts, ein Telefongespräch.
– Hallo Lupo. Ja, es war Pilićs Bande. Alle tot. Wir sehen uns, sobald du nach Rom kommst. Nein, ich möchte dich unter vier Augen sprechen. Gegebenenfalls sende ich dir ein E-Mail an die jene Adresse ...
Er schaltete das Handy aus und betrachtete das Blaulicht auf dem Dach des Dienstwagens, mit dem er gleich nach Hause fahren würde. Ja, er würde Lupo noch an diesem Abend schreiben. Er wusste, dass irgendetwas Hässliches passieren würde. Oder bereits passiert war. Und er hatte ein komisches Gefühl, das der Angst sehr ähnlich war.

Zweiter Teil

Rossana

1.

Salah war Ägypter. Klein, korpulent, und seine Beine waren so krumm, dass sie ihn kaum trugen und er sich mit den muskulösen Armen festhalten musste, um vom Gerüst zu steigen. Der Affe, wie sie ihn auf der Baustelle nannten. Der Partieführer hatte ihm diesen Namen angehängt, und die anderen Arbeiter hatten ihn sofort übernommen. Der Partieführer hasste Salah. Der Partieführer hasste alle, die mit ihm arbeiteten. In seinen Augen waren sie nur Abschaum. Einwanderer, die nur stahlen und ihre Frauen vergewaltigten. Für Salah war das nichts Neues. Er war in Frankfurt gewesen, in Marseille, er war in ganz Europa gewesen. Und überall war er demselben Hass begegnet, derselben Gleichgültigkeit. Salah zog den Kopf ein und lachte über die freundlicheren Beleidigungen. Salah tat so, als würde er die brutaleren Beleidigungen nicht verstehen. Die Bösartigkeit glitt an ihm ab. Er brauchte ja nur noch ein Jahr durchzuhalten. Dann würde sich alles ändern. Es kam nur darauf an, dass die Brüder keinen Verdacht schöpften.

– Salam aleikum, Bruder!
– Aleikum Salami, Bruder!

Hamid wartete am Eingang der Baustelle. Hamid war zwanzig Jahre alt und hatte sich an die Grausamkeit der Menschen noch nicht gewöhnt. In Damietta war er Fischer gewesen, ein tüchtiger Fischer, Sohn eines Fischers, Enkel von Fischern, ein treuer Jünger seines Herrn und Propheten. Ein Sturm hatte ihn zur Waise gemacht, aufgrund eines weiteren Sturms war er in Mubaraks Gefängnis gelandet. Hamid war ein Kämpfer. Hamid glaubte tatsächlich, das Schwert der Gerechtigkeit würde eines Tages die unreine Ordnung des Universums hinwegfegen und die Regierung der Gerechten wieder einsetzen. Er bereitete sich für diesen Tag vor, indem er wie besessen den Koran studierte. Salah hatte den Jungen ins Herz geschlossen. Es hätte ihm leidgetan, ihn opfern zu müssen.

Gemeinsam gingen sie in die Baracke, die als Garderobe diente, zogen sich um, verließen die Baustelle, ohne dass es jemand der Mühe wert fand, sich von ihnen zu verabschieden. Salah hörte, wie Hamid flüsterte: „Eines Tages …" und schüttelte den Kopf. Ich wünsche dir, dass dieser Tag nie kommt, Bruder, ich wünsche es dir aus ganzem Herzen.

Die Moschee befand sich in der Via della Bufalotta, fast auf der Höhe des Grande raccordo anulare, der ringförmigen Autobahn, die die Hauptstadt der Christen umschließt. Die Moschee war in einer alten Garage mit abgeblätterten Wänden untergebracht. Wer an die eigene Seele glaubt, dachte Salah in einem Anflug von Bedauern und Neid, wer mit Aufrichtigkeit und Hingabe an die eigene Seele glaubt, gibt sich mit wenig zufrieden. Vor langer Zeit hatte auch er geglaubt. Vor sehr langer Zeit.

Am Eingang zogen sie die Schuhe aus, gingen hinein, suchten sich einen Platz zwischen den Brüdern, die auf dem mit Gebetteppichen bedeckten Boden knieten. Im Augenblick des Gebets richteten alle den Blick auf den Imam.

– Bruder Mamoud ist verhaftet worden!, verkündete er feierlich.

Ein Beben ging durch das kleine Grüppchen der Gläubigen. Salah blickte sich um. Hamids Augen füllten sich mit Tränen. Wenn er nicht predigte, arbeitete der Imam bei einem Reifenhändler auf der Aurelia. Er war ein großer dicker Mann mit einem imposanten Hisbollah-Bart, einem rötlichen, durchaus nicht asketischen Gesicht. Je länger er predigte, desto lauter wurde seine

Stimme, und die Empörung übertrug sich auf die Gemeinde, entzündete die Seelen, pflanzte ihnen schreckliche Absichten ein.

– Es sind traurige Tage für die Gemeinde. Die Brüder werden bespitzelt und verfolgt. Bruder Mamoud ist verhaftet worden, er wird verdächtigt, ein Terrorist zu sein. Sicher wird er den amerikanischen Henkern ausgeliefert, sicher wird er gefoltert, vielleicht sogar getötet werden. Die Knechte Israels wollen uns vernichten, aber der Heilige Krieg wird sie vernichten.

Bewegt hörte Hamid zu. Salah strengte sich gewaltig an, eine den Umständen entsprechende Miene aufzusetzen. Ein Jahr, ein Jahr noch lügen, dann würde er frei sein. Frei und reich für immer.

Als der Imam die Faust gen Himmel reckte, erfüllte ein mächtiger, bedrohlicher Schrei die Moschee: „Dschihad! Dschihad!"

Der Junge wartete vor der Moschee auf sie. Er lehnte an einem großen Motorrad, rauchte eine Zigarette und fuhr sich mit der Hand durch das bereits schüttere Haar. Er hatte einen Bart, und auf seiner rechten Wange befanden sich die Reste einer alten Narbe. Die beiden Araber gaben ihm die Hand. Salah blickte den Jungen an und auf seinem Gesicht machte sich der Ausdruck demütiger Dankbarkeit breit.

– Der Imam bedankt sich für alles, was ihr für uns machen werdet.

– Kommt heute Abend in den Zirkel, antwortete der Junge. Es gibt eine Versammlung anlässlich von Mamouds Verhaftung. Wir überlegen, ob wir eine Demo organisieren sollen.

2.

Als Guido Salah und Hamid vorstellte, begannen die Genossen des Argentovivo-Zirkels wild, herzlich, wütend Beifall zu klatschen. Ungefähr siebzig, achtzig Menschen befanden sich in dem Raum der alten aufgelassenen Fabrik an der Via Tiburtina. Hamid blickte sich wie betäubt um. Er sah lange Bärte, Rebellenbärte, Palästinensertücher, die um verschwitze Hälse geknotet waren, Mädchen, die in sackartigen Kitteln steckten, die ihre Formen verbargen. Mädchen, die auf ihrer Seite waren, jedoch keinen Schleier trugen. Was sollten sie mit ihnen im Falle des Sieges tun? Würden sie sich freiwillig dem Gesetz beugen oder würden sie sich wehren? Einen Augenblick lang dachte Hamid, dass alles ein großer Irrtum war. Die Jungs waren aus politischen Gründen hier, nicht um den wahren Glauben zu verteidigen. Im Westen waren die beiden Sphären noch getrennt. Sie hingegen waren schon weiter. Sie wussten, dass alles in Gott ist und dass außerhalb von ihm nichts ist, aber ... Er suchte Salahs Blick. Er schien gerührt zu sein. Hamid fühlte sich getröstet. Salah wusste viele Dinge. Ohne Salah wäre er wahrscheinlich in dieser stinkenden Zelle verrottet. Salah war ins Herz des Westens vorgedrungen. Salah hatte die richtigen Kontakte. Eines Tages würde Salah zum Schwert greifen, und er würde an seiner Seite sein.

– Genossen! Die augenblicklichen Vorfälle sind ein Indiz für die inzwischen nicht mehr zu reparierende Krise unserer Demokratie. Der Staat scheut nicht mehr davor zurück, einen Bürger gefangen zu nehmen und ihn einer fremden Macht auszuliefern. Wir können nicht hinnehmen, dass die amerikanischen Henker den Genossen Mamoud in einem Geheimgefängnis festhalten, ihn foltern und töten, ohne dass sich jemand gegen diese unglaubliche Verletzung der grundlegenden Menschenrechte zur Wehr setzt. Das alles passiert mit der Zustimmung der italienischen Richter und Polizisten, den Knechten und Speichelleckern der amerikanischen Henker und ihrer israelischen Komplizen, den Mördern des palästinensischen Volkes. Wir müssen etwas tun, Genossen! Die Amerikaner und ihre Knechte sollen sehen, dass jemand nicht akzeptiert, wie der Rechtsstaat mit Füßen getreten wird, und der heftig gegen die Staatsgewalt protestiert!

Wieder tosender Applaus! Salah stimmte in den Beifall ein, wobei er die hochnäsige Schnute von einem aufsetzte, der nicht länger gewillt ist, die Übergriffe zu dulden. Er fragte sich, wie viele Spione außer ihm noch da waren. Vielleicht die Blondine, die wie wild klatschte und Guido ansah, als ob er ein Kinostar war? Oder der Typ, der aussah wie ein in einen Arbeiteroverall gequetschter Bär, der bis vor wenigen Minuten noch ein Plakat mit der Aufschrift „Dealer raus aus San Lorenzo" gemalt hatte? Oder der Typ mit den Rastalocken und dem Nirvana-T-Shirt, der sich einen Joint baute und seine Zöpfe knetete?

– Wir treffen uns morgen um fünf Uhr Nachmittag vor dem Hauptkommissariat ... wir kommen einzeln, um nicht aufzufallen. Jeder von uns ist verpflichtet, zumindest einen Genossen oder eine Genossin mitzunehmen, wenn möglich sogar mehr ... Wir müssen zahlreich auftreten, Genossen. Wir müssen verhindern, dass Genosse Mamoud den amerikanischen Henkern ausgeliefert wird ...

– Meiner Meinung nach haben ihn die Verräter bereits ausgeliefert!, schrie eine Stimme ganz hinten im Saal. Es folgte beifälliges Gemurmel. Guido schüttelte den Kopf.

– Dann erst recht! Wir müssen trotzdem entschieden auftreten, ohne Angst zu haben, eine Glasscheibe zu zerbrechen oder einen Kopf einzuschlagen.

Hamid ging zu Salah.

– Sie sagen, Mamoud sei ihr Genosse ...

– Na und?
– Das stimmt nicht!
– Na und? Sie sind auf unserer Seite … Sie werden schon draufkommen, im richtigen Moment … du weißt ja, das Bündnis mit den Ungläubigen kann nur vorübergehend sein …

Die beiden Araber verabschiedeten sich von Guido und versprachen, morgen zur Demo zu kommen. Der Junge holte sich an der Theke ein Bier. Das Treffen war gewiss ein Erfolg gewesen. Alle Mitglieder des Zentrums waren gekommen. Die Typen, die die Dealer aus dem Viertel vertreiben wollten, und das feministische Kollektiv, das bei anderen Gelegenheiten für Probleme gesorgt hatte, wegen der Stellung der Frau im Islam. Die kreativen Giftler wie Flavio, die Anarchisten und auch die alten Kommunisten, die es satt hatten, von ihrer ehemaligen Partei an der Nase herumgeführt zu werden. Es war eine gute Idee gewesen. Die Demo würde groß und kompakt sein. Und wenn notwendig auch gewalttätig. Guido kam nicht umhin, einen gewissen Stolz zu empfinden. Das waren unangebrachte Gefühle für einen Genossen, aber er konnte nichts dagegen tun. Und er fühlte sich gut dabei. Alle hörten ihm zu und gaben ihm recht.

– Und mit wem willst du diese Demo machen?

Guido schnellte herum, verärgert. Die Stimme mit dem deutlich ausländischen Akzent, in der eine unüberhörbare Ironie lag, gehörte einer jungen Frau, die ungefähr so alt war wie er. Blond, grüne Augen, zart. Hübsch. Sehr hübsch. Ein neues Gesicht. Noch nie gesehen im Argentovivo. Sie lächelte, zunehmend spöttisch. Fast sarkastisch.

– Hast du überhaupt eine Ahnung, wie viele Wachen sie auf dem Polizeipräsidium haben? Wir sind dreißig, gehen hin und machen buuhhh?

– Wir werden mindestens hundert sein.

– Ach, eine beeindruckende Demo.

– Irgendetwas müssen wir tun. Die Zeitungen werden darüber schreiben ...

– Sie werden schreiben, dass dreißig, nein, entschuldige, hundert Idioten die israelische Fahne verbrannt haben ... Und derweil befindet sich der arme Genosse Mamoud in den Klauen der CIA ...

– Hast du einen besseren Vorschlag, Genossin?

– Befreien wir Mamoud.

Guido begann zu lachen.

– Bist du verrückt oder eine Provokateurin?

– Ich bin nur eine Genossin.

– Ach ja? Und warum habe ich dich noch nie zuvor gesehen?

Sie sagte etwas, aber irgendjemand hatte *Massive Attack* auf volle Lautstärke gedreht und ihre Antwort ging im *trip hop* unter. Guido trat nah, ganz nah an sie heran. Sie hatte hohe Backenknochen wie eine Osteuropäerin und perfekte Zähne. Ihr Atem duftete nach Erdbeeren.

– ... Als es in Paris eng für mich wurde, erklärte sie, bin ich nach Rom gekommen ...

– Um uns beizubringen, wie man Demos organisiert?

– Das wäre notwendig. Aber bei euch Italienern versuche ich das nicht einmal.

Sein Blick fiel auf ihre Brüste, die von dem tief ausgeschnittenen T-Shirt mehr schlecht als recht verborgen wurden. Das war nicht der übliche Look der Genossinnen. Eine Verrückte. Oder eine Provokateurin. Oder ein Mädchen aus guter Familie. Guido witterte die Klasse. Seine Klasse. Hin und wieder konnte er seine Herkunft nicht verleugnen: er war ein echter Bourgeois. Eine Verrückte oder eine Provokateurin. Im Übrigen hatte man auch ihm misstraut, als er sich der Bewegung angeschlossen hatte ...

– Und wie sind wir Italiener deiner Meinung nach?

– Wie du. Chaotisch. Maulhelden. Ihr glaubt, ihr könnt eine Revolution machen, indem ihr Fahnen verbrennt ...

– Und du?

– Erinnerst du dich an Seattle, Rostock, Glasgow 2005 ... und an Genua?

– Ich war aber auch in Genua, sagte Guido empört und führte eine Hand an die Wange, strich über die Narbe, die vom Bart kaum verdeckt wurde. – Und ein Polizeichef hat fest zugeschlagen ...

– Du Armer. Ich hatte mehr Glück als du. Oder ich bin geschickter. Ich habe nichts abbekommen. Ich habe vielmehr Spuren hinterlassen ... wie sagte doch euer Kaiser ... Veni, vidi, vici...

– Black Bloc?

– Black Bloc ist ein Slogan für die Presse. Ich heiße Rossana.

– Guido.

– Ich weiß. Los, gehen wir, hier ist es zu chaotisch.

3.

Rossana wohnte im Pigneto, in einem Drei-Zimmer-Apartment im letzten Stockwerk eines frisch renovierten Gebäudes.

Als Guido sie aufgefordert hatte, auf seine Harley Davidson zu steigen, hatte sie Bedenken geäußert.

– Du solltest nicht mit so einem auffälligen Motorrad herumfahren. Wenn jemand bemerkt, dass es gestohlen ist ...

– Es ist nicht gestohlen. Ich hab es gekauft.

– Und mit welchem Geld? Hast du einen Raubüberfall gemacht, dealst du oder was?

– Ich hab ein wenig Kleingeld aus dem Erbe meiner reichen Eltern investiert, die bei einem Flugzeugunglück ums Leben gekommen sind, antwortete Guido ernst, viel ernster als es die Umstände verlangten.

– Das glaube ich dir nicht.

– Es stimmt aber.

– Wenigstens kannst du dich rühmen, mit dem Arsch auf der amerikanischen Flagge zu sitzen, lachte sie.

Sie glaubte ihm nicht, eindeutig. Immer das Gleiche, dachte Guido. In dem Augenblick, als er seine Familie nicht mehr hasste, sondern sich für sie schämte, hatte er beschlossen, die Wahrheit zu sagen, die ganze Wahrheit. Eine Art Therapie, hatte Flavio festgestellt, der seit drei Jahren außerordentlicher Hörer in Psychologie war. Sein bester Freund. Sein einziger Freund. Und warum auch lügen? Irgendwann kriegten es doch alle heraus. Es war viel besser, ihnen zuvorzukommen. Aber beim ersten Mal glaubten sie ihm nie. Die Leute wollten einfach nicht begreifen, dass ein reicher Erbe sein Leben nicht mit Vorstandssitzungen und Orgien ver-

bringen wollte. Sein Vater war letzten Endes der Ehrlichste gewesen. Du bist altmodisch, hatte er zu ihm gesagt, so was hat man '68 gemacht. Schau, dass du auf den heutigen Stand kommst. Sein Vater ... der ihm vorausgesagt hatte: „Auf das Zeitalter der Scham folgt das des Bedauerns." Blödsinn. Scheißbourgeois. Aus basta.
Es öffnete ein blonder Freak in T-Shirt und kurzer Hose. Er begrüßte Rossana, betrachtete Guido und sagte etwas auf Französisch zu dem Mädchen, die zu lachen begann. Guido wurde rot.
– Das ist Didier. Er ist schwul.
– Ich verstehe Französisch, danke.
– Ok. Wenn du was mit ihm anfangen willst, sag es ihm sofort, er reist morgen früh ab ... also?
– Was also?
– Er wartet auf eine Antwort. Bist du schwul oder nicht?
– Ich bin nicht schwul.
– Bi?
– Auch nicht.
– Darauf hätte ich gewettet. So wie du mir in den Ausschnitt geblickt hast.
– Schau, ich bin ...
– Vergiss es. Italienische Männer, wähhh!
Didier schüttelte den Kopf und zog mit enttäuschter Miene ab. Rossana ging mit ihm in die Küche und goss zwei Gläser Rotwein ein. Der Franzose machte sich an einem Kochtopf zu schaffen. Scharfer Knoblauchgeruch lag in der Luft.
– Pesto. Didier liebt es. Prost!
– Auf dein Wohl!
Sie tranken gleichzeitig. Guido füllte die Gläser nach.
– Wie könnten wir Mamoud befreien?
– Später, sagte sie. Und küsste ihn.

4.

Guido konnte nicht einschlafen. Rossana neben ihm atmete ruhig, scheinbar in einen ruhigen und erholsamen Schlaf versunken. Es war alles so schnell gegangen. Die Körper hatten sich gesucht, schnell wie Hunde, waren schamlos ineinander verschmolzen wie die eines erfahrenen Liebespaares, während der Franzose unruhig durch die Wohnung irrte und mit seiner Baritonstimme *Satans Tanz* aus Gounods *Faust* sang. Rossana war am ganzen Körper enthaart, und auf dem Schamhügel hatte sie ein Tattoo mit kyrillischen Buchstaben.

– Ich habe einmal in einem Moskauer Bordell gearbeitet.
– Das ist nicht wahr!
– Genauso wahr wie die Geschichte mit deinen Eltern.

Die war jedoch mehr als wahr. Die großen Besitztümer seiner Familie. Die Wohnung an der Via delle Tre Madonne mit der Speisekammer, die immer randvoll mit Champagner Marke Krug und mit Belugakaviar war. Die Besitztümer in Übersee. Die Schafzucht in Australien. Die *fazendas* in Brasilien. Der Flug mit der Cessna, die in den Alpen abgestürzt war. Das Begräbnis, bei dem er besoffen und stinkend erschienen war. Die alte Kinderfrau aus den Abruzzen, die die Kühlschränke weiterhin füllte, als ob seine Eltern jeden Moment zurückkommen würden. Der englische Anwalt, der sein Vermögen verwaltete und ihm eine Rendite überwies, die er Mal für Mal an den Absender zurückschickte. Die hundert-, vielleicht zweihunderttausend Euro Bargeld im Safe.

– Warum schenkst du sie nicht den Genossen?
– Es ist schmutziges Geld.

Er hatte ihr alles offenbart. Und schließlich hatte sie ihm geglaubt.
– Und du hast dem Ganzen einen Arschtritt gegeben?
– Genau.
– Man sieht, dass du nie arm warst.
Sie hatten sich noch einmal geliebt, diesmal entspannter und konzentrierter, ohne Eile, freudig und spielerisch.
– Ich kann dir nicht trauen. Die Sache mit Mamoud ist gestorben.
– Warum? Du hast mich geködert.
– Ich habe mich getäuscht, Guido. Zieh dich an und verschwinde aus meinem Leben. Es ist besser so, glaub mir.
– Ich rühre mich nicht von der Stelle.
– Wie du willst. Ich bin müde.
Im Morgengrauen war Didier hereingekommen, ohne zu klopfen, um sich vor der Abreise zu verabschieden. Guido hatte gesagt, er solle abhauen. In seinem französischen Akzent hatte ihn Didier aufgefordert, sich zu melden: „Wenn du mal in Paris bist. Ich wohne in Belleville. Frag nach mir, alle misch kennen." Dann hatte er ihm eine Kusshand zugeworfen und war leise kichernd gegangen. Rossana hatte sich nicht bewegt. Er beobachtete sie noch immer im Schlaf. Unruhig, verstört. Sie war keine Provokateurin. Und sie war auch nicht verrückt. Sie war nur Rossana. Sie hatte ihn einer Art Prüfung unterzogen, und er hatte nicht bestanden. Aber er würde nicht klein beigeben. Er wollte bei ihr bleiben.

5.

Die Schafe verschwanden in einer Staubwolke. An die Stelle ihres beruhigenden Blökens trat das Knattern der Maschinengewehre. Sie begriff, dass sie drauf und dran war, wieder dem Alptraum anheim zu fallen, und wehrte sich mit allen Kräften dagegen. Aber es war zu spät. Es gibt kein Mittel gegen die Erinnerung. Von ganz hinten drang Licht herein. Mit verzweifeltem Blick schaute das Mädchen in Richtung Höhleneingang. Die Schatten begannen zu tanzen. Haubitzen sangen. Mauern bröckelten ab. Jemand lachte. Ein anderer stimmte ein Kriegslied an. Ein starker Arm schüttelte das Mädchen. Eine vertraute Stimme rief ihren Namen, ihren anderen Namen ... Rossana ... Rossana

– Rossana! Wach auf! Was ...

Sie schnellte empor, betäubt und noch immer im Bann des Traumbilds. Die Augen des italienischen Jungen waren voller Staunen und Mitleid.

– Rossana ... sprich mit mir ... was ist los? Es ist nur ein schlechter Traum...

Ein schlechter Traum. So bezeichnete dieser junge Trottel ihr Leben. Gut, immerhin hatte sie es versucht. Aber wie man sich bettet, so liegt man. Das galt für jeden. Und Zufälle gab es keine auf dieser Welt.

– Willst du wirklich alles wissen?

– Ja.

– Gut. Mamoud wird heute Nacht nach Pratica di Mare verlegt. Um keine Risiken einzugehen, werden sie ein Auto ohne Nummernschilder benutzen. Wir werden dort sein. Wir unterstützen eine palästinensische Zelle. Sie sind seit zwei Tagen in Rom, bereit zum Einsatz. Möglicherweise gibt es eine Schießerei, aber wir sollen sie nur decken. Für die Waffen sorge ich.

– Woher weißt du das?

– Wir haben eine Quelle. Einen Diplomaten. Er hat eine Schwäche für Minderjährige, wir haben ihn in der Hand. Jetzt weißt du, wie es um mich steht. Und du kannst keinen Rückzieher mehr machen. Ich muss jetzt gehen. Du schließt dich ein und sprichst mit niemandem. Mit niemandem, hast du verstanden? Ich rufe dich an, wenn es so weit ist.

6.

Mostacciano. Hier beginnt die Via Pontina. Eintönige Wohnhäuser, Kleinbürgertum und Mittelstand. Seichter Schlaf, armselige Träume. Um diese Uhrzeit bereits wie ausgestorben.
Als Guido zur Tankstelle gelangte, tauchte Rossana aus dem Nichts auf und setzte sich hinter ihn auf den Sitz.
– Geradeaus, und am Ende der Straße biegst du rechts ein.

Die Straße, in die sie nach rechts abbogen, führte durch Brachland und war nicht beleuchtet. Guido machte das Fernlicht an. Man sah nichts und niemanden. Er drehte sich zu Rossana um.
– Wohin fahren wir?
– Von hier aus geht es auf die Pontina. Sie warten an der Kreuzung auf uns.
Die Straße war schnurgerade und stockdunkel. Guido sah die Scheinwerfer eines Autos. Dann noch ein Licht, ein blinkendes Blaulicht ... Er bremste abrupt.
– Schau ...
Aus dem Auto mit dem Blaulicht tauchte ein Arm auf, der eine Kelle schwenkte.
– Scheiße, was machen wir jetzt?
Rossana blieb keine Zeit zu antworten. Das Polizeiauto stellte sich quer, die Türen gingen auf, zwei Uniformierte sprangen heraus, mit der Pistole im Anschlag. Wie gelähmt hörte Guido sie schreien: „Absteigen und Hände hoch!"
Rossana drückte ihm einen Revolver in die Hand. Guido konnte ihr nicht einmal sagen, dass er noch nie in seinem Leben einen gesehen hatte.

Zwei Schüsse explodierten in seinen Ohren. Die Umrisse der Polizisten verschwanden. Vielleicht suchten sie Deckung hinter dem Auto. Vielleicht waren sie getroffen worden. Guido atmete den Geruch des Schießpulvers ein, dann sah er, wie Rossana auf das Motorrad zugelaufen kam. Im grellen Licht des Scheinwerfers sah ihr Gesicht aus wie das einer Toten.
– Los! Weg!

Sie kehrten zur Tankstelle zurück. Guido zitterte, er strengte sich an, ruhig zu bleiben, schaffte es jedoch nicht. Sie hingegen war ganz klar und kalt.
– Wir dürfen uns nicht wieder sehen. Und du sei auf der Hut. Sie werden dich suchen. Die Sache ist größer als du dir vorstellen kannst.

Sie küsste ihn auf den Mund und verschwand.

Guido bewegte sich wie in Zeitlupe. Er konnte sie nicht einmal mehr rufen, sie war bereits in der Dunkelheit verschwunden. Er hörte, wie ein Motor angelassen wurde, zwei Scheinwerfer durchbrachen einen Augenblick lang die Nacht, dann wieder Dunkelheit. Guido war schwindelig, plötzlich wurde ihm schlecht. Er kotzte.

7.

Er gabelte Flavio vor dem Argentovivo auf, kurz vor Mitternacht. Wie immer baute sich sein Freund gerade ein ordentliches Rohr. Benebelt wie er war, brauchte er eine Zeit lang, um zu verstehen, worum es ging.
– Ich sitze in der Patsche.
– Patsche? Welche Patsche?
Guido war noch immer leichenblass.
– In einer ordentlichen Patsche.
– Warum bist du nicht zur Demo gekommen? Ein Haufen Genossen war da. Auch Hamid und der andere, wie heißt er doch gleich? Salah ... und noch ein Haufen Rauschebärte, die ganze Moschee war da!
– Die Wohnung in Terracina ... hast du noch die Schlüssel?
– Sicher habe ich sie. Gehört ja meiner Familie. Was ist passiert?
– Ich muss eine Zeit lang untertauchen. Ich werde gesucht.
– Die Blondine hat damit zu tun, nicht wahr? Die, die du gestern Abend in der Bar abgeschleppt hast ... hast du sie wenigstens gefickt?
– Flavio, sie suchen mich, gib mir bitte die Schlüssel und vergiss, dass du mich gesehen hast ...

Um zwei Uhr nachts kam er in der Villa Eucalipto im Bezirk Mare Miraggio an. Er parkte das Motorrad in der Garage und ließ sich auf ein Sofa fallen, das staubig und muffig roch. Er machte den Fernseher an. Die Demo wurde mit zwei Sätzen abgetan: Gewalttätige Globalisierungsgegner. Kein Wort von der Schießerei.

Vielleicht hatten die Agenturen die Nachricht noch nicht rausgegeben. Vielleicht hatten sie beschlossen, die Sache zu vertuschen. Guido fror. Er hatte Hunger. Angst.

„Wir dürfen uns nicht wieder sehen", hatte Rossana zu ihm gesagt, bevor sie in der Nacht verschwand. „Die Sache ist größer, als du dir vorstellen kannst."

Er hatte das Gefühl, dass sie mit allen Mitteln versucht hatte, ihn rauszuhalten. Ihm etwas zu sagen. Aber sie hatte sich ihm nicht völlig anvertraut. Obwohl sie zusammen gewesen waren. Sich geliebt hatten. Und sie verstellte sich nicht. So konnte man sich nicht verstellen. Es war schief gelaufen. Sie waren verpfiffen worden. Oder in eine Falle gelockt worden. Er dachte an den Augenblick, als Rossana ihm die Pistole in die Hand gedrückt hatte, und ihm fiel ein Freund seines Vaters ein, ein Banker aus Genf, der Havannas zu dreihundert Euro das Stück rauchte und ihn einmal als Salonkommunisten bezeichnet hatte. Der Banker finanzierte jede Menge Selbsthilfegruppen in aller Welt. „Das werdet ihr Salonkommunisten nie verstehen", sagte er, „man muss den Armen Geld geben, damit sie nicht zu wütend werden. Leider verstehen das viele Salonkommunisten nicht ..." Ein Salonkommunist. Rossana hingegen hatte ihre Pistole benutzt. Auf die Wachen geschossen. Vielleicht war jemand gestorben, vielleicht auch nicht. Es war zu schnell gegangen. Das Duell, die Schießerei, die Flucht.

„Wir dürfen uns nicht wieder sehen."

Er träumte gerade, dass ein Zug entgleiste und ihn voll erfasste. Guido spürte, wie sich das Blech zusammenschob und auf den Boden stürzte. Er riss die Augen auf. Er sah gerade noch, wie die Tür der Villa aufgesprengt wurde, dann stürzten sie sich schon auf ihn. Drei, vielleicht auch vier. Schläge. Muskeln in Aktion. Geruch von Leder. Er versuchte zu schreien, aber sie klebten ihm ein Band auf den Mund. Sie stülpten ihm eine schwarze Kapuze über den Kopf und schleppten ihn raus. Tonlos. Bevor sie ihn in den Kofferraum sperrten, rammten sie ihm eine Nadel in den Arm. Er wurde ohnmächtig.

8.

Er wachte in einem großen Gewölbe auf, einer Art leerem Keller. Sie hatten ihm die Kapuze abgenommen. Geruch nach Fäulnis, Kotze, Tieren. Eine Glühbirne an der Decke spendete schwaches Licht.

Mit Fußtritten befahlen sie ihm aufzustehen. Sie waren zu zweit. Ein kleiner Untersetzter und ein ziemlich Dicker. Jeans und schwarze Pullover, Sturmhauben. Guido dachte an Chile. Er dachte, sie würden ihn abschlachten wie ein Tier, und er brüllte, so laut er konnte. Der Dicke versetzte ihm eine Ohrfeige. Der Kleine schüttelte missbilligend den Kopf. Der Fette verpasste ihm einen Tritt in den Unterleib. Er ging zu Boden. Der Fette packte ihn an den Haaren und zwang ihn aufzustehen.

– Wir wissen alles. Ihr wolltet den Scheißaraber befreien. Ihr habt auf die Unsrigen geschossen. Aber ihr seid uns nicht gewachsen. Wir sind nicht das Gesetz. Wir liefern euch nicht einem Richter aus, der euch in einem Monat wieder nach Hause schickt. Wir machen euch hier fertig, an Ort und Stelle, gleich!

Guido versuchte ein wenig Würde wiederzuerlangen, während sich die Angst mit Übelkeit vermischte. Am liebsten hätte er geweint oder sich ihnen zu Füßen geworfen, um Gnade gewinselt.

– Ich habe das Recht auf einen Prozess. Ich will einen Anwalt!

Der Fette lachte ihm ins Gesicht. Der andere schüttelte wieder den Kopf. Der gute und der böse Cop. Ein Spiel, so alt wie die Welt.

– Komm, du Arschloch, ich zeig dir was …

Der Fette packte ihn am Arm und stieß ihn nach hinten in den Raum. Da war eine Tür mit einem Guckloch. Der Kleine bedeutete ihm mit einer Geste, er solle durchschauen. Noch hatte er sich die Hände nicht an ihm schmutzig gemacht.

Guido sah ein anderes Zimmer. In der Mitte stand ein Stuhl. Darauf hatten sie Rossana festgebunden. Sie geknebelt. Ihr Kopf hing nach vorne. Ihr Oberkörper war nackt. Guido sah die blauen Flecken, die Blutspuren. Er schrie. Der Fette zog ihn vom Guckloch weg und begann ihn wieder zu ohrfeigen. Mit eiskalter, methodischer Ruhe. Er durfte nicht weinen. Er versuchte sich Augenblicke des Glücks vorzustellen, Szenen seiner Kindheit, liebevolles Lächeln, einen heißen Strand. Aber er konnte sich an keinen Augenblick des Glücks erinnern. Keine Vergangenheit. Nichts. Nur Rossana dort auf dem Stuhl.

– Das ist nur der Anfang. Jetzt ficken wir sie abwechselnd durch. Und du sitzt in der ersten Reihe und darfst zuschauen.

Wieder Ohrfeigen. Faustschläge. Guido schloss die Augen. Schreie. Beleidigungen. Plötzlich unwirkliche Stille. Geräusche von Schritten, eine Tür ging auf und wieder zu. Der Kleine trat auf ihn zu und wischte ihm mit einem Taschentuch das Blut ab.

– Man muss nicht immer bis zur letzten Konsequenz gehen. Nicht immer. Manchmal ist es besser, rechtzeitig aufzuhören. Für dich ist es gerade noch rechtzeitig, Junge ...

Und angesichts dieses unerwartet freundlichen, fast brüderlichen Tons ging Guido in die Knie. Er begann zu weinen.

9.

Dantinis Sohn hieß Jonathan. Das Kind war das letzte Zugeständnis an seine Frau gewesen, bevor die Arbeit auch noch das letzte Stück Privatleben zunichte gemacht hatte. Sofern man eine kaputte Ehe überhaupt als „Leben" bezeichnen konnte. Dantini schaffte es, das Kind ein paar Mal die Woche zu sehen. Das waren die einzigen glücklichen Stunden. Der einzige Augenblick, in dem er sich als vollständiges menschliches Wesen fühlte. Und er hatte sich geschworen, den Jungen auf alle Fälle daran zu hindern, Polizist zu werden.

Wie jeden Sonntag fuhr er mit ihm in den Vergnügungspark im EUR. Wie jeden Sonntag hatte Jonathan darauf bestanden, dass sein Vater mit ihm Raumschiff fuhr, dann Riesenrad, dann wieder Raumschiff und noch einmal Riesenrad, und dann noch ein letztes mal Raumschiff, und schließlich kam wie jeden Sonntag der Augenblick des Schießens.

– Schieß, Papa.

Und Papa hatte einen Bären nach dem anderen abgeschossen, und Jonathan hatte enthusiastisch geklatscht, und schließlich überreichte ihnen der Besitzer des Schießstands den x-ten Plüschbären, den seine Mutter zu Hause verschwinden lassen würde. Wie den kleinen Hund, der eines Tages zum Pipi machen rausgelassen worden war und nicht wiederkam, und den kleinen Goldfisch, der jetzt im Ozean schwamm, die Katze, die ihre Mama wieder gefunden hatte ... Einsamkeit, schlechte Laune. Jonathan war kein glückliches Kind.

– Fahren wir noch einmal mit dem Raumschiff?
– Fahr allein, Liebling. Papa hat eine Verabredung.

Mit finsterem Gesicht blätterte Dantini die Zeitungen durch. Noch immer war von der brillanten Operation die Rede, die der slawischen Räuberbande den Garaus gemacht hatte. Die rechten Zeitungen jubelten, dass die Ordnungskräfte mit harter Hand durchgegriffen hatten, die linken zeigten sich etwas ratlos ob des Blutvergießens, aber auch nicht mehr als sonst. Niemand trauerte um vier blutrünstige Idioten.

– Hallo, Papa!

Jonathan kam zu ihm gelaufen und schwenkte die Arme. Gleich darauf verschwand das Kind hinter der gedrungenen Gestalt von Kommissar Mastino.

– Hast du gesehen, Chef? Wir sind Helden.

Seit dem bewussten Tag hatte Dantini keinen Frieden mehr gefunden. Er hatte versucht, dem einen oder anderen großen Tier seine Zweifel mitzuteilen, aber man hatte ihm geraten, die Sache zu vergessen. Alle hielten die Operation für einen großen Erfolg der Ordnungskräfte. Bei den Umfragen hatte die Polizei an Sympathie gewonnen. Warum im Trüben fischen? Ein Polizeipräfekt, dem er mit seiner Jammerei auf die Nerven ging, hatte ihm vorgeworfen, mit den Globalisierungsgegnern zu sympathisieren. Dantini hatte ernsthaft überlegt zu kündigen. Aber das Handtuch zu werfen, wäre einem Hochverrat gleichgekommen. Ein Leben lang hatte er dafür gekämpft, dass die Polizei den faschistischen Hautgout verlor. Er war nicht in Genua gewesen, aber er kannte jeden einzelnen, der am Massaker in der Diaz-Schule und in der Bolzaneto-Kaserne beteiligt gewesen war. Er hatte darum gebeten, in die interne Untersuchungskommission aufgenommen zu werden, aber sie hatten zu ihm gesagt, er würde „auf oberster Ebene" gebraucht. Mastino gehörte derselben Rasse an. Gewalttätig und dumpf. Vielleicht sogar schlimmer. Faule Äpfel. Nur sein alter Freund Lupo war ihm noch geblieben. Er wusste, dass er in Alaska unterwegs war. In einigen Stunden würden sie sich treffen, und er würde ihm seinen Verdacht mitteilen. Davor wollte er jedoch Mastino noch eine letzte Chance geben.

– Was ist, Chef? Sie bestellen mich doch nicht Sonntagvormittag hierher, um mit mir Autoscooter zu fahren, oder?

– Ich möchte den Namen des Informanten, Mastino.

– Du bist verrückt, Chef.

– Nenn mir den Namen, und ich lasse mich davon überzeugen, dass die Sache nicht so gelaufen ist, wie ich glaube.

– Und wie ist sie denn gelaufen?

– Pilić war dein Freund. Dein Geschäftspartner. Du hast ihn nicht verfolgt, sondern ihm Informationen zukommen lassen, wo und wie er seine Coups landen konnte. Und hast schön mitgeschnitten. Dann ist irgendetwas schief gelaufen. Das Abkommen wurde aufgekündigt, und in diesem Augenblick sind Pilić und die Seinen eine tödliche Gefahr geworden. Und du hast dich von ihm befreit.

Mastino grinste halbherzig. Der Kommandant hatte recht, wie immer. Dieser Dantini wusste einfach nicht, wie man sich benahm.

– Papa, schau mir zu!

Dantini lächelte seinem Kind zu, das gerade vorbeifuhr. Mastino betrachtete das Raumschiff, die gleichzeitig blinkenden Waffen. Und er schwor sich insgeheim, einen fetten Betrag in den Fonds der Polizistenwaisen einzuzahlen. Der Kleine konnte ja nichts dafür, dass sein Vater sich nicht zu benehmen wusste.

– Ich habe nichts zu sagen, Chef.

Dann warf er die Zigarette auf den Boden und machte sie mit dem Absatz aus, ohne auf eine Antwort zu warten.

10.

Sie hatten ihm den Auftrag gegeben, einen Mann zu erschießen. Das war die Abmachung. Ein Leben für seine Freiheit. Und Rossana. Sie hatten ihm rosa Pillen zu schlucken gegeben und ihm eine Pistole mit Schalldämpfer in die Hand gedrückt.

– Sie ist völlig lautlos und niemand wird auf dich achten, du bist mitten in der Menge. In dem Augenblick, in dem sie es bemerken, bist du schon weit weg, und wir werden deine Flucht organisieren, wir beschützen dich. Dann seid ihr frei. Du und das Mädchen.

Der Fette hatte ihn aufs Neue zum Guckloch geführt. Sie hatten Rossana auf eine Matratze gelegt, sie zugedeckt. Sie schlief.

– Siehst du? Wenn du brav bist, tun wir ihr nichts. Wenn du nicht brav bist, bringen wir sie vor deinen Augen um. Aber zuerst brechen wir ihr alle Knochen. Weißt du, wie sich eine mit gebrochenen Knochen anfühlt? Wie ein Schlauch ohne Luft ...

Er hatte versucht zu verhandeln

– Ist gut. Aber ihr lasst sie sofort frei.

Der Fette hatte ihn aufs Neue geschlagen.

– Du diktierst hier nicht die Bedingungen, Kommunistenarschloch. Hier befehlen wir, merk dir das.

Dann hatte der Kleine eine Kopfbewegung gemacht, der Fette hatte geseufzt und war in das Zimmer mit dem Stuhl gegangen.

Etwas später war Rossana nicht mehr drin. Bevor ihn der Kleine hinausführte, hatte er ihm das leere Zimmer gezeigt.

– Du siehst sie wieder, wenn alles vorbei ist.

Die Pillen begannen langsam zu wirken. Die Umrisse des Fetten verschwammen und wurden verzerrt wie unter Wasser.

– Wir folgen dir Schritt auf Tritt. Wir haben sie. Wenn du einen Rückzieher machst, stirbt sie.

Und so stand er plötzlich in der Menschenmenge im Vergnügungspark. Die Musik war unerträglich laut. Sein Kopf drohte zu platzen. Sie waren da, irgendwo. Er spürte ihre Anwesenheit. Sie kontrollierten ihn, umzingelten ihn ...
– Geh an die Kasse des Riesenrads und bleib dort stehen. Wir sind hinter dir. Wir haben sie. Wenn du einen Fehler machst, stirbt sie.

Dann hatten sie ihm flüsternd den Mann gezeigt, den er erschießen sollte. Einen x-beliebigen Mann. Einen normalen Mann. Vielleicht nur etwas größer als normal. Einen Mann mit einem Bündel Zeitungen unter dem Arm. Er unterhielt sich mit einem anderen, der kleiner war als er. Guido erkannte ihn. Es war der Kleine, der ihm die Abmachung vorgeschlagen hatte. Oder sein Zwillingsbruder.
– Los!

Es ist kein Mensch. Es ist nur eine Zielperson. Eine Zielperson, die sie in die Falle gelockt haben. Und ich soll das Fangeisen sein. Diese unerträgliche Musik. Die Raumschiffe, die Kinder, die Farben ... Ein Kind winkte der Zielperson zu, die Zielperson lächelte und winkte zurück. Der kleine Stämmige drückte mit dem Absatz eine Zigarette aus. Guido hob die Waffe und ließ sie wieder sinken. Er würde es nicht tun. Salonkommunist. Ok, wie ihr wollt. Aber er würde diesen Mann nicht erschießen. Wenn das Krieg war, stand er auf der anderen Seite. Wenn das Krieg war, wollte er nicht kämpfen. Plötzlich fühlte er sich heiter, im Frieden mit sich selbst. Ich bin kein Mörder. Werde nie einer sein. Er versuchte die Pistole in die Tasche zu stecken, als er bemerkte, dass der Mann, den er nicht erschießen würde, in seine Richtung starrte. Zuerst war sein Blick besorgt, dann runzelte er erstaunt die Stirn. Eine Welle des Mitleids für das unbekannte Opfer schlug über ihm zusammen. Am liebsten hätte er geschrieen: „Lauf weg, bring dich in Sicherheit, ich werde nicht dein Mörder sein ..." Aber der Mann griff sich mit der Hand an die Brust und beugte sich nach vorn.

Wer hatte auf ihn geschossen?

Dann sah Guido das Mündungsfeuer, spürte den Schlag, etwas explodierte in seiner Brust. Ein paar Schritte von dem erloschenen Gesicht des Mannes entfernt, der von jemand anderem, nicht von ihm, erschossen worden war, ging er zu Boden. Mit einem letzten Zucken hielt er sich an etwas fest und dann schwanden ihm die Sinne.

Mastino stürzte nach vorne, mit der noch rauchenden Beretta in der Hand. Die Arbeit musste zu Ende gebracht werden. Er hatte auf das Herz gezielt, der Schuss hätte tödlich sein müssen, aber man konnte ja nie wissen. Man durfte nichts dem Zufall überlassen. Eine Touristin mit roten Haaren stand mitten auf der Bildfläche, gelähmt vor Schrecken, der Junge hielt sich mit der Hand an ihrem Knöchel fest. Er ließ ihn nicht aus. Die Frau stand genau in der Schusslinie. Mastino schrie ihr zu, sie solle sich in Sicherheit bringen. Sie rührte sich nicht vom Fleck und begann zu schreien. Aus allen Richtungen kamen Leute gelaufen. Jemand schrie: „Ruft die Polizei!" Zu viele Menschen kamen gelaufen. Mastino ließ die Waffe sinken und schwenkte den Ausweis. Weitermachen wäre zu riskant gewesen. Um den Jungen würde er sich später kümmern.

Dritter Teil

Lupo

1.

Es ist ein Wunder, dass er lebt. Die Kugel ist von einer Rippe abgeprallt, hat nur um ein paar Millimeter das Herz verfehlt und den linken Lungenflügel durchschlagen.
– Kann er sprechen?
– Sie verstehen mich nicht. Er liegt im Koma. Es ist zur DIC gekommen…
– Bitte?
– Disseminierte intravasale Koagulopathie. Es handelt sich …
– Er wacht wieder auf, nicht wahr, Doktor?
– In solchen Fällen kann man das nie sagen.
– Wie hoch ist die Wahrscheinlichkeit, auf einer Skala von eins bis zehn?
– Wetten Sie gern?
– Nicht besonders. Ich wollte mir nur ein Bild machen.
– Sagen wir fünf. Mit einem gewissen Optimismus.
– Könnten Sie mir sagen, wann man ungefähr damit rechnen kann?
Doktor Fera zuckte mit den Achseln. Dabei rutschten die Ärmel seines Hemdes hoch und eine zweifellos echte Rolex kam zum Vorschein. Lupo musste lächeln. Er hätte in vier Minuten die Biografie dieses Arztes schreiben können, Leben, Tod und Wunder, inklusive Identität der Geliebten und Modell des Geländewagens.
– Das menschliche Hirn ist nach wie vor ein Rätsel, glauben Sie mir. Sagen wir, je mehr Zeit vergeht, desto größer ist die Aussicht zu überleben. Ab dieser Nacht, würde ich sagen. Ich würde

aber auch sagen, je mehr Zeit vergeht, desto geringer sind die Chancen auf vollständige Heilung. Auch wenn es in der Literatur Fälle gibt, wo Patienten nach zehn, sogar nach zwanzig Jahren aufwachen ...

– Ich verstehe.

Lupo nickte. In einer neunstündigen Operation hatte der Arzt den Jungen dem Tod entrissen. Jetzt lag er im neunten Stockwerk des San-Giuliano-Krankenhauses und wurde von zwei Polizisten bewacht, die sich fragten, wieso so viel Aufwand betrieben wurde, um das Arschloch zu retten, das Alessio Dantini umgebracht hatte. Lupo machte Anstalten, den Mundschutz abzunehmen, was augenblicklich den besorgten Blick des Arztes zur Folge hatte. Er entschuldigte sich mit einem Kopfnicken und konzentrierte sich auf Fera. Er hatte in den Listen nachgelesen. Der Doktor war Freimaurer. Angesichts der Umstände war das eine gute Nachricht. Hier war eine vorsichtigere Vorgehensweise erforderlich. Aber das wahre Problem war die Zeit. Wenn sich die Dinge wirklich so verhielten, wie er allmählich vermutete, wie Dantini ihm zu verstehen gegeben hatte, durfte er keinen Augenblick verlieren. Sobald sich das Gerücht verbreitete, dass der Junge überlebt hatte, würden die anderen zur Tat schreiten. Es blieb ihm also nichts anderes übrig, als alles auf eine Karte zu setzen.

– Ich danke Ihnen, Herr Doktor. Sie haben hervorragende Arbeit geleistet!

– Ach, nicht der Rede wert! Danken Sie lieber dem Team, die Jungs sind ...

– Stellen Sie Ihr Licht nicht unter den Scheffel, ich bitte Sie!

Mit einer unbestimmten Geste reichte ihm Lupo die Hand. Ein leichter Druck mit dem Mittelfinger auf die Handfläche, dann ein leichtes Streicheln, als er sie wieder zurückzog, wie eine wissende Zärtlichkeit. Im Blick des anderen, in seinen Augen hinter den dicken Brillengläsern (einer goldenen Designerbrille von Tom Ford, die zweifellos von gutem Geschmack zeugte) blitzte kurz Verwunderung auf. Dann entspannte sich der Arzt, er lächelte und erwiderte den traditionellen Gruß. Lupo bat ihn um seine Handynummer.

2.

Daria wartete auf dem Gang auf ihn. An ihren geröteten Wangen und an dem kämpferischen Gesichtsausdruck war zu erkennen, dass sie gerade einen heftigen Wortwechsel mit den beiden Wachebeamten gehabt hatte, die ihrerseits Lupo nicht einmal grüßten, als er den Mundschutz anlegte und in die Gummihandschuhe schlüpfte.

– Gewissen Leuten sollte man nicht erlauben, Uniform zu tragen, zischte Daria, so laut, dass ihre Kollegen sie gewiss hören konnten.

– Versetz dich in ihre Lage. Sie hatten Dantini gern und sind sich sicher, dass der Junge ihn umgebracht hat ...

– Das glaube ich auch, aber das ist noch immer kein Grund, so einen Scheißdreck über Folter, Pinochet und die Todesstrafe daherzufaseln!

– Ich mag es nicht, wenn du so ordinär redest. Und auch nicht, wenn du die Lautstärke erhöhst. Analysieren wir lieber die Situation.

Daria folgte ihm seufzend. Seit fünf Jahren arbeitete sie nun mit Nicola Lupo zusammen, und mittlerweile hatte sie aufgegeben, ihn zu verstehen. Sie fragte sich nicht mehr, welche Gedanken er hinter dem kahlen Schädel und dem Schnurrbärtchen hegte, das an Marcello Mastroianni in *Scheidung auf italienisch* erinnerte. Lupo war ein Rätsel und würde es immer bleiben. Ein faszinierendes Rätsel, einverstanden, aber in gewissen Augenblicken reichte einem sowohl die Faszination als auch das Rätselhafte. Hin und wieder schadete ein bisschen gesunder Menschenverstand nicht.

„Es ist nicht meine Schuld", hatte er sich zu Beginn ihrer Zusammenarbeit gerechtfertigt. „Wenn überhaupt, dann gib meiner Heimat Sizilien die Schuld." Das hatte Falcone irgendwo geschrieben, in einem Artikel über Sciascia. „Wir leiden an einer Perversion der Logik. Unsere Logik übersteigt jede menschliche Grenze. Die Wurzel unserer Logik ist so verbogen, dass es an Perversion grenzt. Descartes ist für uns nichts anderes als ein talentierter Dilettant. Aber macht uns dieser Nährboden nicht einzigartig und unwiderstehlich? Alles oder nichts, auf jeden Fall."

Jetzt zum Beispiel entwickelte er eine komplexe Theorie zu Dantinis Tod, mit der er wieder einmal unter Beweis stellen wollte, dass auf dieser Welt alles so ist wie bei Macbeth: *fair is foul and foul is fair*. Dabei war doch das Ganze so banal und offensichtlich, in den Augen aller und vor allem in ihren Augen ...

– Wir sehen uns in einer Stunde bei mir, Daria. Ich muss ein paar Anrufe erledigen.

Eine Stunde später saß Lupo an seinem großen, chaotischen Schreibtisch im bescheidenen, aber sehr gut ausgestatteten Büro des Innenministeriums in einem anonymen Wohnhaus mitten im Esquilin-Viertel. Immer, wenn sie ins Heiligtum vorgelassen wurde, fragte sich Daria unweigerlich, ob Lupos Arbeitsplatz ein Abglanz seiner Persönlichkeit oder nur eine geschickte Tarnung war, die x-te Inszenierung ihres rätselhaften Chefs. Glaubte Lupo wirklich, dass Grant Woods Gemälde *American Gothic* die dunkle Seite der Moderne darstellte? Und fragte er sich tatsächlich wie Einstein, was wir von einem leeren Schreibtisch zu halten hätten, „wenn ein unordentlicher Schreibtisch einen unordentlichen Geist repräsentiert"? Die Reproduktion des Gemäldes und das berühmte Foto, auf dem der große Wissenschaftler die Zunge herausstreckte, fielen auf jeden Fall allen Besuchern auf. Sie verwirrten sie. Und Lupo nutzte ihre Verwirrung aus, um sie zu studieren, um einen kleinen Vorsprung zu gewinnen.

– Hast du deine Anrufe gemacht?
– Wenn es an der Zeit ist, werde ich dich informieren, meine Liebe ...
Daria reichte ihm die Fotokopie eines Flugblatts.
– Das hat die Kriminalpolizei in einem Mülleimer in der Nähe des Argentovivo-Zirkels gefunden.
Lupo setzt die Brille auf und las: „Wir haben den Bullen Dantini hingerichtet, den Feind des palästinensischen Volkes und Komplizen der Folterer des Genossen Mamoud."
– Ich würde es Rache nennen.
Lupo schüttelte den Kopf, überhaupt nicht überzeugt.
– Alessio war kein Feind des palästinensischen Volkes und hatte nichts mit diesem Mamoud zu tun. Er hat ihn nicht einmal verhaftet.
– Was wissen wir? Diese Jungs sind außer Rand und Band.
– Ich würde nicht sagen, dass dieser Junge außer Rand und Band war, sondern dass er ein Kamikaze war ... Guido di San Piero Colonna ... Waise, großbürgerliche Herkunft ... wenn ich mich nicht irre, hatte sein Vater zu Zeiten von *Mani pulite* ein paar Probleme ...
– Er wurde aber von allen Vorwürfen freigesprochen und das konfiszierte Vermögen wurde ihm zurückerstattet.
– Klar doch. Auf jeden Fall eine Biografie wie in einem Fortsetzungsroman.
– Bei ihm zu Hause hat man ein Tagbuch gefunden. Ich lese dir nur einen Satz vor, einen x-beliebigen: „Der Traum eines jeden Anarchisten ist es einem Richter oder einem Bullen eine Kugel in den Schädel zu jagen."
– Weit verbreitete Propaganda. Ich glaube, ich habe auch Bücher zu Haus, die zu solchen Dingen aufrufen. Das macht ihn in meinen Augen noch nicht zum Polizistenmörder.
– Um Himmels Willen, Nicola!
– Beruhige dich, bitte.

– Nicola, es gibt Beweise! Beweise! Die ersten Untersuchungen der Waffe beweisen, dass er geschossen hat, und der Aussage Kommissar Mastinos zufolge hat er auf ihn geschossen, als er sah, wie er auf den armen Dantini zielte.

Lupo starrte noch immer auf sie mit seinem irrenden Blick. Daria wusste, dass es sinnlos war, weiter darauf zu bestehen. Noch nie war es jemandem gelungen, Nicola Lupo von seiner Meinung abzubringen. Wenn er dennoch hin und wieder klein beigeben musste, schenkte er seinem Gesprächspartner höchstens einen mitleidigen Blick. Selbstkritik kam in seiner Welt nicht vor. Die Freundschaft vernebelte seinen Blick, sagte sich Daria. Für Lupo war Alessio Dantini mehr als ein Bruder gewesen. Sie waren nicht nur dieselben Risiken eingegangen, sie hatten dieselbe Weltsicht geteilt. Vielleicht denselben Traum. Eine saubere und demokratische Polizei. Ein sauberer Polizeikörper ohne dunkle Seiten. Beim Begräbnis Dantinis hatte sich Lupo mehrmals mit dem Taschentuch das Gesicht abgewischt. Und als seine Witwe auf ihn zugetreten war, hatte er sich mit einer Ausrede der Umarmung entzogen. Die Freundschaft verhinderte logisches Denken. Lupo war da keine Ausnahme.

– Es liegt doch alles auf der Hand ... Warum zweifelst du daran?
– In vierundzwanzig Stunden gebe ich dir eine Antwort.
– Verheimlichst du etwas? Etwas, das ich nicht wissen darf?
– Ich versuche bloß, dem augenblicklichen gedanklichen Stillstand mit ein wenig gesunder Aktion beizukommen, lächelte Lupo, deshalb treffe ich folgende Anordnungen: Erstens. Was das Krankenhaus anbelangt, bin ich ausschließlich mit Doktor Fera in Kontakt. Ich möchte ständig über den Zustand des Jungen informiert werden, wenn er aufwacht, wenn er sich verschlechtert, alles ...
– Warum ausgerechnet Fera?
– Ich vertraue ihm. Zweitens. Schick jemanden ins Argentovivo, um die Jungs zu verhören ...
– Es gibt doch die Verhörprotokolle der Kriminalpolizei ...

– Dann fügen wir unsere hinzu, nicht wahr? Drittens. Mir ist eingefallen, dass das Verbrechen vielleicht eine sichtbare Spur hinterlassen hat ...

– Entschuldige, wie meinst du das?

– Es hat Augenblicke der Panik gegeben, und mittlerweile flüchten die Leute nicht mehr, sondern machen Fotos mit dem Handy.

– Und was sollen wir tun?

– Ruf unsere Kontaktpersonen bei den verschiedenen TV-Sendern an. Wir machen einen Aufruf, irgendwas finden wir, du wirst sehen.

Daria starrte ihn perplex an.

– Wir machen also eine unabhängige Untersuchung?

– Das wäre nicht das erste Mal.

– Wie glaubst du, wird das in der Staatsanwaltschaft ... und in den anderen Ressorts ... aufgenommen?

– Wir sind nicht verpflichtet, sie zu informieren. Nicht in dieser Phase. Ich werde einen Zwischenbericht vorbereiten. Ich werde etwas Schaum schlagen. Du hast ja immer behauptet, darin sei ich besonders gut.

– Ich habe nie ...

– Ist schon gut, war nur ein Witz, unterbrach sie Lupo, und blätterte in einem kleinen Moleskine-Kalender mit dunklem Einband. – Schick mir bitte Ronzani und Picone, wenn du hinausgehst. Ach, noch was, das hätte ich fast vergessen ... ein junger Kollege war Dantini besonders verbunden, sie haben eng zusammengearbeitet. Er hat mir davon erzählt, als wir das letzte Mal miteinander gesprochen haben. Er war ebenfalls bei der Zerschlagung der Pilić-Bande dabei. Vizekommissar Marco Ferri. Ich möchte mich mit ihm unterhalten, kommst du mit?

Daria steckte den Hieb mit professioneller Gelassenheit ein. Lupo sah nur ein angespanntes Lächeln und hörte ein leichtes Zittern in ihrer Stimme.

– Lieber nicht, sagte sie trocken.
– Dürfte ich den Grund erfahren?
– Wir waren einmal zusammen.
Lupo blieb unbeweglich. Daria ballte die Hände zu Fäusten.
– Das hast du doch gewusst, oder?
– Ich hatte es geahnt. Es steht in seiner Personalakte. Empfehlungsschreiben des Vizepräfekts Marconi Daria an den Chef der Kriminalpolizei Venedig ... „der junge Ferri verfügt über hervorragende Eigenschaften" ... Es ist nicht deine Art, dich für irgendeinen Bullen einzusetzen, außer du ...
– ... hast mit ihm gevögelt.
– Warum musst du immer so direkt und aggressiv sein, Daria?
– Und warum musst du immer so undeutlich und arrogant sein, Nicola?

3.

Auch wenn sie nie ein Liebespaar gewesen waren, stritten sie manchmal wie ein altes Ehepaar. Um die Wahrheit zu sagen, glaubte Lupo manchmal, dass ihm Daria ein unausgesprochenes erotisches Angebot machte. Nichts Ausdrückliches, sondern er verspürte vielmehr den Duft der Verführung, ein flüchtiges Sich-Anbieten und Sich-sofort- wieder-Zurückziehen, eine Mischung aus Staunen und Verachtung angesichts seines konstanten *fin de non-recevoir*. Frau Vizepräfekt schien ein glücklicher Single zu sein. Aber sogar Lupo hatte bemerkt, dass sie ein leidenschaftlicher Typ war, und dass im Bullenmilieu, wo alle alles voneinander wussten, immer wieder über sie getratscht wurde. Er hatte zwar viele Talente, aber von Gefühlen verstand er nichts. Worauf er nicht besonders stolz war. Nach dem kurzen Gespräch mit Vizekommissar Ferri war ihm jedenfalls eines klar: Es gibt eine geheimnisvolle Alchemie, die Männer und Frauen verbindet. Etwas, das auf Molekülen und Gerüchen basiert und das gewiss wissenschaftlich zu belegen, jedoch verdammt schwer zu isolieren ist. Und erst zu beschreiben! Hatte sich Daria, die zwanzig Jahre mehr an Erfahrung und Leben auf dem Buckel hatte als Marco, von der animalischen Energie verführen lassen, die der junge Mann im Übermaß zu besitzen schien? Oder macht die männliche Gewaltbereitschaft sogar engelsgleiche Frauengestalten beim Liebesakt zu genusssüchtigen Mänaden? Aber warum hatte er von alldem keine Ahnung? Auf jeden Fall war Ferri ein Gewalttätiger. Merkwürdig, dass Dantini ihn so sehr geschätzt hatte. Vielleicht hatte er an ihm ungeahnte Fähigkeiten wahrgenommen. Aber er hatte ihm nicht so sehr vertraut, dass er ihm den Verdacht über Mastino mitgeteilt hätte.

Und er hatte ihm auch nie von ihm, Lupo, erzählt, ihrer brüderlichen Freundschaft. Er hatte ihn losgeschickt, die Aktion zu *covern*, war jedoch vom Ergebnis enttäuscht gewesen. Im Übrigen hielt der Junge Mastino für einen großartigen Polizisten. Für einen mit harten Hörnern – du lieber Gott, wie sehr er doch diese Kasernensprache verabscheute! Die Aktion war ein Erfolg gewesen. Ja, zwischen ihm und Dantini hatte es Meinungsverschiedenheiten gegeben, denn hinsichtlich der Rolle der Polizei in der Gesellschaft (man höre, man höre!) waren sie unterschiedlicher Meinung gewesen. Aber nichts Besonderes, nichts Persönliches. Was den Anarchisten anbelangte, so hegte Ferri nicht den geringsten Zweifel, dass er seinen geliebten Chef ins Jenseits befördert hatte. Am liebsten hätte er ihn mit eigenen Händen erwürgt. Alles war in bester Ordnung. Zu sehr in bester Ordnung. Bevor er sich von ihm verabschiedete, erlaubte er sich noch ein kleines Späßchen.
– Schöne Grüße von Dottoressa Marconi.
Der junge Mann war puterrot geworden. Er hatte die Hände zu Fäusten geballt, und einen Augenblick lang hatte Lupo echte Angst empfunden. Ferri war grußlos gegangen und hatte die Tür hinter sich zugeschlagen. Hatte er vielleicht übertrieben? Aber was sollte er tun? So war er nun mal ... Dann sagte ihm irgendetwas, dass er sich die Beziehung der beiden genauer ansehen sollte. Undurchsichtig und arrogant, hatte ihn Daria genannt. Das kam der Wahrheit ziemlich nahe. Er rief Picone an. Die Situation war unter Kontrolle. Fera verließ keine Sekunde das Zimmer. Nicht einmal, um ... mit einem Wort, er erfüllte den Auftrag. Gut. Die Zeit drängte, aber der Mechanismus war in Gang gesetzt.

4.

Marco stürzte den vierten Campari hinunter und bestellte augenblicklich noch einen. Daria ließ auf sich warten. Am Telefon hatte sie gezögert. Schließlich hatte er sie überredet. Komm, hatte er zu ihr gesagt, komm bitte. Er spürte, dass die WUT zurückkehrte. Hilf mir. Du bist daran Schuld, hätte er am liebsten hinzugefügt, sich jedoch zurückgehalten. Du und der Bulle, der Kaffer aus dem Süden. Dein Chef. Der Bulle, der Kaffer aus dem Süden, hatte ihm quälende Fragen zu Mastino gestellt. Als ob er einen Argwohn hegte. Als ob er um jeden Preis einen Sündenbock suchte, um dem Scheißanarchisten den Arsch zu retten. Aber der Kaffer aus dem Süden hatte noch etwas Schlimmeres gemacht. Er hatte Daria ins Spiel gebracht. Das war reine Provokation. Nur der Gedanke, dass er sich mit einer impulsiven Reaktion selbst schaden würde, hatte ihn davon abgehalten, das unerträgliche Grinsen aus dem Gesicht des Kaffers zu tilgen. Aber Daria schuldete ihm ein paar Erklärungen.

Während er wartete, musste er unablässig an die WUT denken.

Mit elf Jahren hatte er begonnen, die Ultras von Hellas Verona zu frequentieren. Mit fünfzehn hatte ihn der Anführer in das Fitnessstudio mitgenommen, wo sich die Kameraden trafen. Sie hatten ihm den Schädel kahl geschoren und ein Hakenkreuz auf die Brust tätowiert. Damals hatte er überhaupt keine Ahnung, was dieses Symbol bedeutete. Sie hatten ihm wirre Geschichten darüber erzählt, dass sie die überlegene Rasse seien und den Auftrag hätten, Neger, Juden und andere minderwertige Rassen zu eliminieren. Oder ihnen zumindest sehr weh zu tun. Er hatte sich bei

Säuberungsaktionen gegen Einwanderer beteiligt, aber das war zu billig, die Scheißneger liefen davon wie Hasen und ließen sich den Schädel einschlagen, ohne sich zu wehren. Ein gewisser Luca, der älter war als er, hatte ihm von den Birmingham Zulus erzählt, er hatte sie bei einem Spiel gegen Aston Villa in Aktion gesehen. Das hatte nichts mit den Scharmützeln des Fanclubs von Verona zu tun, die betraten nicht einmal das Stadion. Sie trafen sich mit anderen Hooligans außerhalb der Stadt, an einem Ort, der von den Anführern per Internet vereinbart wurde, und prügelten sich dort, bis die Polizei kam. „Es pura vida, hermano!"

Dieser Luca fuhr sogar einmal im Monat sonntags nach Birmingham, er war in die *firm* eingetreten, sie hatten ihm eine Schärpe und eine Mütze in den Farben der Mannschaft und einen mit Stahlspitzen verstärkten Schlagring gegeben. Er las den Spielplan und suchte sich Spiele gegen Mannschaften mit den brutalsten Fans aus, wie die Wolverhampton Wanderers oder Stoke City. In der Woche darauf war Marco mit Luca nach Birmingham gefahren. Sie hatten auch ihm eine Schärpe, eine Mütze und einen Schlagring gegeben und ihm soviel Bier spendiert, wie er trinken konnte. Auf einem großen Platz vor einem im Rohbau befindlichen Einkaufszentrum hatten sie sich mit Chelsea-Fans geprügelt. Bei dieser Gelegenheit hatte er das Loch im Kopf davongetragen, mitten auf der Stirn, sein drittes Auge. Trotzdem war er wieder hingefahren. An diesem Nachmittag hatte er zum ersten Mal das Gefühl gehabt, dass sich die WUT besänftigten ließ, zur Ruhe kam. Seit ein paar Monaten arbeitete er in einer kleinen Firma, die im ganzen Veneto Kantinen montierte. Freitags oder samstags fuhr er nach Birmingham, sonntagabends oder Montag früh im Morgengrauen kam er zurück, voller Schürfwunden und blauer Flecken. Mit einem Höchstwert an Endorphinen. Als er mit zwei gebrochenen Fingern zurückkam, schmissen sie ihn raus. Es war ihm egal, er hatte genug beiseitegelegt, um die Fahrten zu bezahlen, zumindest eine Zeit lang. Die Woche über ging er ins Fitnessstudio, er verbrachte dort fast den ganzen Tag. Er lebte allein mit Killer, einem Mastiff, den er im Hof des Hauses an der Kette hielt, bis er eines Montags, als er aus Birmingham zurückkam, tot im Hof lag. Vergiftet. Er wusste, wer es gewesen war: der Sohn seiner Nachbarn, ein Scheiß-*Gobbo*, ein Juventus-Anhänger. Er hatte ihn verfolgt, beschattet, überwacht. Schließlich kannte er alle seine Gewohnheiten, die Personen, mit denen er verkehrte, die Orte, die er aufsuchte. Ein paar Mal in der Woche fuhr das Arschloch mit einer Arbeitskollegin zum Flussbett der Etsch gleich außerhalb der Stadt, um im Auto eine Nummer zu schieben. Er hatte ihm einen mit Benzin getränkten Lumpen ins Auspuffrohr geschoben und ihn angezündet. Aus einem Versteck heraus hatte er zugesehen, wie der Juventus-Anhänger, das Arschloch, und seine verhurte Kollegin kreischend aus dem Auto liefen und wie sie sich kreischend ins eiskalte Wasser des Flusses stürzten. Niemand hatte ihn gesehen, niemand hatte ihn verdächtigt.

Jetzt hatte er nichts mehr zu tun. Er powerte sich im Fitnessstudio aus, und dennoch fand er aufgrund der Alpträume immer weniger Schlaf. Killer biss ein Kind tot, er schaute reglos zu, und als er sich zu seinen Füßen einrollte, machte er ihm mit einem Fleischerhaken den Garaus. Die Fahrten reichten ihm nicht mehr, die Woche über trieb er sich in den Diskotheken des Hinterlands herum, streifte über die Parkplätze der Autobahnraststätten, durch die Baracken der illegalen Einwanderer, vom Fieber verzehrt. Er suchte Neger, Albaner, Transen, Kommunisten. Er drosch sie blutig oder wurde selbst verdroschen. Danach fühlte er sich immer besser, bis das Fieber wieder anstieg. Wie bei einem Süchtigen. In einer dieser blutrünstigen Nächte hatte er sie kennengelernt. Diesmal hatte er wirklich seine Haut riskiert. Das Gerücht hatte sich verbreitet, dass ein Verrückter mit einem Loch im Kopf herumlief und Albaner jagte, und sie warteten auf ihn. Zu sechst oder siebt waren sie auf dem Parkplatz eines Einkaufszentrums auf ihn losgegangen. Sie hatten ihn mit Faustschlägen und Tritten zu Boden gestreckt, aber er war wieder hochgekommen, er schlug mit dem Schlagring zu, blindlings, die Augen voller Blut, er spürte, wie seine Gesichtsknochen splitterten, er spürte die Tritte in den Rücken und in die Eier. Aber er spürte den Schmerz nicht, im Gegenteil er schien ihm viel Kraft zu verleihen. Die WUT hielt ihn aufrecht.

Dann war aus der Ferne eine mächtige Stimme erschallt, ein grelles Licht war angegangen, Schritte huschten weg, und die Schläge hörten plötzlich auf.

– Hallo Marco.

In Darias Lächeln lag dasselbe Licht wie an diesem Morgen vor vielen Jahren. Als er zwei Tage nach der Prügelei im Krankenhausbett aufgewacht war und sie da war. Marco hatte eine eingegipste Schulter, ein Bein im Streckverband und einen gelähmten Kiefer. Alles hatte mit diesem Lächeln begonnen. Mit der Zeit war es ihm sogar gelungen, das Hakenkreuz-Tattoo auf seiner Brust zum Verschwinden zu bringen. Sie hatte ihm gezeigt, wie man es in eine kleine Sonne verwandelte, in die Grundform, ein Symbol für Wohlstand. Und sie hatte ihm noch viele andere Dinge gezeigt. Kaum sah er sie, spürte er, wie die WUT sich beleidigt zurückzog.

– Setz dich. Trinken wir was. Danke ... danke, dass du gekommen bist.

5.

Bei der Trauerfeier zu Ehren Dantinis, die eine Stunde später stattfand, hatte Marco eine kurze, bewegte Rede gehalten und dabei Daria in die Augen geblickt, die in der dritten Reihe neben ihrem Chef, dem Kaffer aus dem Süden, saß. Sie behauptete, nicht mit ihm ins Bett zu gehen. Sie behauptete, mit niemandem ins Bett zu gehen. Marco hatte keinen Grund, ihr nicht zu glauben. Bei der kurzen, aber intensiven Begegnung hatte er festgestellt, dass es zwischen ihnen noch ein Band gab. Aber es würde nie wieder so sein wie früher. Nur die WUT schien das nicht zur Kenntnis zu nehmen und hatte wie früher auf ihre Anwesenheit reagiert, auf ihren zarten, fruchtigen Geruch, der einen merkwürdigen Kontrast zur Härte der Gesichtszüge und zur Strafheit ihres Körpers bildete. Ihre Nähe, ihren Blick zu spüren, versetzte ihn in einen Zustand wunderbarer Heiterkeit.

– Hauptkommissar Alessio Dantini verdanke ich alles. Für mich war er wie der Vater, den ich nie kennengelernt habe. Ohne ihn fühle ich mich verloren, nichts wird mehr so sein wie früher …

Lupo lauschte der Rede mit lebhaftem Interesse. Der Junge schien es ernst zu meinen. Umso besser. Vielleicht besaß er tatsächlich die „besonderen" Eigenschaften, die zuerst Daria und dann Dantini so sehr fasziniert hatten. Während Lupo ihm zuhörte, wie er mit gebrochener Stimme sprach, fragte er sich, ob Marco Ferri nicht in der Hälfte der Furt war: als zärtliche Mörder hatte der Dichter Browning Typen wie ihn bezeichnet. Menschen zwischen Abgrund und Licht, zwischen Normalität und Wahn … Sollte er Darias Meinung berücksichtigen? Kurz davor, auf dem Weg in die Trauerhalle, in der ein paar gelangweilte hohe Tiere

und einige wenige Freunde saßen, die wirklich trauerten, hatten sie über ihn gesprochen. Er hatte am Ausgang der Caffetteria Nazionale auf sie gewartet, die nur einen Katzensprung vom Hauptquartier in der Via San Vitale entfernt war.
– Hast du mich beschatten lassen?
– Red keinen Schwachsinn, Daria. Ich habe nur nachgedacht. Ich habe einen Köder ausgeworfen, der Junge hat angebissen, du hast ihm dabei geholfen, und jetzt sind wir hier ..
– Manchmal frage ich mich, ob ich nicht doch lieber diesen Posten im Ministerium annehmen sollte ...
– Schließen wir Waffenstillstand. Erzähl mir von ihm und von dir.
– Krankhafte Neugier? Willst du die unanständigen Details hören?
– Ich möchte wissen, warum Dantini ihm ... zu einem gewissen Grad ... vertraute und ob er uns nützlich sein kann. Und um das zu verstehen, muss ich alles wissen. Das ist alles ...

Seufzend hatte Daria zu erzählen begonnen. Vor vier, nein fünf Jahren hatten sie sich getrennt. Seit sechs, nein, seit sieben Monaten sprachen sie nicht mehr miteinander. Daria erzählte Lupo, dass Marco ihr sein Leben verdankte, in jeder Hinsicht, wobei sie merkte, dass sie pathetisch wurde. Sie hatte ihn gerettet, als er von den Albanern beinahe tot geprügelt worden war. Sie hatte ihn zu sich nach Hause genommen, nach Mestre. Und sie waren ein Paar geworden. Ein paar Details sparte sie aus. Vielleicht genierte sie sich, oder vielleicht wollte sie sich die x-te Bemerkung zur Doppelbödigkeit der weiblichen Seele ersparen (was ist eigentlich mit der männlichen?).

– Er ist ein besonderer Mensch, der sich in einem Labyrinth verrannt hatte, aus dem er keinen Ausgang mehr fand, sagte sie abschließend. Ich habe ihm eine Hand gereicht.
– Mit anderen Worten, du warst für ihn ein Mittelding aus Krankenschwester und Mama ...

– Red keinen Blödsinn!

Geschieht mir recht, sagte Daria zu sich. Für den Fall, dass sie wieder einmal einen zärtlichen Gedanken für ihren Vorgesetzten hegen sollte, würde sie sich an seine eiskalte Brutalität erinnern. Aber am meisten kränkte sie zu wissen, dass Lupo recht hatte. Eine Krankenschwester und eine Mama. Und jetzt? Eine geile, schon leicht verblühte Vierzigjährige? Ein besonderer Mensch, ja, schon gut, eine Liebesgeschichte, und weiter? Gab es denn keine menschlichen Schwächen? Gab es verdammt noch mal keine Gefühle? Ich hasse dich, Nicola Lupo, ich hasse dich aus ganzem Herzen …

– Entschuldige. Und hasse mich bitte nicht. Du weißt, dass ich nichts von diesen Dingen verstehe. Sag mir lieber … wie war er, als du ihn gefunden hast?

– Marco? Es war er und doch nicht er. Er war wie unter dem Einfluss von … er nannte es die Wut. Eine blinde, zerstörerische Gewalt …

– Gewalttätige Polizisten sind nicht notwendigerweise ein Übel. Sie müssen nur wissen, auf wohin sie die Gewalt richten sollen.

– Genau das ist sein Problem, Nicola. Er weiß nicht, was das richtige Ziel ist. Er braucht einen … einen Führer …

– Wahrscheinlich hat er ihn gefunden, leider.

– Dantini?

– Mastino. Die beiden sind wie füreinander geschaffen.

Vielleicht täuschte er sich. Vielleicht war der Junge noch nicht völlig verloren.

– Und noch etwas möchte ich sagen. Was Dantini mir gegeben hat … was er uns allen gegeben hat, gibt uns die Kraft, in seinem Sinne weiterzumachen.

Marco verließ das Rednerpult. Tosender Applaus im Saal. Lupo fing Mastinos Blick auf. Er betrachtete Marco zufrieden, merkwürdig fasziniert. Lupo drehte sich zu Daria um. Sie hatte feuchte Augen. Lupo begriff, dass es Zeit war, ein paar Karten auf den Tisch zu legen.

6.

Das große, auffällige Mädchen, das ein eng anliegendes, altmodisches Kleid trug, warf ihm einen schamlosen Blick zu. Marco sah sie an, schüttelte den Kopf und ging geradeaus weiter. Er hatte sich in der Vergangenheit auf genug Zwielichtiges eingelassen, er erkannte eine Transe auf den ersten Blick.

Als er den eiskalten Wasserstrahl im Gesicht spürte, dachte er über den Vorschlag nach, den Mastino ihm gleich nach der Trauerfeier gemacht hatte,

– Ich gehe zur Anti-Terror-Einheit, ich werde ein hohes Amt bekleiden. Ich brauche Leute mit Eiern. Ich möchte, dass du mitkommst. Komm nachher ins Blu Notte und sag ja.

Mastino hatte nicht gesagt: „Überleg es dir." Mastino hatte vorausgesetzt, dass er zusagte. Marco hatte keine Antwort gegeben. Nach dem x-ten fehlgeschlagenen Rendezvous mit Monica Marino hatte er beschlossen, ins Blu Notte zu gehen. Es war klar, dass sie nicht füreinander geschaffen waren. Er dachte noch immer an Daria, und sie rauchte zu viel. Und der Schaumwein im Kühlschrank war warm und schmeckte nach Korken. Als es ihm endlich gelang, Mastino auf sich aufmerksam zu machen, sagte er zu ihm, er brauche etwas Zeit.

– Wie viel?

– Bis die Untersuchung abgeschlossen ist.

– Die Untersuchung ist abgeschlossen, mein Sohn. Sag mir ja nicht, du hast mit diesem Arschgesicht Lupo gesprochen …

Ein Salonbulle. Ein Wachhund der Staatsanwälte, die sich den Grundrechten verpflichtet fühlten. Eine Zecke, die als Bulle verkleidet war. Das war Lupo in Mastinos Worten. Ein Bürohengst,

einer, der anständige Jungs in den Arsch fickte, menschlicher Abschaum.
– Die Untersuchung ist abgeschlossen. Es war der Anarchist, Punktum. Aus. Und ich will dich bei mir haben. Bevor der Hand kräht, damit wir uns richtig verstehen, möchte ich eine Antwort haben. Eine ganz bestimmte. Ein Ja.
Aber er hatte nicht klein beigegeben. Die euphorische Stimmung, die in dem Lokal herrschte, hatte ihn wütend gemacht. Kaum war Dantini unter der Erde, feierten sie schon, ließen den neuen König hochleben. Das war nicht richtig.
Er hörte, wie die Klotür aufging. Er hörte ihre raue, sinnliche Stimme.
– Willst du mir nicht einmal sagen, wie du heißt?
– Männer interessieren mich nicht. Auch wenn sie aussehen wie schöne Frauen.
– Danke. Und gratuliere. Du hast einen guten Blick. Für gewöhnlich kommen sie erst drauf, wenn es zu spät ist.
Die Transe lachte, hob den Rock und stellte sich ans Pissoir. Sie hatte ein schönes Lächeln, und ja, in gewisser Hinsicht, das musste Marco zugeben, war sie wirklich „ein schönes Mädchen".
– Sagst du mir wenigstens, woran du es gemerkt hast?
Marco strich sich über den Adamsapfel. Sie nickte.
– Ja, das ist das einzige, was man nicht ändern kann.
Sie machte eine beleidigte Schnute, dann zog sie einen kleinen Spiegel aus der lavendelfarbenen Tasche, zog sich die mit Silikon aufgespritzten Lippen nach, lächelte wieder.
– Ist gut. Sagst du mir wenigstens deinen Namen?
– Marco.
– Freut mich, Marco. Ich bin Taxi.
– Taxi?
– Ja, wenn du Lust hast, eine Runde zu fahren. ... ich bringe dich überall hin, sogar ins Paradies. Und für einen wie dich ... läuft das Taxameter nicht.

Sie hatte ein unkompliziertes Lächeln. Freundlich. Ansteckend. Die WUT grummelte. Früher einmal hätte sie ihm befohlen, ihr Gesicht zu Brei zu schlagen. Jetzt schämte er sich nur noch für sein damaliges Ich.

– Danke. Keine Runde. Ich gehe ins Bettchen.

– Was ist das für ein Loch auf deiner Stirn?

– Vergiss es. Gute Nacht, Taxi.

– Gute Nacht, Pistolenheld. Ich kann den Adamsapfel nicht verbergen, dir lugt die Artillerie aus der Tasche ... ciao ciao!

7.

Lies es in Ruhe durch. Setz dich bequem hin. Zieh dir was Legeres an. Streck die Beine aus, am besten lagerst du sie hoch. Und ja, wenn ich dir einen Rat geben darf, geh aufs Klo, bevor du anfängst ...
– Ach, auch ich habe *Wenn ein Reisender in einer Winternacht* gelesen ...
– Nein, ich möchte wirklich deine Meinung dazu hören und ich möchte nicht, dass diese Meinung von äußeren Faktoren beeinflusst wird.

In gewissen Augenblicken wirkte Lupo wie ein lästiges und etwas sadistisches Kind. Als er ihr seine Notizen zum Fall Dantini überreichte, hatte er sie mit guten Ratschlägen überschwemmt. Jetzt saß Daria in seinem Apartment in der Via degli Orti di Trastevere, nur einen Katzensprung vom Flohmarkt Porta Portese entfernt, in einem Sessel, schlürfte ein Glas Montepulciano d'Abruzzo und blätterte das Dossier durch.

Es begann mit Routinebemerkungen. Die Autopsie hatte ergeben, dass das Opfer von einer einzige hülsenlosen Patrone, Kaliber 22, getroffen worden war. Das ballistische Gutachten: Aus der Waffe, einer Bernardelli, deren Seriennummer herausgefeilt worden war, war nur ein Schuss abgegeben worden. Die Hülse war gefunden worden. Sie gehörte offenbar zu einer speziellen Patrone, einer Lapua, einem finnischen Produkt. Die nicht registrierte Waffe und die exotische Munition sagten etwas daüber aus, wie die Bernardelli in die Hände des Mörders gelangt war: Schmuggelgut aus dem Osten, das von der Mafia aus den Ländern jenseits des ehemaligen Eisernen Vorhangs importiert wurde. Das Zeug fand sich in rauen Mengen auf allen beliebigen Märkten und in gut ausgestatteten Nomadencamps. Kein Zweifel hinsichtlich der absoluten Kompatibilität mit der Pistole, die man bei dem Anarchisten gefunden hatte. Abgesehen von den Fingerabdrücken auf dem Kolben war im Elektronenmikroskop der Nachweis von neun Blei-, Barium- und Antimonteilchen mit hohem Eisenanteil erbracht worden, ein Merkmal der seltenen, aber deshalb nicht weniger effizienten finnischen Patrone. Dann folgten Kopien der politischen Pamphlete und des Tagebuchs von Guido di San Piero Colonna, in dem er seine aberwitzigen anarchistischen Fantasien festgehalten hatte. Blieb nur die Frage, warum Lupo derart hartnäckig war. Die Spezialeinheit der Staatspolizei hatte Nachforschungen im subversiven Milieu angestellt (in der „antagonistischen Galaxie", wie Lupo es bezeichnete), aber die Verhörprotokolle gaben nicht viel her. Keiner von Guidos Freunden und Genossen schien ernsthaft etwas mit der Sache zu tun zu haben. Nicht einmal ein gewisser Rigosi Flavio, siebenundzwanzig Jahre alt, von dem sich Guido die Schlüssel zur Wohnung am Meer ausgeborgt hatte und dem er gesagt hatte, „Probleme mit der Polizei" zu haben. Rigosi hatte sich darauf beschränkt, ihm die Schlüssel auszuhändigen, ohne weitere Fragen zu stellen, vielleicht aus Solidarität unter Kampfgenossen. Er erinnerte sich jedoch an ein kurzes Gespräch, in dem es um ein „blondes Mädchen mit ungewöhnlichem Gesicht" gegangen war, mit dem sich Guido am Freitag vor der Tat an der Bar des Zirkels unterhalten und mit dem er dann gemeinsam das Lokal verlassen hatte. Lupo hatte am Rand notiert: „Das Mädchen suchen? Identität? Mögliche Verbindung. Probleme mit der Polizei. Der Sache nachgehen. Im Augenblick k. b. A, keine besonderen Anmerkungen.

Mit anderen Worten, Lupo fand es merkwürdig, dass Guido „Probleme mit der Polizei" erwähnt hatte, während den ganzen Samstag nichts Besonderes vorgefallen war. Der Junge war nicht einmal zur Demo gegen Mamouds Verhaftung gegangen. Den Genossen war seine Abwesenheit aufgefallen. Hatte er sich auf den Mord vorbereitet? Lupo hatte die Protokolle der Hausdurchsuchung unterstrichen, die alle nichts ergeben hatten. Abgesehen von den Pamphleten und einem anonymen Anruf beim *Messagero*, der von einer öffentlichen Telefonzelle auf der Via Marmorata aus geführt worden war, hatte man absolut nichts gefunden. Keine Waffen, keine Anspielungen auf Dantini, keine Hinweise, dass man ihn beschattet hatte, keine Fotos, keine Videos. Schön langsam begann Daria Lupos Logik zu verstehen. Ihr Chef war zu dem Schluss gekommen, dass Dantinis Mörder dessen Lebensgewohnheiten gut kannten, denn sie wussten, dass er im Vergnügungspark angreifbar sein würde, allein, ohne Kollegen. Daria trank noch einen Schluck Wein und stimmte allmählich mit Lupos Schlussfolgerungen überein. Woher wussten sie, dass Dantini sich ausgerechnet im Vergnügungspark mit Mastino verabredet hatte? Sie waren ihm gefolgt.

„Gefolgt? Dantini folgen nicht einfach, Experte vonnöten", hatte Lupo notiert. Was das Treffen anbelangte, so hatte Mastino bloß zu Protokoll gegeben, dass ihn Dantini dort hinbestellt hatte. Dass sie jedoch keine Zeit mehr gehabt hatten zu reden, weil er von dem tödlichen Projektil getroffen wurde.

Die offiziellen Quellen schwiegen. Lupo hatte eigenhändig eine Reihe von Notizen gemacht. Mit der Füllfeder: und wenn Lupo die Füllfeder verwendete, bedeutete das, dass er im Computer keine Spur seiner Arbeit hinterlassen wollte. Es war ein großer Vertrauensbeweis, dass er Daria die Notizen überlassen hatte.

Notiz 1
Persönliches Telefongespräch Dantini/L(upo) um 22.15. Pilćc. Faule Äpfel. Faule Äpfel = Korrupte Polizisten. Mastino. Notwendig, mit ihm unter vier Augen zu sprechen. Vertraut seinen Kollegen nicht (nicht einmal Marco F.). Hinweis auf die „oberste Ebene".

Notiz 2
Pilić-Bande. Pilić Vlatko, Militärkommandant. Aktiv im Jugoslawienkrieg. Aktiv im Kosovo. 2005 nach Italien gekommen.

Notiz 3
Hauptkommissar Aldo Mastino. In Maddaloni, Provinz Caserta, geboren, 45 Jahre alt. Kleinbürgerliche Familie, Vater Lehrer, Mutter Hausfrau. Naturwissenschaftliches Gymnasium in Neapel. Militärdienst. Hervorragende Zeugnisse. Im Kosovo stationiert / Pilić.

Ein Schauer lief über Darias Rücken. Lupo suchte eine Verbindung zwischen Pilić und Mastino. Dantini war als erster auf die Idee gekommen. Sie las weiter.

Mastino kommt nach Italien zurück. Rasche Karriere. Ungeklärter Vorfall mit Hauptkommissar Perro. Zwei Kilo Kokain bei der Beschlagnahme verschwunden. Eindeutige Aussage Mastinos, die Kollegen Perro entlastet. Beide gemeinsam beim Anti-Überfall-Kommando seit Januar 2005. PILIĆ KOMMT 2005 NACH ITALIEN. Am 15. Juni 2005 wird Mastino Chef der Anti-Überfall-Kommando. Zwanzig Tage später, am 7. Juli wird in Rom auf der Piazza Irnerio ein Geldtransporter überfallen – der erste Coup, der Pilić angelastet wird. Es folgen weitere Raubüberfälle. Pilić ist nicht zu fassen. Er weiß immer, wo und wie er zuschlagen muss. Er wird nie abgehört. Siehe E-Mail, letzte Seite.

Daria blätterte nervös zur letzten Seite weiter. Da war die Kopie eines E-Mails, das Dantini einen Tag vor seinem Tod Lupo geschickt hatte. Merkwürdig. In Dantinis Computer hatten sie keine Spur davon gefunden. Vielleicht hatte er seinen privaten benutzt. Oder war er in ein Internetcafé gegangen? Und Dantini hatte Lupos englische Adresse benutzt, die nur ganz wenigen bekannt war.

Von aledan@yahoo.it
An lupo@lupoforest.uk

Hallo, alter Fuchs!
Komm schnell aus dem kalten Alaska nach Hause! Ich spüre, dass sie hinter mir her sind, und ich schäme mich es zu sagen, aber ich habe Angst. Glaub mir, es handelt sich um eine ganz große Sache. Wir befinden uns auf oberster Ebene, aber es reicht, um den Korken knallen zu lassen. Du weißt, was ich damit meine. Ich bin inzwischen davon überzeugt, dass Pilić immer informiert wurde, was die Ermittlungen über seine Person betraf. Ich glaube, Mastino und die Seinen haben ihre schützende Hand über ihn gehalten. Sie haben sich wahrscheinlich im Kosovo kennengelernt und dort begonnen, miteinander Geschäfte zu machen. Dann muss irgendetwas passiert sein. Ich weiß noch nicht was, aber gemeinsam finden wir es heraus. Mastino muss einen Informanten erfunden und die Kroaten in eine Falle gelockt. Er musste sie eliminieren, damit sie nicht reden. Ich habe versucht, es zu verhindern, aber mein Mann hat versagt. Verdammt, ich habe keine Beweise. Morgen versuche ich aus dem Betroffenen mehr herauszubekommen.
Viele Grüße, Alessio

Daria stürzte zum Telefon. Sie wusste, dass Lupo auf ein Zeichen von ihr wartete. Sie fühlte sich dazu verpflichtet.
Lupo nahm bereits beim ersten Klingeln ab.
– Du hast es gelesen, stellte er ruhig fest.
– Ja. Warum hast du mir nicht früher davon erzählt?
– Ich wollte, dass du es selbst herausfindest.
– Du hast mich überschätzt.
– Verstehst du jetzt, warum ich nicht an die Theorie vom Anarchisten glaube?
– Und wie erklärst du dir die Sache mit dem Revolver und den Schmauchspuren?

– Einem Sterbenden kann man leicht eine Waffe in die Hand drücken …

– Vor allem, wenn man sich im selben Rettungswagen befindet. Wie Mastino…

– Oder einer der Seinen.

– Glaubst du, wir können es beweisen?

– Das hängt ganz von dem Jungen ab. Wir dürfen uns bei ihm keinen Fehler erlauben. Wir dürfen uns keinen weiteren Toten erlauben. Ich habe bereits Dantini auf dem Gewissen.

– Was redest du da?

– Ich hätte ihn daran hindern sollen, Mastino zu treffen. Ich hätte mit dem ersten Flug aus Alaska zurückkommen sollen, ich hätte den Staatsanwalt anrufen sollen, ich hätte … Ich hatte nicht verstanden, wie weit Alessios Loyalität ging … er wollte einem wie Mastino eine letzte Chance geben, verstehst du? Mastino!

Darias Stimme bekam einen zärtlichen Tonfall.

– Das hast du nicht voraussehen können, Nicola. Dich trifft keine Schuld.

Lupo seufzte.

– Geh jetzt schlafen. Ich glaube, morgen wird ein langer, anstrengender Tag.

8.

Später, als Marco verstand, wie die Dinge wirklich lagen, kapierte er, dass er die Falle augenblicklich hätte erkennen müssen, wenn er bloß ein bisschen klarer bei Verstand und weniger vorschnell gewesen wäre. Er hätte bloß in die eingeschlagene Richtung weitergehen sollen, und die Dinge hätten sich anders entwickelt. Aber als Mastino ihn umarmte und mit ihm ein Treffen für den nächsten Tag um zehn Uhr ausmachte – „Geschniegelt und in Uniform, Junge!" –, während die Autos von Corvo und Rainer im bleichen Morgengrauen, das nach Regen roch, mit quietschenden Reifen davonfuhren, in dem Augenblick wusste er nur eines: Er würde Mastino keine Abfuhr erteilen können. Er gehörte jetzt ihm.

Es war beim Ausgang des Blu Notte passiert. Er hatte Mastino noch immer nicht die Zusage gegeben, die der andere unbedingt haben wollte. Da war ihm Taxi wieder über den Weg gelaufen. Sie befand sich in Begleitung eines Schwarzen, vielleicht eines Senegalesen. Groß und gelenkig wie ein Balletttänzer, schön wie das aktuelle Lieblingsmodell eines schwulen Modeschöpfers, mit einem breiten, charmanten Lächeln auf der Fresse. Marco hatte ihn aus dem Augenwinkel heraus gesehen, er fuhr gerade mit dem Moped über die Brücke, die auf die Isola Tiberina führte. Er hatte gesehen, wie er Taxi mit einem Schlag ins Gesicht zu Boden streckte, sie sich über die Schulter legte und sie wie eine schwere Last die Treppe runter trug, ans Ufer des Flusses. Instinktiv hatte er reagiert. Sie hatten sich geprügelt. Taxi war augenblicklich davongelaufen, schwankend auf den Bleistiftabsätzen. Sie hatten sich geprügelt, dann hatte die WUT begonnen zuzuschlagen. Methodisch, ohne Atem zu holen. Irgendwann hatte der Schwarze, dessen Gesicht nur noch blutiger Brei war, in die Innentasche seiner Jacke gegriffen. Suchte er vielleicht ein Messer oder eine Pistole? Ein Schleier hatte sich vor Marcos Augen gesenkt. Die WUT hatte die Wucht der Schläge gesteigert. Als Mastino, Rainer und Corvo ihn schließlich bändigten, war der Senegalese nur noch ein Haufen zerfetzter Kleider und Schleim. Er rührte sich nicht mehr.

– Der ist hinüber, stellte Rainer fest.

– So ein Scheiß, sagte Mastino.

– Hast einen festen Schlag, was, Junge?, fügte Corvo hinzu und zündete sich eine Zigarette an.

– Er wollte … die Pistole ziehen …, stammelte Marco.

Mastino bückte sich, um die Leiche zu durchsuchen.

– Es war nur seine Aufenthaltsgenehmigung, flüsterte er und schwenkte ein zerfetztes Blatt Papier.

– Der arme Teufel, er hatte ordentliche Papiere.

Marco nahm seinen Kopf in die Hände. Aus. Er war ein Mörder. Ein Mörder ohne Motiv. Er war auf die andere Seite gewechselt. Das hatte nichts mehr mit Gesetz zu tun. Nur noch mit der WUT und sonst nichts. Dann lächelte ihn Mastino an. Brüderlich, ermutigend.

– Keine Angst, wir kümmern uns darum. Sind wir ein Team oder nicht? Jetzt räumen wir auf, los! Hier ist nichts passiert, habt ihr verstanden, Jungs? Zwei Scheißneger haben sich geprügelt, und einer hat draufgezahlt … verstanden?

Corvo und Rainer nickten. Die Aufenthaltsgenehmigung landete im Tiber, gemeinsam mit der Geldbörse, in der sich bloß ein paar Münzen befanden, und ein paar Fotos.

– Es wird eine Untersuchung geben, protestierte Marco, man hat mich gemeinsam mit ihm gesehen …

– Wer hat dich gesehen? Die als Frau verkleidete Tunte? Die gibt es gar nicht, glaub mir. Du und wir, wir sind die einzigen, die wissen, wie es gelaufen ist. Und wir haben kein Interesse darüber zu sprechen, glaub mir. Bis morgen, mein Freund.

9.

In dieser Nacht gingen Corvo und Rainer nicht schlafen. Ein paar Minuten vor sieben betraten sie das San-Giuliano-Krankenhaus, gemeinsam mit den Arbeitern, die die Tagesschicht antraten. Beide trugen die Uniform einer Wartungsfirma und hatten eine Werkzeugtasche bei sich. Corvo trug noch dazu eine Klappleiter. Niemand achtete auf sie. Portiere und Wachleute warfen einen zerstreuten Blick auf die eingeschweißten Ausweise, die an den Uniformen der beiden Polizisten befestigt waren, und ließen sie passieren. Seitdem die Wartungsarbeiten ausgelagert worden waren, wechselte ständig das Personal. Anonyme Gesichter wechselten einander unablässig ab. Niemand machte sich die Mühe, die Papiere der beiden Unglücksraben zu kontrollieren, die wahrscheinlich Einwanderer waren und sich ihren Lebensunterhalt damit verdienten, die Nase hinter die verstaubten Kulissen der öffentlichen Krankenhäuser zu stecken. Corvo und Rainer fuhren in den neunten Stock hinauf, gingen durch Vorräume und über Gänge, folgten dem Plan, denen ihnen der Kommandant am Abend davor gegeben hatte, und als sie die markierte Stelle erreicht hatten, machten sie sich an die Arbeit. Corvo stieg auf die Leiter und begann ein Brett in der Zwischendecke abzuschrauben. Rainer, der etwas nervös war, beobachtete den Gang und hoffte, dass alles rasch und ohne Zwischenfälle über die Bühne gehen würde. Beide waren unbewaffnet, um im Falle genauerer Kontrollen unangenehme Konsequenzen zu vermeiden, und weil der Kommandant höchstpersönlich angeordnet hatte, Gewaltanwendung auf alle Fälle zu vermeiden. Der Tod des Anarchisten musste wie ein Zufall wirken. Corvo reichte seinem Kollegen das

Brett, mithilfe einer kleinen Taschenlampe entdeckte er den Schalter, der das Gas in die richtigen Schläuche leitete, und legte ihn um. Tödlicher Stickstoff strömte in den Sauerstoffschlauch, der mit dem Beatmungsgerät auf der Intensivstation verbunden war.

– Beeil dich, flüsterte Rainer, es kommt jemand.

– Der Kommandant hat gesagt, drei Minuten lang, dann lege ich den Schalter wieder um.

Die Krankenschwester, die gerade den Nachtdienst auf der Psychiatrie beendet hatte und erschöpft war vom Bettpfannen Leeren und Schizos Sedieren, blieb zwei Schritte vor den angeblichen Arbeitern stehen.

– Ihr werdet mir doch nicht erzählen, dass ihr endlich die Klimaanlage repariert!

Corvo und Rainer warfen sich einen Blick zu. Rainer lächelte.

– Doch, Schwester. In fünf Minuten werdet ihr hier vor Kälte sterben.

Die Frau ging brummend weg. Corvo stellte die Kontakte wieder richtig ein und ließ sich das Brett geben. Kaum war er von der Leiter gestiegen, begann die Alarmglocke auf beängstigende Weise zu schrillen. Ohne Eile gingen Corvo und Rainer zum Lift auf der gegenüberliegenden Seite der Station.

Doktor Fera erhob sich aus seiner prekären Lage – er saß in einem äußerst unbequemen, mit Leinen bezogenen Stuhl – und kontrollierte zum x-ten Mal das Display der Geräte, die seinen Patienten/ Häftling am Leben hielten. Alles im Normbereich. Die Nacht war beinahe vorüber. Nichts war passiert. Der Junge atmete mühelos, der Herzrhythmus war regelmäßig, ohne besondere Ausschläge nach unten oder oben. Picone und Ronzani, die von Lupo als Wachen abgestellt waren, in weißem Kittel und mit Atemmaske, wechselten sich im Halbstundentakt an seinem Lager ab. Bewaffnet und wachsam. Aber was befürchtete der verdammte Polizist?

Glaubte er wirklich, jemand könne in die Intensivstation eines großen Krankenhauses eindringen und „die Arbeit zu Ende führen", wie er gesagt hatte, beziehungsweise einen Patienten umbringen, der nicht nur von einem Team von Ärzten und Krankenpflegern, sondern noch dazu von drei bewaffneten Männern bewacht wurde? Der gewisse Polizist, Lupo, war eine Stunde vor Schichtwechsel ins Krankenhaus gekommen. Das Gespräch hatte surreale Züge angenommen.

– Niemand wird in das Zimmer eindringen, da können Sie ganz ruhig sein. Sie werden es auf elegantere Weise versuchen. Kann man den Jungen verlegen?

– Und wohin? Um ihn zu beatmen, müssen wir ihn am Gerät angeschlossen lassen, nein, das ist unmöglich!

– Soviel ich weiß, gibt es Zimmer mit Sonderausstattung, die hervorragend funktionieren ...

– Und woher wissen Sie das?

– Sie haben ja keine Ahnung, wie viel ich weiß und wozu ich imstande bin, um zu erreichen, was mir am Herzen liegt. ... Was ist also mit den Zimmern mit Sonderausstattung?

– Wenn Sie wissen, dass es solche Zimmer gibt, wissen Sie auch, für wen sie reserviert sind.

– Für den Papst, den Präsidenten und andere hohe Tiere, die sich in Lebensgefahr befinden. Na und?

– Ohne eine schriftliche Anordnung des Ministers oder meines Direktors rühre ich keinen Finger.

Der Polizist hatte die Fäuste geballt.

– Wenn ich ein diesbezügliches Ansuchen stellen würde, bekämen die anderen Wind davon. Und wir wären wieder dort, wo wir jetzt sind. Nein. Wir müssen das Problem allein lösen, Sie und ich, Herr Doktor. Und niemand darf etwas davon erfahren.

– Aber warum ausgerechnet ich?

– Weil wir denselben Eid geleistet haben, vergessen Sie das nicht. Oder glauben Sie, dass gewisse Verpflichtungen nur dazu

gut sind, eine Kinokarte zu bekommen oder die Karriereleiter hinaufzuklettern?
– Mir haben sie noch nicht sehr genützt.
– Das werden wir ja noch sehen ... vergessen wir das Zimmer mit Sonderausstattung ... nehmen wir an, der Junge bleibt hier. Sie könnten den Strom ausschalten.
– In diesem Fall ginge das Notstromaggregat an.
– Das könnten sie auch ausschalten.
– Das ist kompliziert. Dazu wäre wirklich ein „Kommando" vonnöten, Herr Lupo.
– Wenn die Bösen Sie um einen Tipp bitten würde, was würden Sie antworten?
– Jetzt übertreiben Sie aber, nicht wahr?
– Das Leben übertreibt, Herr Doktor. Los, strengen Sie sich an, verdammt noch mal!
Fera dachte kurz nach, dann erwähnte er die Möglichkeit, Stickstoff einzuleiten.
– Erklären Sie mir das bitte besser.
– Nun, wenn jemand die Verteilerschläuche austauschen und den Sauerstoff, den der Patient einatmet, durch Stickstoff ersetzen würde, den wir für andere Therapien brauchen ... dann würde der Patient Stickstoff einatmen und binnen kürzester Zeit ...
– ... sterben.
– Ja. Aber glauben Sie mir, das ist unmöglich. Man müsste ganz genau wissen, wo die Schläuche verlegt sind, wo sie sich gabeln, sich Zugang zum Schaltkasten verschaffen, der sich unter der Zwischendecke befindet ... unmöglich!
– Man bräuchte nur den Bauplan des Krankenhauses, einen oder zwei tüchtige Männer, und schon ... Jetzt wo Sie davon sprechen, glaube ich mich zu erinnern, dass so etwas schon mal passiert ist, im Süden. Nehmen wir an, sie versuchen es. Wie lange überlebt man, wenn man Stickstoff einatmet?
– Nur ganz kurz. Man müsste sofort eingreifen.

– Also? Welche Gegenmaßnahmen können wir ergreifen?
Fera schnaubte.
– Was weiß ich … man könnte Sensoren einbauen …
– Dann tun wir es!
– Aber dazu muss ich eine Genehmigung einholen.
– Jetzt reicht es. Wenn Sie mit mir zusammenarbeiten, garantiere ich Ihnen die größtmögliche Diskretion. Wenn Sie nicht mit mir zusammenarbeiten und der Junge stirbt, müssen Sie das mit Ihrem Gewissen ausmachen. Und mit mir. Denn jeder einzelne Satz unseres Gesprächs wird von allen italienischen Zeitungen gedruckt und von allen TV-Sendern gesendet werden!
Also hatte er unter höchster Geheimhaltung ein Stickstoffmeldesystem einbauen lassen. Was in technischer Hinsicht nicht allzu kompliziert war, aber das Gefühl, benutzt worden zu sein, dem aberwitzigen Befehl eines Paranoikers Folge geleistet zu haben, kränkte ihn. Noch dazu hatte ihn Lupo nicht nur gezwungen, die Anwesenheit der beiden Schutzengel zu akzeptieren, sondern hatte ihn mehr oder weniger ans Bett des Patienten gefesselt. Dabei war gar nichts passiert. Noch ein paar Minuten, und ich jage diese Verrückten zum Teufel! Und noch heute, sagte sich Fera, nehme ich die drei Wochen Urlaub in Anspruch, die mir seit einer Ewigkeit zustehen. Er war eingeschlafen, als ihn plötzlich ein hartnäckiges Piepen aufschreckte. Der Sensor blinkte. Das Atmungssystem des Jungen drohte zu versagen.
– Die Flasche! Schnell, die Sauerstoffflasche!
Die Polizisten schnellten gleichzeitig hoch. Fera stürzte sich auf das Beatmungsgerät und machte es aus. Dann befreite er Guido von den Schläuchen, packte die Flasche, die ihm einer der Polizisten reichte und drückte dem Jungen das Mundstück aufs Gesicht. Augenblicklich normalisierte sich seine Atmung. Aber die Flasche war nur eine Notlösung, der Druck konnte jeden Augenblick ansteigen oder abfallen. Das System musste so schnell wie möglich wieder in Gang gebracht werden.

– Ruft die Oberschwester! Den technischen Leiter! Schnell!
Picone riss die Tür auf und stürzte auf den Gang. Die drei Wachebeamten sprangen auf und kamen ins Zimmer gelaufen. Wenige Augenblicke später läutete die allgemeine Alarmglocke.

Lupo und Daria kamen ungefähr um acht. Unterwegs hatte Lupo Daria informiert, wobei er gewisse Details über die Loge, die man besser verschwieg, ausließ. Natürlich hatten sie etwas unternommen. Er hatte es geahnt. Der Krankenhausdirektor, noch völlig verschlafen, schwor bei allen Heiligen, dass nichts passiert war. Die Sauerstoffzufuhr war nie unterbrochen worden. Die Sensoren hatten eine Störung angezeigt, die es gar nicht gab. Alle Verteilerkästen und alle Gabelungen waren überprüft worden, ohne Ergebnis.

– Auf jeden Fall und nur als Vorsichtmaßnahme habe ich den Jungen in eines der „geschützten Zimmer" verlegen lassen.

– Führen Sie mich hin. Und zwar sofort!

An der Schwelle zu diesem Zimmer verabschiedete Lupo brüsk den Krankenhausdirektor. Er ging hinein, gefolgt von Daria.

Ronzani und Picone sprangen auf und nahmen Haltung an. Blass und kleinlaut kontrollierte Fera Guidos Puls. Der, dachte Lupo beim Anblick von Feras leichenblassem Gesicht, sieht aus wie eine Wachsmaske. Er verkniff sich eine Bemerkung, aber nur, weil er diesen Mann noch brauchte.

– Der Krankenhausdirektor sagt, es war ein Fehlalarm, Doktor Fera.

– Ach ja? Der Idiot hat ja keine Ahnung, wie ein großes Krankenhaus funktioniert. Wollen Sie wissen, wie er den Posten bekommen hat?

– Das kann ich mir vorstellen. Immerhin bin ich Italiener, wie Sie. Aber er behauptet auch, dass der Sauerstoff regelmäßig zugeführt wurde, dass es keine Unterbrechung gegeben hat, dass …

– Ach hören Sie doch auf! Sie haben die Zufuhr gerade so lang unterbrochen, um den armen Teufel umzubringen, es hätte nicht einmal wie ein Unfall ausgesehen, sondern wie ein ganz normaler Todesfall ...

Lupo gönnte sich eine vielsagende Pause. Fera hatte einen Schrecken abbekommen, aber er war auch verärgert. Das war eine hervorragende Ausgangsbasis.

– Glauben Sie mir jetzt, Herr Doktor?

– Was soll ich Ihnen sagen. Sie hatten recht. Entschuldigen Sie, aber ich konnte mir nicht vorstellen, dass ...

– Sie hatten auch recht ... Was den Stickstoff anbelangt, meine ich. Ich wäre nie draufgekommen.

– Ja, aber wenn Sie nicht darauf bestanden hätten, wäre der Junge jetzt eine Leiche.

Lupo flüsterte Daria etwas ins Ohr. Sie nickte und forderte die beiden Wachen mit einer Geste auf, ihr zu folgen. Lupo und der Arzt waren jetzt allein mit Guido. Lupo blickte den Arzt so eindringlich wie möglich an. Schweigend. Und während sich auf seinem Gesicht ein vages Lächeln abzeichnete, schlug der Arzt verlegen den Blick zu Boden. Lupo ging zu ihm hin und sprach leise mit ihm, beinahe flüsternd.

– Sie haben gerade das Zauberwort ausgesprochen, Herr Doktor. Leiche. Ich brauche eine Bescheinigung, dass der arme Guido di San Piero Colonna eine plötzliche Krise nicht überlebt hat ... keine Erwähnung des Stickstoffs, es muss aussehen wie ein ganz normaler Tod ... auf ausdrücklichen Wunsch des Verstorbenen ist die Leiche sofort eingeäschert worden. Ich sorge dafür, dass Sie alle notwendigen Befugnisse bekommen.

Fera zuckte mit den Achseln.

– Hören Sie, bis jetzt handelte es sich um ... immerhin haben wir ein Leben gerettet! Wir können ihn hier behalten, bis er sich erholt, die Überwachung intensivieren, aber ... aber das ... ist zuviel verlangt!

Lupo runzelte die Stirn. Die Informationen, die er eingeholt hatte, bestätigten den ersten Eindruck, den der Arzt auf ihn gemacht hatte, mit einer Ausnahme. Der Arzt hatte keinen Führerschein. An Ehrgeiz mangelte es ihm jedoch nicht. Als er bei ihrem letzten Gespräch eine Bemerkung über seine Karrierechancen fallen gelassen hatte, hatte der Arzt aufgehorcht.

– Schade. Ich wollte mich gerade ein wenig mit ein paar guten Freunden unterhalten … sehr guten Freunden vom Krankenhaus Perugia! Schade!

Er tat so, als ob er gehen wollte. Fera legte ihm den Arm auf die Schulter.

– Warten Sie. Wollen Sie sagen …

Lupo drehte sich langsam um. Sein Lächeln war äußerst charmant. Es war das Lächeln des „großen Verführers", wie seine Mutter einmal zu ihm gesagt hatte, der seine Verführungskräfte Angst machten. Arme Mama. Wenn sie gewusst hätte, dass er sich in gewissen Augenblicken tatsächlich wie der „große Verführer" fühlte …

– Sie haben mir einen Gefallen erwiesen, Herr Doktor. Und ich werde Ihnen ebenfalls einen erweisen. Die Verpflichtung beruht auf Gegenseitigkeit, vergessen Sie das nicht. Wenn Sie mit mir zusammenarbeiten, versichere ich Ihnen, dass der Chefarztposten Ihnen gehört.

Die Leichenblässe war aus Feras Gesicht gewichen, das Leben war in ihn zurückgekehrt.

– Ich … es ist möglich, sagte Fera abschließend mit einem tiefen Seufzer. Aber ich brauche eine mobile Intensivstation, und solange der Junge nicht selbständig atmen kann, muss er in einer entsprechenden Umgebung behandelt werden, mit den entsprechenden Geräten und allem anderen.

– Das ist kein Problem, glauben Sie mir.

Später begrüßten Daria und die anderen Jungs Lupos Idee. Natürlich fragten sie sich, wie zum Teufel ihr Chef den Arzt umgestimmt hatte. Natürlich hütete sich Lupo davor, auch nur die geringste Erklärung abzugeben.

Vierter Teil

Der Kommandant

I.

Das Wesen des Westens besteht in der Aufgabe, die grundlegenden Werte der Kultur auf der ganzen Welt zu verbreiten. Ich würde sogar sagen: diese Aufgabe ist in seiner ... unserer DNS eingeschrieben. Hin und wieder ist und war dafür sogar die Anwendung von Gewalt vonnöten, die im Übrigen nicht einmal von der Kirche explizit verdammt wurde. Wir müssen uns keine Sorgen machen, wenn wir auf diese schmerzvolle *extrema ratio* zurückgreifen müssen. Sie ist die „Bürde des weißen Mannes", wie die englischen Kolonisatoren sagten, sie ist die große Mission Europas, und dazu gehören auch die USA, die immer eine Rippe Europas waren und es nach wie vor sind: Wir haben die Aufgabe, die primitiven, unzivilisierten oder zurückgebliebenen Völker Afrikas und Asiens zu zivilisieren. Wenn man die chaotische Entwicklung Chinas oder Indiens betrachtet, könnte man glauben, dass das Spiel verloren ist. Dass sie uns nicht mehr brauchen. Manche behaupten sogar, dass nun die Stunde anderer Völker anbricht. Dass die Zeit der Weißen endgültig vorbei ist. Aber es reicht nicht, einen „braun gebrannten" Präsidenten ins Weiße Haus zu schicken, um die Welt zu ändern. Meiner Meinung nach war das das Schlechteste, was man hätte tun können. Ich verleugne nicht, dass man aus der Entwicklung Chinas – von Indien spreche ich nicht, denn meiner Meinung nach wird die Blase bald platzen – wichtige Schlüsse ziehen kann. So floriert die industrielle Entwicklung nicht ausschließlich auf dem Boden der Demokratie, wie uns die Theoretiker des Liberalismus zwei Jahrhunderte lang weismachen wollten. Unsere Meister, gewiss, denen man allerdings die verdiente Ruhe gönnen sollte ... Im Gegenteil, das Beispiel Chinas beweist, dass ein autoritäres Modell noch am ehesten ein reibungsloses Funktionieren der Gesellschaft und ökonomisches Wachstum gewährleistet. Mit anderen Worten, wenn wir etwas von Peking lernen können, dann dass wir auf kluge Weise den Missbrauch von Freiheit beschränken müssen, der heute ein wahrhaftes Krebsgeschwür darstellt, das in der Lage ist, unseren Begriff von Kultur in den Fundamenten auszuhöhlen. Die Meinung, dass es bald zu heftigen Auseinandersetzungen mit diesen neuen Realitäten geben wird, ist weit verbreitet und wird inzwischen auch von vernünftigen Individuen und Gemeinschaften geteilt. Ich vermeide den Ausdruck *clash of civizilisations*, weil ich, wie ich eben zu erläutern versucht habe, nicht glaube, dass es eine andere Kultur außer der unseren gibt. Aber ich bin mir sicher, dass eine Auseinandersetzung bevorsteht oder bereits im Gange ist und dass sie mit den heimtückischen Mitteln eines insgeheimen, nicht erklärten Kriegs geführt wird, der jedoch deswegen nicht weniger schrecklich ist als jeder andere Krieg. Ein obszöner Krieg ... *off scene*, denn abseits der Bühne spielt sich das ab, was die Welt wirklich verändert. Nicht nur die sogenannten Wirtschaftsmächte des Ostens stellen eine wirkliche Bedrohung dar. Das Erwachen des religiösen Fundamentalismus in den arabischen Ländern ist offensichtlich nur ein Vorspiel zur Verkündung des Dschihad, des Heiligen Krieges, der den perversen Hirnen der Emire und der Mullahs zufolge eine theokratische Diktatur einführen soll, und ich überlasse es euch, euch auszumalen, wie sich diese auf unsere Kultur auswirken würde ...

Der Kommandant gestattete sich eine vielsagende Pause. Die Anwesenden wagten nicht einmal zu atmen. Dabei war der Saal des Tevere-Riva-Zirkels voller angesehener Leute: Diplomaten, Prälaten, Ökonomen, Bankiers, Adelige, hohe Staatsbeamte, Wissenschaftler, Analysten, Militärs ... Von jedem einzelnen hätte man sagen können, dass sie einem viel höheren gesellschaftlichen Stand angehörten als der Kommandant. Der Kommandant gehörte eigentlich gar keinem gesellschaftlichen Stand an. Um die Wahrheit zu sagen, hatte er nicht einmal einen Namen, da er für alle immer nur der Kommandant war und es auch bleiben würde. Dennoch hatte er sie in der Hand. Vom ersten bis zum letzten. Er wusste, wie er sie mit einer Anspielung auf die altehrwürdige Tradition in Erregung versetzen konnte – die Anspielung auf *the white man's burden* hatte stolze Ausrufe hervorgerufen. Er wusste, wie er mit einem Witz Spannungen lösen konnte – sie hatten gelacht, als er gesagt hatte, die mittlerweile überkommenen Neokonservativen seien in Frührente geschickt worden. Er wusste, wie man Angst säte – bei der Erwähnung des Dschihad waren sie erschauert. Der Kommandant räusperte sich und begann das Finale seiner Rede einzuleiten.

– Was eint unsere Feinde? Das Bewusstsein, ein entscheidendes Match auszutragen? Das reicht nicht, um ihre Gefährlichkeit zu erklären. Auch die Besten von uns können die Realität genau einschätzen. Dennoch spüre ich, dass sie in diesem Augenblick stärker sind als wir. Wir haben die Pflicht, den chinesischen Kommunismus und den islamischen Fundamentalismus zu bekämpfen aber ... wir können von beiden auch viel lernen. Soll ich euch in zwei Worten klarmachen, worin der Unterschied besteht? Zwei Begriffe solltet ihr euch gut merken: Hierarchie und Gehorsam. Das ist das Geheimnis ihres Erfolgs. Das haben die Arbeiter, die wie Sklaven in den Fabriken schuften und sich lieber umbringen lassen würden als Urlaub zu machen, und die Studenten, die in den Islamschulen wie besessen Koransuren beten, gemeinsam. Sie glauben an die Hierarchie. Sie gehorchen ihren Vorgesetzten. Sie stellen keine Fragen. Sie erheben keine Einwände. Sie identifizieren sich mit ihrem Projekt. Es handelt sich dabei um eine großartige gemeinschaftliche Anstrengung, die wir nicht mehr kultivieren, seitdem sich der hinterhältige Feind sich in unsere Reihen eingeschlichen hat. Dabei handelt es sich, meine Freunde, um eine fünfte Kolonne mit ungeheurem zerstörerischen Potenzial. Wir müssen den Feind aufstöbern, wo auch immer er sich einnistet, ihn erbarmungslos jagen, ihn zerstören, bevor er uns zerstört. Unser Feind heißt „Kulturrelativismus". Die verrückte These von der Gleichheit der Kulturen, die mit der schlechtesten Überzeugung einhergeht, nämlich dass alle Menschen gleich wären. Er ist unser größter Feind. Solange wir ihn nicht loswerden, sind wir nicht in der Lage, uns dem Kampf zu widmen, der uns bevorsteht. Wenn wir ihn nicht loswerden, gehen wir unvorbereitet in den Kampf. Und wir werden unterliegen. Aber erinnert euch: Wenn wir unterliegen, unterliegt auch die Kultur, so wie wir sie kennen. Wir werden uns, wohlverstanden, im Vorzimmer zum Weltuntergang befinden. Ich danke Euch für die Aufmerksamkeit.

Tosender Applaus ertönte, als der Kommandant von der kleinen Ehrentribüne heruntersteig. Marco stellte fest, dass Mastino ihn anblickte, und stimmte nach kurzem Zögern ebenfalls in den Applaus ein. Er konnte nicht behaupten, den Sinn des Vortrags völlig verstanden zu haben, aber irgendetwas an der Logik des Kommandanten erinnerte ihn an die wirren Theorien der Skins im Fitnessstudio in Verona. Es ging um Hautfarbe und Überlegenheit. Früher einmal hatte er im Namen dieser Ideen gnadenlos Schwarze, Juden, Zigeuner und Homosexuelle verdroschen. Jetzt wurde er, wie es schien, „zum mächtigsten Mann Italiens" vorgelassen, wie Mastino den Kommandanten bezeichnet hatte.

– Komm, er möchte dich kennenlernen.

Mastino hängte sich bei ihm ein und schleppte ihn zum Kommandanten. Er war ein großer Mann mit völlig glatt geschorenem Schädel, blauen Augen, einer warmen und selbstsicheren Stimme. Sehniger, muskulöser Körper, undefinierbares Alter, militärische Haltung. „Wir waren gemeinsam im Kosovo", hatte Mastino voller Stolz gesagt. Seit einem Monat war Marco nun in der Anti-Terror-Einheit. Die Ermordung des Senegalesen war als ungeklärter

Fall zu den Akten gelegt worden. Einen Monat Bürokram, theoretische Ausbildung, Saufgelage, Fitnessstudio und abendliche Touren durch Rom. Mastino hatte ein Vier-Zimmer-Apartment in der Via di Donna Olimpia für ihn gefunden, im Monteverde-Viertel. Sie alle wohnten in sehr noblen Wohnungen. Mastino in einer Residenz in der Via della Lungara in Trastevere, im selben Gebäude, in dem auch ein berühmter Regisseur lebte (natürlich ein Kommunist, wie er mit einer verächtlichen Grimasse gesagt hatte). Corvo und Rainer teilten sich eine Suite in Parioli. Sottile bewohnte eine Villa in Fregene. Die Miete und die Betriebskosten wurden vom Vermieter bezahlt: einer Gesellschaft, die dem Kommandanten unterstand. Alles völlig legal, wie Mastino sagte, angesichts der Tatsache, dass wir das Gesetz sind. Er gehörte nun einem unabhängigen und besonderen Korps an. Es war eine Art Erkennungszeichen, über den Möglichkeiten des offiziellen Gehalts zu leben. Ein Monat des Vergessens. Mit dem plötzlichen Tod des Anarchisten hatte man auch den Grabstein auf Alessio Dantinos Grab gesetzt. Daria und Doktor Lupo waren aus seinem Leben verschwunden. Weder Mastino noch die anderen hatten noch einmal darüber gesprochen. Und was den toten Neger anbelangte, so war Marco zu dem Schluss gekommen, dass er bekommen hatte, was er verdiente. Es wäre verrückt gewesen, seine Zukunft wegen einem Vergewaltiger von der Straße aufs Spiel zu setzen. Die WUT schwieg und stimmte zu. Je mehr Zeit verging, desto mehr verblich die Erinnerung an sein früheres Leben zu einer Symphonie von flüchtigen Farben. Mastino rückte seinen Krawattenknoten zurecht („Du musst mehr auf dein Äußeres achten, jetzt, da du zu uns gehörst!") und drückte ihm einen Bellini in die Hand. Der Kommandant unterhielt sich mit einem schmächtigen, eleganten Mann. Im Knopfloch seines grauen Doppelreihers steckte das Erkennungszeichen des Opus Dei.

– Ein berühmter Kardiologe, flüsterte Mastino. – Aber aufgepasst, Ferri, er is 'ne Schwuchtel.

Der Kommandant sagte gerade etwas über die Angst: eine gesunde Haltung, angesichts der Zeiten. Denn das Fremde machte Angst, den Schöngeistern zum Trotz, die immer von Gleichheit, Integration, Toleranz faselten. Das waren abstrakte Gedanken, Utopien, die zu gefährlichen Praktiken führten. So unterschätze man zum Beispiel die Gefahr, die von der anderen Seite der Welt ausging. „Wir gehen ihnen mit ausgestreckter Hand entgegen, und sie schneiden sie uns ab." Der Kardiologe nickte heftig. Offensichtlich, dachte Marco, betraf ihn das Thema des „Anderen" nicht wirklich.

Der Kommandant verabschiedete sich vom Arzt, der sich zurückzog, nachdem er Marco einen vielsagenden Blick zugeworfen hatte, und umarmte Mastino. Sein neuer Vorgesetzter nahm, rot vor Stolz, Habtachtstellung an. Der Kommandant lächelte. Dann reichte er Marco die Hand.

– Es heißt, du bist ein tüchtiger Junge, Marco.

Marco stellte mit einem Schauern fest, dass der Kommandant dieselben durchdringenden blauen Augen hatte wie Andy, der *master* der Birmingham Zulus. Und dass er ihn genauso anblickte wie Andy, wenn er sie vor der Prügelei aufheizte.

– *I'll do my best*, antwortete er, genauso wie er tausendmal Andy geantwortet hatte.

– *We trust in you!*, stellte der Kommandant fest.

Er ließ Marcos Hand mit einem ironischen Zwinkern los, winkte Mastino, und die beiden gingen weg.

Marco verteidigte sich gerade so gut wie möglich gegen die Avancen des Opus-Dei-Arztes, als Mastino zurückkam, sichtlich erregt.

– Du gefällst ihm. In ein paar Tagen wird er uns einladen. Zu sich nach Hause! So was passiert nicht oft!

2.

Jahr für Jahr verschwand Lupo für zwei Wochen, und nur Daria, der selige Dantini und ganz wenige Freunde durften es wagen, seine Ruhe zu stören, während er sich durch die Sandwüsten der Sahara schleppte, sich in orangefarbener Kutte unter den Mönchen eines tibetischen Klosters herumtrieb oder bei einer alten sibirschen Schamanin die Kunst einen *tupilak* herzustellen erlernte, einen Tierfetisch, der dazu diente, die bösen Wünsche der Feinde auf sich zu ziehen. Die Leidenschaft für Extremreisen war ein hervorragender Vorwand, um den wahren Zweck der verschiedenen Missionen zu vertuschen, der darin bestand, den Kontakt zum Netz der internationalen Mitarbeiter aufrechtzuerhalten, das er im Lauf der letzten Jahre aufgebaut hatte. Und das natürlich aus gleichrangigen Beamten anderer Ländern bestand, aber auch aus Außenseitern, von denen er interessante Analysen und wertvolle Prognosen erhielt. Der erste afroamerikanische Präsident konnte, damit wir uns recht verstehen, die Regierung der Angst in eine Regierung der Hoffnung verwandeln. Der Sturz eines blutrünstigen Diktators am Horn von Afrika konnte unerwartete Auswirkungen auf die Beschäftigungsrate in der Gummi-Industrie haben. Und dasselbe galt auch für die Entdeckung einer Arznei, durch die man in der Lage war, bestimmte Epidemien zu bekämpfen, die Übernahme einer großen Bank durch eine mafiöse Seilschaft, die eine Krise ähnlich der Wirtschaftskrise Anfang 2008 auslösen würde. Informationen sind die Grundlage der Macht. Informationen offenbaren die Knotenpunkte von Systemen, die mittlerweile viel zu komplex sind, um auf die überholte Opposition von Gut und Böse reduziert zu werden. In den Jahren, die auf den Fall der Mauer folgten, hatte die Theorie vom Flügelschlag eines Schmetterlings im kleinen Kreis der Sicherheitsprofis einen ungeahnten Aufschwung erfahren. Hätte man Lupo allerdings gefragt, was für eine Verbindung zwischen einem hohen Beamten der italienischen Polizei und einem zwei Meter großen Norweger namens Skjell Ola bestehen konnte, der dem aktivistischen Flügel von Greenpeace angehörte, gerade zwei Jahre Haft in einem norwegischen Gefängnis abgebüßt hatte, weil er das Flaggschiff der Walfänger sabotiert hatte, hätte Lupo geantwortet, dass es sich genau darum handelte: um den ewigen Kampf der Guten gegen die Bösen. Und er hätte hinzugefügt: In Augenblicken der Krise muss man überraschende Allianzen schmieden. Und wir befinden uns, dachte Lupo, ganz entschieden in einem Augenblick der Krise. So hatte er zwei Tage lang gemeinsam mit dem Norweger in einem Kajak den Gustavusgletscher umrundet. Zwei Tage, während derer das Satellitentelefon geschwiegen und der Blackberry keine E-Mails empfangen hatte. Skjell Ola hatte ihm bestätigt, dass auch in seinem Land die Rechten drauf und dran waren, an die Macht zu gelangen – ein weiteres Steinchen in dem beunruhigenden Mosaik – , darüber hinaus war der Ausflug ein großartiges Naturerlebnis gewesen. Schade, dass gerade in diesen beiden Tagen etwas nicht wieder Gutzumachendes passiert war. Er fühlte sich noch immer für Dantinis Tod verantwortlich. Während er auf Darias Anruf wartete, tröstete er sich mit den Aufnahmen, die er am Gletscher gemacht hatte. Das Schauspiel des Grizzlybären, der nervös am Ufer der kleinen Insel auf und ab lief, zwanzig Meter von seinem Schiff entfernt, während die Wale um einen Krillschwarm herum schwammen und im blassen Licht des Sommers in Alaska ihren mächtigen, poetischen Liebesgesang anstimmten, hatte etwas Majestätisches.

– Wir haben es geschafft!

Daria war da. Erhitzt, aufgeregt. In Rom war es so unerträglich heiß, dass sich auf der weißen Bluse unter den Achseln zwei Halbmonde abzeichneten. Lupo, der selbst im Anzug niemals schwitzte (als „perfekten Nicht-Schwitzer" hatte ihn der Kriminologieprofessor in Quantico bezeichnet und hinzugefügt: „Ich möchte Sie nicht verhören müssen, es wäre sehr schwierig, irgendetwas aus ihnen herauszukriegen"), beschränkte sich darauf, sie mit einem Kopfnicken zu begrüßen.

– Noch immer bei den Bären!

– Was hast du gegen Bären? Es sind wunderbare Tiere. Ich habe beobachtet, wie eine Braunbärin sich mitten in einen Fluss gesetzt hat. Zehn Minuten lang hat sie den Kopf hin und her bewegt, bis sie blitzschnell einen Lachs gefangen hat. Dann hat sie ein Stück gefressen und ihrem Kleinen den Rest zugeworfen, der währenddessen ganz still dagesessen ist … Mutter und Sohn, verstehst du, was ich meine, das sich erneuernde Wunder der Natur … die Mutter, die zum Sohn sagt: „Schau zu, Junge, schau und lerne, so läuft es im Leben" … Es war wie in einem Cartoon …

– Hör mir zu …

– Ich verstehe, dass du Neuigkeiten für mich hast, die eine gewisse Bedeutung haben. Ich wollte nur den Augenblick der Erkenntnis hinauszögern …

– Du nervst. Hat dir das schon mal jemand gesagt?

– … damit im entscheidenden Augenblick, sagte Lupo unbeirrt und entschlossen, seinen Satz zu Ende zu bringen, mein Geist frei von Vorurteilen ist! Los, worum handelt es sich?

– Wir haben ein Video.

Lupo hörte auf, Theater zu spielen und beugte sich über den Schreibtisch.

– Wie hast du das geschafft?

– Ich würde es als Wunder bezeichnen.

In den zehn Minuten, die zwischen dem Augenblick, in dem Dantini seinen Sohn aufs Karussell gesetzt hatte, und dem Eintreffen des Rettungswagens vergangen waren, hatte die hoch entwickelte Software, derer sich Lupos Einheit bediente, hundertfünfunddreißig Anrufe in der näheren Umgebung des Tatorts registriert. Daria hatte herausgefunden, wer die Inhaber der Handys waren und hatte begonnen sie zu *screenen*. Hundertfünfzehn Personen, die glaubwürdige Erklärungen boten, schieden aus. Weitere elf Personen schieden aus, weil sie die 113 oder andere Notfallnummern angerufen hatten. Die Mitschriften, die die öffentlichen Telefonzentralen aufbewahren mussten, waren kontrolliert worden, aber ohne Ergebnis. Fünf der neun Personen, die noch übrig blieben, waren illegale Einwanderer. Man konnte zwar die Telefonkarten zurückverfolgen, aber ihre augenblicklichen Inhaber waren nicht aufzufinden. Blieben vier Adressen übrig. Beim zweiten Versuch hatte Daria ins Schwarze getroffen. Die Frau wohnte ihn Cerveteri. Eine von ihrem Mann getrennt lebende, erschöpfte Vierzigjährige, die einen Aufschrei des Unbehagens von sich gegeben hatte, als sie Daria und ihren Ausweis sah.

– Ich wusste, dass es so enden würde!

Schuld an dem Ganzen war der Vater, der davongelaufen war, der Verbrecher. Er hatte darauf bestanden, dem Jungen ein Videotelefon der letzten Generation zu schenken. So würde auch der Sohn ein Freak werden wie der Vater. Und mit vierzig, nach fünfzehn Jahren Ehe, mit der erstbesten brasilianischen Hure davonlaufen … Der fragliche Junge hatte zugegeben, ein Video gedreht zu haben, „auf dem man sah, wie geschossen wurde, und wo es Tote gab". Als die Mutter davon erfahren hatte, hatte sie ihm befohlen, es zu löschen, um keine Probleme zu bekommen.

– Aber sie hat die Widerspenstigkeit der jungen Generation unterschätzt. Der Junge hat ihr nicht gehorcht. Er hat sogar versucht, Verbindung mit TV-Sendern aufzunehmen, aber dort hat ihm niemand Gehör geschenkt. Zum Glück sind wir rechtzeitig gekommen. Ich habe dir ja gesagt: ein Wunder.

Lupo seufzte.

– Gut, gut Daria. Aber Wunder gibt es nicht. Ich würde lieber sagen: ein glücklicher Zufall infolge deiner Hartnäckigkeit und meiner Weitsicht. Hatte ich dir nicht gesagt: „Ich fotografiere, darum bin ich?"

Daria verspürte den unbändigen Wunsch, dieses halbarrogante Grinsen zu beenden. Das Grinsen eines Mannes, der weiß, dass er recht, noch bevor die anderen ihm recht geben. „Wir stammen von Göttern ab", sagte Lupo gern – ein Zitat seines Landsmanns Tomasi di Lampedusa ...

– Ich bin weit davon entfernt, deine Begeisterung bremsen zu wollen, aber ich habe einen Blick auf das Material geworfen ... man sieht darauf rein gar nichts.

– Dann werden es unsere Techniker wohl ein wenig bearbeiten müssen ... gut, wir schauen es uns an, sobald es fertig ist.

Manchmal, dachte Daria, sind Götter der beste Grund für Atheismus.

3.

Die Baracke befand sich in einer Querstraße der Via della Pisana. Im fahlen Licht des Morgengrauens war sie deutlich zu sehen, hinter dem mit Abfall übersäten Hügel.

Sie lagen im Graben neben der Straße, im hohen Gras. Sie trugen kugelsichere Westen und hielten die Maschinenpistolen im Anschlag.

Als der erste Sonnenstrahl hinter der dunklen Silhouette des Hügels auftauchte, berührte Mastino den Boden und bekreuzigte sich wie ein Fußballspieler. Dann hob er den Arm und gab das Signal.

Marco verließ als erster die Deckung. Er lief zur Tür der Baracke, gefolgt von den anderen. Corvo, der über dem schwarzen Overall eine Weste mit der Aufschrift „Polizei" trug, befestigte eine kleine Sprengladung an der Tür. Die Tür wurde aus den Angeln gehoben. Sie stürmten ins Innere. In der Baracke war es dunkel und still. Mastino machte die Taschenlampe an, deren Licht auf Tischlerwerkzeug fiel. Das sah aus wie große schlafende Tiere.

– Da ist niemand, sagte Marco und ließ die Waffe sinken. – Irgendwer muss sie gewarnt haben, stellte Perro fest und zeigte auf einen ungehobelten Holztisch, auf dem ein Teller mit Sugoresten, ein Glas mit einem Bodensatz Wein und ein abgeschalteter Fernseher standen.

– Tja, sagte Corvo, sie wussten, dass wir ein Auge auf sie haben.

– Und die, die uns einen Tipp gegeben haben, haben auch ihnen einen Gefallen erwiesen.

– War es also ein Schlag ins Wasser, fragte Marco?

Mastino stimmte ein herzliches Gelächter an.
– Die Handlanger sind uns ja herzlich egal. Wenn die Information richtig war, sind wir diesmal einer großen Lieferung auf der Spur ...
– Lieferung?, echote Marco verblüfft.
Noch bevor Mastino antworten konnte, hörten sie Perro aus dem hintersten Raum der Baracke rufen. Marco sah, wir er aus dem Schatten auftauchte, mit einem versiegelten Paket in der Hand. Mastino zog ein Klappmesser, ließ es aufspringen, schnitt das Paket auf. Rosa Kristalle schimmerten im Licht der Taschenlampe.
– Ich würde sagen Bolivianische Rose.
– Dort hinten sind noch hundert, vielleicht hundertfünfzig andere ...
Perro zeigte auf den Zwischenraum unter zwei Fußbodendielen, die sie herausgerissen hatten. Mastino schwenkte das Paket.
– Das ist die Kriegsbeute, Marco. Grob geschätzt, fünfzig, sechzig Kilo ...
Marco begriff nicht. Zuerst eine lange Flaute, dann im Augenblick der Aktion Kokain.
– Aber was hat die Anti-Terror-Einheit mit Drogen zu tun?
– Junge, kannst du dir vorstellen, wie viele Waffen und wie viel Sprengstoff man mit diesem Zeug kaufen kann? Die Bösen gehen nicht nach Zuständigkeiten wie wir ... die Bösen spielen nach ihren eigenen Regeln.
Dann drückte Mastino Perro das Paket in die Hand.
– Schaff es weg, die Hälfte bringst du den Kollegen vom Drogendezernat. Die andere Hälfte an den üblichen Ort.
Marco folgte ihm ins Freie, er fühlte sich ziemlich unbehaglich. Er wusste seit geraumer Zeit, dass Mastinos Methoden nicht gerade orthodox waren. Und in gewisser Weise gefiel ihm das sogar. Aber Drogen verschwinden zu lassen, war ... Mastino zündete sich eine Zigarette an.

– Wir haben einen kleinen Vorrat, erklärte er. Heroin, Kokain, etwas Amphetamin. Damit bezahlen wir die Informanten, wir benutzen es als Köder für Dealer oder um irgendeinen Hurensohn festzumachen, den wir sonst nicht kriegen würden. Wir bewahren es an einem – sagen wir – „speziellen" Ort auf. Wir nennen es das „Lager" ... In den nächsten Tagen nehme ich dich einmal dorthin mit.

Marco nickte, aber Mastino war nicht entgangen, wie verblüfft er war.

– Denkst du ans Innenministerium? Kein Problem. Was wir tun, ist höchstens ein paar lästige bürokratische Hürden zu umgehen. Und außerdem, Marco ... kann mich das Innenministerium am Arsch lecken. Angefangen bei Lupo, diesem Trottel. Küss die Hand ... du Scheißsizilianer!

Mastino hängte sich bei Marco ein. Die Sonne stand schon höher am Himmel, aber noch lag leichter Dunst in der Luft. Die Stadt erwachte. Hier, hinter den Wohnsilos, war das Geräusch des spärlichen sommerlichen Verkehrs nur gedämpft zu hören.

– Schau sie dir an, Marco ... Um fünf stehen sie auf, und wenn sie zu arbeiten beginnen, haben sie schon ein paar Stunden im Auto hinter sich ... Manche stehen sogar noch früher auf, um sich den Morgenverkehr zu ersparen, sie parken vor dem Büro und schlafen noch ein Stündchen. Ein Scheißleben, was? Frustrierte Hausfrauen, die nie Lust zum Ficken haben, Söhne mit dem iPod in den Ohren, alte verblödete Schwiegermütter. Du schuftest, also möchtest du auch Geld in der Tasche haben, einen BMW und eine Kreuzfahrt zu Weihnachten, und das mit Recht, oder nicht? Und vor allem möchtest du in Ruhe gelassen werden. Keine Zigeuner, die dich um Almosen anbetteln und dir derweil die Geldbörse klauen, keine Neger, die dich scheel ansehen, keine Scheibenputzer, die dir auf die Eier gehen, keine Araber, die sich selbst in die Luft sprengen, um dich zu beseitigen. Weg mit dem Gesindel. Das ist unsere Pflicht, verstehst du? Sauber machen, das

Gebiet desinfizieren. Und dafür bin ich bereit, einem Unschuldigen die Knochen zu brechen, oder etwas Stoff beiseitezuschaffen, um einen Dealer reinzulegen. Das ist meine Pflicht. Wie sagt doch der Kommandant: „Erinnert euch, dass wir uns im Krieg befinden, auf der einen Seite stehen wir und auf der anderen sie. Und im Krieg gibt es keine guten Manieren. Ich habe den Krieg kennengelernt, mein Junge, und ich weiß, was er bedeutet."

– Ist der Kommandant noch immer im Krieg?

– Sagen wir, dort wo er ist, ist Krieg.

Die Sonne hatte endlich die Dunstschicht aufgelöst. Das Gras erstrahlte in hellem Grün. Marco dachte über Mastinos Worte nach.

– Das heißt, dass der Krieg auch bei uns ist.

– Bravo. Schön langsam kapierst du.

4.

Die glaubhafteste Darstellung des Attentats von Dallas hatte Sam Giancana, ein Boss der italoamerikanischen Mafia, der aufgrund seiner jähzornigen Art „Mooney", der Verrückte, genannt wurde, geliefert.

Die Bösen hatten Lee H. Oswald den Auftrag gegeben, den Präsidenten zu erschießen, und der Plan bestand darin, den Ex-Marine und verhinderten Schüler von Fidel zuerst einzusperren und dann zu beseitigen. Aber die schmutzige Arbeit hatten andere erledigt, Profis mit Präzisionswaffen, die in der Lage waren, JFK aus einer Entfernung von zweihundertfünfzig Metern ein Ohr vom Kopf zu schießen. Wozu die improvisierte Waffe von Lee H. Oswald nie imstande gewesen wäre. Mooney hatte erklärt, dass die sogenannte Technik der „Triangulierung" von Al Capones Jungs Ende der zwanziger Jahre in Chicago entwickelt worden war. Es handelte sich um nicht mehr und nicht weniger als Theater. Ein Bühnenapparat, der aufgestellt wurde, sobald man irgendwo die wahren Motive einer Operation verschleiern oder sie zu einem anderen Zweck ausnutzen wollte. JFK musste bestraft werden, weil er die Kubaner und die Mafia verraten hatte, die entscheidend zu seiner Wahl beigetragen hatte. Diese Hintergründe mussten verschleiert werden. Ein einsamer heimatloser Mörder garantierte hervorragende Resultate: er sorgte für eine rasche Lösung des Falls; schickte allen jenen, die Ohren hatten zu hören, ein deutliches Signal, ersparte einem Haufen braver Jungs eine Menge Probleme. All das war nichts anderes als Illusion.

Aber worin sonst bestand der Sinn des Theaters, wenn nicht in der Illusion? Vor Kurzem – Lupo hatte bei einem Kriminologie-

Seminar darüber referiert – hatte ein ehrgeiziger Boss der heimischen Mafia auf die Triangulierung zurückgegriffen, um sich eines rivalisierenden Bosses zu entledigen. Er hatte sich mit ihm in einem Restaurant verabredet und so getan, als würde er mit ihm eine Abmachung treffen. Beim Ausgang war ein Killer auf sie zugerannt und hatte wie wild geschossen. Die beiden Bosse hatten versucht, hinter einem geparkten Auto Deckung zu finden. Während der inszenierten Flucht hatte der eine Boss den anderen mit einem Schuss aus nächster Nähe kaltgemacht. Der Killer hatte sich ungehindert davongemacht. Dank des Gerichtsmediziners, der die Inszenierung aufgedeckt hatte, war dieser Fall brillant gelöst worden. Im Fall von Dantinis Tod hatten Mastino und die Seinen die Dinge gründlicher erledigt. Das gerichtsmedizinische Gutachten besagte, dass der tödliche Schuss Dantini in der Herzgegend getroffen hatte, das Projektil war von unten in den Körper eingedrungen und hatte sich mit einer Neigung von ungefähr fünfundzwanzig Grad fortbewegt. Aufgrund der Zeugenaussagen und der vermuteten Position von Schütze und Opfer war man zu dem Schluss gekommen, dass letzterer sich im Augenblick des Aufpralls nach vorne gebeugt hatte. Das Video, das der Junge gedreht hatte – das von Lupos Technikern gereinigt und bearbeitet worden war –, hatte die offizielle Version widerlegt. Die Bilder offenbarten, dass der Anarchist nicht einmal die Waffe auf sein Opfer gerichtet hatte. Und Dantini hatte sich in dem Augenblick, in dem er getroffen wurde, nicht vornüber gebeugt, sondern stand ganz aufrecht. Auf dem Video war sein plötzlich besorgter Gesichtsausdruck zu sehen. Er schaute auf etwas, das hinter dem Anarchisten sein musste. Auf den Punkt, wo sich, wie Lupo und Daria schlussfolgerten, sein wahrer Mörder befand. Eine Person, die kleiner war als Dantini, die die Bernardelli mit beiden Händen hielt und in aller Seelenruhe zielte. Es handelte sich um ein Mädchen. Sie tauchte auf mindestens vier weiteren Standbildern auf. Mit einer Waffe, die sie wie gesagt mit zwei Händen hielt, angespannt, in Schießposition, während sie direkt in die Kamera zu schauen schien. Bei der Übergabe der Waffe an jemanden, nicht leicht zu identifizieren (man erkannte nur undeutlich einen männlichen Arm). Und schließlich, während sie floh und sich unter die aufgeregte und erschrockene Menschenmenge mischte, die den Vorfall beobachtet hatte.

– Rigosi Flavio, der Freund des Jungen ... es gibt ein Verhörprotokoll, in dem er von einem blonden Mädchen spricht, erinnerte sich Daria.

Lupo hatte noch einmal die Akte konsultiert. Rigosi, der zur Zeit wegen Besitz einer bescheidenen Menge Haschisch in Regina Coeli inhaftiert war, hatte tatsächlich ein Mädchen erwähnt. Daria hatte den Vorschlag gemacht, ihm das bearbeitete Foto des Videos zu zeigen. Lupo war dagegen gewesen.

– Und was sagen wir ihm? Dass sein Freund gar nicht gestorben ist, wir das jedoch vor der ganzen Welt geheim halten?

– Wir müssen ihm nicht alles sagen.

– Was auch immer wir ihm sagen, wird eine halbe Stunde später im Anarchisten-Blog stehen. Die x-te Lüge des Staates und so weiter ...

– Und ist das vielleicht nicht die Wahrheit?

– Die Wahrheit ist umso wahrer, wenn sie im richtigen Augenblick enthüllt wird.

Damit war die Sache erledigt. Eigentlich hätten sie das Video der Staatsanwaltschaft übergeben und die Wiederaufnahme des Falls beantragen müssen. Aber das wäre ein sinnloser und gefährlicher Schritt gewesen. Sinnlos, weil sie zweifellos nicht offenbaren konnten, dass sie den vermeintlichen Schuldigen für tot erklärt hatten. Jetzt noch nicht. Gefährlich, weil auch Mastino davon erfahren hätte.

– Eines Tages werfen sie uns ins Gefängnis, Lupo. Der Krug geht so lange zum Brunnen, bis er bricht.

– Auch ich würde mich gerne an die Regeln halten, glaub mir. Aber Regeln funktionieren nur in einem normalen Land. In einer normalen Welt. Und ich glaube schon lange nicht mehr an die Normalität des einen wie des anderen – der Welt und Italiens.

Bei dieser Angelegenheit gab es zu viele ungeklärte Punkte. Über einige Zusammenhänge, die er allmählich erahnte, konnte Lupo nicht einmal mit Daria sprechen, auch wenn er ihr noch so sehr vertraute. Es gab Informationen, die er niemandem weitergeben konnte. Zumindest im Augenblick nicht. Er konnte nur dafür sorgen, dass auch Daria etwas ahnte. Immerhin hatte er sie darauf hingewiesen, dass Dantini hartnäckig von der „ersten Ebene" sprach.

– Was darauf schließen lässt, dass es andere … übergeordnete Ebenen gibt.

Daria hatte sofort begriffen, worum es ging. Bei der Inszenierung ging es nicht nur darum, dass ein paar korrupte Bullen sich reinwaschen wollten, sondern es sollten viel größere Interessen gewahrt werden. Wenn es Mastino bloß um die eigene Person gegangen wäre, hätte er Dantini von einem seiner Handlanger über den Haufen fahren lassen, er hätte eine viel weniger theatralische Möglichkeit gefunden, sich seiner zu entledigen. Hinter den Kulissen verbarg sich eine Botschaft. Die Lupo allerdings noch nicht entziffern konnte.

– Hat es mit Mastinos Wechsel zur Anti-Terror-Einheit zu tun?, hatte Daria gefragt.

– Vielleicht. Aber das reicht noch immer nicht. Auf jeden Fall müssen wir herauskriegen, wer dieses Mädchen ist. Nur Guido kann es uns sagen.

Aber der Junge wollte einfach nicht aus seinem Schlaf erwachen. Seitdem er das Beatmungsgerät nicht mehr brauchte, schlief er auf einem Bauernhof in der Maremma, wo er von Lupos besten Leuten ständig bewacht wurde. Doktor Fera, der ihn jedes Wochenende besuchte, wiederholte unablässig, dass in klinischer Hinsicht alles bestens verlief. Dass man die Hoffnung nicht aufgeben durfte. So blieb Daria und Lupo nichts anderes übrig als Stunden am Computer zu verbringen und auf Websites aus der halben Welt ein Foto zu suchen, das jenem Mädchen ähnlich sah, deren bearbeitetes Foto mitten auf dem Bildschirm prangte.

Ein hübsches slawisches Gesicht. Lange blonde Haare mit einer unbändigen Welle. Augen, die halb grün und halb blau waren und in denen, als sie während der Aktion verewigt wurden, eine grausame Gleichgültigkeit aufblitzte ... eine Beschreibung, die auf ein paar Millionen Menschen passte. Das war alles, was sie über sie wussten.

Es fehlte vor allem ein Name.

5.

Alissa ist wieder da ...
Auf diese Weise teilte sie dem Kommandanten mit, dass die Mission beendet war.
– Erzähl mir alles.
– Es gibt nichts zu sagen. Es ist alles nach Plan gelaufen.
– Verbirgst du mir etwas?
Es war unmöglich, seinem scharfen Blick zu entgehen. Als Rossana ihm gestand, einen Augenblick lang gezögert zu haben, seufzte der Kommandant.
– Du hast also versucht, dem jungen Idioten die Haut zu retten.
– Wir hätten ihn nicht gebraucht. Ich wäre auch sehr gut alleine zurechtgekommen.
– Wir haben den Einwand zur Kenntnis genommen und verworfen, meine Liebe. In Zukunft möchte ich nicht mehr darüber sprechen müssen.
– Es wird nicht mehr vorkommen.
– Du kannst dich ja mit dem Gedanken trösten, dass sich der Junge nichts sehnlicher wünschte, als den Heldentod zu sterben. Und den hast du ihm geschenkt ...
– Wenn es nicht so viele Jungs gäbe, die sich nichts sehnlicher als den Heldentod wünschen, wäre ich jetzt nicht hier bei dir.
– Bereust du es?
– Nein.
Nein. Alissa bereute es nicht. Und sie würde sich nicht umdrehen, um den Scherbenhaufen zu betrachten, der ihr Leben gewesen war, bevor sie den Kommandanten kennengelernt hatte. Das

wäre nicht fair gewesen. Und selbst wenn Guido oder zehn oder auch tausend von seiner Sorte dafür zahlen mussten, dass sie all das behielt, was sie jetzt besaß, dann würde sie es zulassen. Und sie würde sich nicht von Gefühlen übermannen lassen. Niemand auf dieser Welt hatte eine Träne oder ein Lachen verdient. Niemand, außer dem Kommandanten. Alissa schnappte sich das Crystal Meth und bedankte sich mit einer freundlichen Geste bei dem bengalischen Diener, der dankbar zurücklächelte. An diesem Abend hatte sie ihre Haare zu einem Pagenkopf frisiert, der die hohen Backenknochen betonte, dezentes Make-up aufgelegt, kaum Lippenstift, sie trug ein etwas strenges schwarzes Kleid.
– Etwas zu minimalistisch, meinst du nicht?, hatte der Kommandant gesagt.
– Das Üppige überlasse ich gern den Gattinnen deiner Gäste. Die Damen haben ja nicht die geringste Idee, was „Klasse" bedeutet.
– Natürlich nicht, meine Liebe. Genau deshalb werden sie dich ...
– ... für unbedeutend halten?
– Im Gegenteil. Für anmaßend.
– Soll ich mich umziehen?
– Nicht einmal im Traum. Genau das erwarte ich von dir.
Seitdem Mastino sie ihm gezeigt hatte – „Das ist die Frau des Kommandanten ... etwas weniger als eine Ehefrau, aber mehr als eine Geliebte ... angeblich ist sie sehr intelligent, auch eine Art Beraterin ..." –, behielt Marco sie ihm Auge. Die königliche Anmut, mit der sie einherschritt, erhellte das schwülstige Ambiente, das von Stuckdecken, Diwanen und Ölgemälden aus der neapolitanischen Schule geprägt wurde. Die mit Juwelen behängten Matronen schluckten, wenn sie vorbeiging, und klimperten noch mehr mit ihren prunkvollen Geschmeiden. Aber sie ging gelassen weiter, triumphierend, wunderschön ... Bei gewissen glühenden Blicken, die die Männer ihr zuwarfen, fühlte er sich an Tiberio er-

innert, einen Anführer der Ultras. Der hatte sich Hals über Kopf in Romina Power, verheiratete Carrisi, verliebt. Nicht die übliche Verehrung für eine Sängerin oder Schauspielerin, sondern eine echte *amour fou*. Er besaß einen Haufen Doku-Material über sie, Magazine, Zeitungen, Fotos und Texte von Websites, jedes Bild aus dem Fernsehen und natürlich alle ihre Schallplatten. Er verfolgte sie auf Schritt und Tritt, und fuhr ihr, sofern das möglich war, nach, hundertmal war er ihr ganz nah gewesen, hatte sich jedoch nie offenbart, begnügte sich damit, die Füße auf den Boden zu setzen, auf dem sie gegangen war, dieselbe Luft zu atmen, und bei den glücklichen Gelegenheiten, bei denen er ihr ganz nahe gewesen war, ihr Parfum einzuatmen. Als ihre unglückliche Tochter in New Orleans im Nichts verschwand, kratzte er das Geld zusammen, um hinzufahren.

„Stell dir vor, ich finde sie und bringe sie ihr zurück!"

Aber Tiberio war mit leeren Händen zurückgekommen. Bei ihrer letzten Begegnung hatte Marco kein Hakenkreuz mehr auf der Brust und war mit Darias Hilfe zur Polizei gegangen. Und Tiberio machte eine Lehre bei einem Installateur in Chievo. Gewisse Leidenschaften sollte man besser nicht mit körperlichem Kontakt verderben, sie lieber unangetastet lassen. Außerdem rief sie aus irgendeinem ungeklärlichen Grund Misstrauen in ihm hervor. Er versuchte ihr aus dem Weg zu gehen, bis er plötzlich neben ihr stand, auf der großen Terrasse, von der aus man auf den Caffarella-Park blickte.

– Guten Abend. Sie sind wohl Marco. Gefällt es Ihnen hier? Fühlen Sie sich wohl?

Die etwas heisere Stimme hatte einen unüberhörbaren ausländischen Akzent. Marco fragte sich, wie sie am Hof des Kommandanten gelandet war. Sie kannte seinen Namen. Was wusste sie sonst noch über ihn? Alissa genoss das Unbehagen des Rekruten. Der Kommandant hatte ihr den „Neuen" anvertraut. Alissa hatte seine Personalakte gelesen und Mastinos Randnotizen. Sie hielten

Marco für einen guten Kauf, auch wenn er noch eine Probezeit absolvieren musste. Alissa war das Loch mitten auf der Stirn nicht entgangen. Marco stank nach Schlägereien, nach Hormonen, nach Unreife und Gewalt. Sie kannte viele wie ihn. Nicht einmal der Anflug von Unentschlossenheit, die zarte Unsicherheit im Blick waren etwas Neues für sie. Typen wie Marco konnten in einem Sekundenbruchteil vom Häufchen Elend zum Mörder werden. Es fehlte ihnen die Fähigkeit, ihre Impulse zu kontrollieren. Deshalb brauchten sie jemanden, der sie führte und in die richtige Richtung lenkte. Noch ein Junge, der vom Heldentod träumte. Der Kommandant wusste sehr gut, wo er Rekruten für seine Truppe fand. Es würde nicht sehr schwierig sein, sich um den Neuen zu kümmern. Und in gewisser Hinsicht konnte es sogar angenehm sein.

– Sind das alles Männer des Kommandanten?

Mittlerweile standen sie im Salon und tranken etwas miteinander. Alissa hatte ihm die Biografien der Gäste und ein paar Tratschgeschichten erzählt.

– Nein. Ein paar sind meine Männer. Oder waren es. Zum Beispiel der Erste links, der Große mit dem Schnurrbart, im Smoking, das ist Walid Kamal. Libanese, Waffenhändler, einer der reichsten Männer der Welt, der aber nicht auf der Forbes-Rang-Liste auftaucht. Er war schon dreimal verheiratet, hat eben zum vierten Mal geheiratet. Ich habe ihn zum ersten Mal in Brüssel getroffen, in einem sehr exklusiven Bordell.

– Und was haben Sie dort gemacht?

– Als Hure gearbeitet natürlich.

Sie ging unter einem Vorwand weg und ließ ihn mit dem Echo ihres warmen, kehligen Lachens zurück, allein und völlig verwirrt. Sie hatte ihn provoziert, dann war sie wieder auf Distanz gegangen. Eine Hure! Die Frau des Kommandanten! Sie machte sich über ihn lustig, klar. Sie betrachtete ihn wohl als eine Art wildes Tier, das bei einem Maskenball zum Vergnügen der Gäste freigelassen worden

war. Die WUT grummelte. Wenn du eine Beute suchst, meine Liebe, hast du den richtigen Bissen gefunden.
– Etwas ungeschliffen. Loyal. Von der Umgebung etwas eingeschüchtert.
Alissa erstattete dem Kommandanten Bericht, der lächelnd zuhörte und sich gleichgültig umblickte.
– Typisch, meine Liebe. Schau ihn an. Das edle Tuch, das er in einem der Läden gekauft hat, die unser Mastino regelmäßig abgrast, wird wohl gleich explodieren... Wahrscheinlich fragt er sich gerade: Aber wo ist die schöne Welt, die man mir versprochen hat? Die schöne Welt ist etwas für TV-Sternchen und Fußballspieler, Filmstars, Feste im Billionaire ... die schöne Welt sieht man im Fernsehen oder man liest in der Zeitung über sie. Solche Gesichter habe ich noch nie gesehen ... Aber wo bin ich gelandet, in einer Art *Second Life* für Beamte? Auf jeden Fall sollte man ihn noch ein wenig beobachten ...
Marco hatte gesehen, wie sie sich unterhielten und dann lachten. Alissa und der Kommandant. Sie sprachen über ihn. Sie lachten über ihn. War das der Preis dafür, dass er in ihrer Welt aufgenommen wurde? Zwei Minister der Republik traten ein, von Bodyguards umringt. Der Kommandant ging ihnen entgegen, mit Alissa an seiner Seite. Sie drückten sich die Hand, schlugen einander auf die Schulter. Marco konnte sich des Eindrucks nicht erwehren, dass die Minister die Kardinäle seien und der Kommandant der Papst.. Es wirkte wie ein Spiel. Aber es war kein Spiel. Es war etwas viel Komplizierteres. Das konnte Marco in diesem Augenblick aber nicht wissen.

Fünfter Teil

Guido

1.

Am letzten Sonntag im August, um elf Uhr dreiundvierzig, wachte Guido auf. Daria hätte ihn am liebsten gleich verhört. Doktor Fera riet ihr jedoch zur Geduld.
– Die ersten Untersuchungen waren sehr viel versprechend, aber wie ich Ihnen bereits einmal sagte, ist das menschliche Gehirn noch immer ein Rätsel. ... wir müssen sehr vorsichtig vorgehen. Fürs Erste müssen wir ihn einmal auf die Beine kriegen. Dann werden wir herausfinden, ob er Schäden davongetragen hat, und wenn ja, inwiefern sie reversibel sind. Wichtige Nervenzentren könnten dauerhaft Weise geschädigt sein, und in diesem Fall ...
– Würde er sich an nichts erinnern, hatte Lupo schlussgefolgert.

Aber Guido erinnerte sich an alles. Sogar an die winzigsten Details. Der freundliche Arzt hatte ihm gesagt, dass er sich einen Monat und siebenundzwanzig Tage im Tiefschlaf befunden hatte. Dass das Projektil keine lebensnotwendigen Organe verletzt hatte. Dass er speziell überwacht wurde und den Besuch von Personen erwartete, deren Identität er nicht preisgeben durfte. Wer seid ihr? Wo bin ich? Was ist passiert, nachdem ich ... nachdem sie auf mich geschossen haben? Wo ist Rossana?

Aber seine Stimme gehorchte ihm nicht. Die Muskeln waren aufgrund der langen Untätigkeit träge geworden. Einen Schluck Wasser zu trinken, hatte ihn enorme Anstrengung gekostet. Die Situation hatte sich in den Tagen darauf gebessert, mithilfe einer intensiven Serie von physiotherapeutischen Sitzungen hatte man ihn instand gesetzt und er konnte die einfachsten Bewegungen auszuführen. Jeden Abend wurde er erschöpft in sein Zimmer zurückgebracht, das ausgestattet war wie ein Krankenhauszimmer. Und dann kam die Logopädin.

– Der Patient beteiligt sich nicht, Herr Doktor. Meiner Meinung nach würde er es schaffen, wenn er nur wollte. Ich kann mich des Eindrucks nicht erwehren, dass er mauert.

– Natürlich. Er hat Angst, sagte Lupo abschließend, nachdem ihm Fera die Nachricht überbracht hatte. Ich gebe Ihnen noch eine Woche, dann versuche ich es selbst.

In Wirklichkeit hatte Guido sogar die Sprache wiedererlangt. Vielleicht hatte er noch Probleme mit gewissen Lauten, aber mit etwas gutem Willen hätte er ein vernünftiges Gespräch führen können. Das Problem lag woanders. Er erinnerte sich. Aber wer waren diese Leute, die an seinen Erinnerungen teilhaben wollten? Und was würde aus ihm werden, wenn er sie zufrieden stellte? Deshalb hatte er sich vorgenommen zu schweigen. Sie sollten wenigstens den ersten Schritt machen.

Dann hatte er nachgegeben. Es geschah an dem letzten Tag, den ihm Lupo zugestanden hatte. Als Fera den beiden schweigenden Wächtern die Anordnung gegeben hatte, den Patienten in den Garten zu führen. Während sie den Rollstuhl an einer Pappelreihe vorbeischoben und sich seine Lungen mit der noch warmen Luft des Spätsommers füllten, hatte Guido vor dem Hintergrund des glasklaren Himmels, der den Sonnenuntergang ankündigte, die kleine, von dem unverwechselbaren Zypressenhain umrahmten Pfarrhof erkannt. Er hatte sich umgedreht, um den Arzt anzusehen, der ihn mit einer Mischung aus Zuneigung, Ungeduld und Sorge anblickte, und resigniert mit den Achseln gezuckt.

– Sie wissen, was hinter diesem Pfarrhof ist, nicht wahr?

Fera konnte ein besserwisserisches Lächeln nicht zurückhalten.

– Wir haben sie absichtlich hierher gebracht … Die vertraute Umgebung hat wesentlich zu Ihrer Genesung beigetragen.

Guido schloss die Augen und gab sich der Erinnerung hin. Hinter dem Pfarrhof lag die Villa Vittoria. Vor langer Zeit war er in diesem Haus glücklich gewesen. Aber hier hatte er auch zu hassen gelernt.

– Wer seid ihr? Was wollt ihr von mir?

– Ich kann Ihnen keine Antwort geben, das würde meine Kompetenzen überschreiten, tut mir leid.

Am Tag darauf waren sie zu zweit gekommen. Eine Frau mit kantigem Gesicht, das im Widerspruch zu ihrem freundlichen, mütterlichen Blick stand, und ein Fünfzigjähriger mit herrschaftlichem Auftreten – Guido witterte sofort den Gestank von Großbürgertum – und mit offensichtlich sizilianischem Akzent, der augenscheinlich das Kommando innehatte.

– Ich werde mich nicht mit langen Vorreden aufhalten. Sie wurden verletzt, während sie ein Attentat auf Kommissar Dantini, den Chef der Kriminalpolizei, verübten ...

Guido fuhr sich mit einer Hand durch die Haare. Darum ging es also! Ein Polizist! Sie hatten ihm den Auftrag gegeben, einen Polizisten zu erschießen.

– Wir wollen wissen, wer Ihnen den Auftrag erteilt hat, warum und unter welchen Bedingungen. Mitteilen möchte ich Ihnen auch, dass man versucht hat, sie zu eliminieren, während Sie im San-Giuliano-Krankenhaus eingeliefert waren ... aber gewiss keiner von uns ...

– Ich habe niemanden umgebracht.

Das Gesicht des Mannes hatte sich zu einem nahezu freundlichen Lächeln verzogen.

– Daran besteht kein Zweifel. Wir wissen, wer Dantini erschossen hat. Sagt Ihnen dieses Foto nichts?

Als er das Gesicht Rossanas sah, ballte Guido krampfhaft die Fäuste, um nicht aufzuschreien.

– Also?

– Ich habe nichts zu sagen. Ich möchte einen Anwalt.

– Denken Sie darüber nach. Wir haben keine Eile. Wir werden Sie wieder besuchen.

2.

Salah, der Ägypter, den sie vor einem Jahr in die Moschee an der Via della Bufalotta eingeschleust hatten, hatte gesagt, dass Bruder Hamid immer radikaler wurde.
– Er führt merkwürdige Reden. Und er hat E-Mail-Verkehr mit zwei Marokkanern, die im Norden leben. Meiner Meinung nach bereiten sie etwas vor.

Sie hatten den Informanten bezahlt und – wie Mastino sagte – „ein kleines Theater" inszeniert. Zwei Abende nachdem Salah ihn verpfiffen hatte, fand Hamid bei seiner Rückkehr in seiner Baracke am Ufer der Aniene die gesamte kampfbereite Truppe vor. Während Marco, Corvo, Rainer und Sottile sich an die Durchsuchung machten, verteilte Perro einige Ohrfeigen und Fußtritte. Man fand jedoch nur Flugblätter mit Hasstiraden gegen den zionistischen Imperialismus, die voller Rechtschreibfehler waren, unterzeichnet von einem sogenannten „Revolutionären Arbeiterzirkel" unterzeichnet, und einen Haufen Lumpen. Weder Waffen noch Sprengstoff, und auch keine Pläne, auf denen eventuelle „strategische" Ziele eingezeichnet waren.

– Mit diesem Zeug bringen wir dich in den Knast. Und zwar lebenslang!, schrie Perro und schwenkte die Flugblätter, im besten Fall. Von nun an arbeitest du für uns, Junge. Sonst ab in den Knast, du Scheißterrorist...
– Ich bin kein Terrorist. Ich bin ein anständiger Muslim..
– Ja, ein anständiger Scheißmuslim! Hab verstanden. Möchtest du lieber den Amerikanern ausgeliefert werden? Sobald wir hier draußen sind, setzen wir dich in die erste Maschine nach Guan-

tánamo. Oder sind dir die Israelis sympathischer? Was meinst du, Chef, sollen wir mal mit den Freunden vom Mossad telefonieren?

Mastino hatte die Verbindung der „Moschee-Zelle" mit dem Iran erwähnt.

– Keine Zelle, Chef! Nichts Iran! Im Iran Schiiten. Wir in der Moschee Sunniten!

– Schiiten, Sunniten ... als ob wir nicht wüssten, dass ihr ein und dasselbe Pack seid ... ihr habt doch nur einen Wunsch, uns eine Bombe in den Arsch zu stecken und uns ins Jenseits zu befördern.

– Es reicht. Mastinos grimmige Miene war urplötzlich einem süßlichen Lächeln gewichen, – Wir haben uns getäuscht. Unser Hamid hier ist ein braver Junger. Nichts für ungut, ja?

Eine Woche später verstand Marco den Grund des süßlichen Lächelns. Im Morgengrauen waren sie wieder in die Baracke gegangen, hatten den Araber mit Fußtritten von seiner Matratze gestoßen, und Perro hatte nach einer eher oberflächlichen Durchsuchung einen Kamikazegürtel und zwei Pakete Tritol in einem Versteck hinter der Dusche gefunden. Corvo hatte die Aufgabe übernommen, den Haftbefehl und den Durchsuchungsbefehl auszustellen. Das hatte fast den ganzen Vormittag in Anspruch genommen. Später, auf dem Campo de'Fiori, bei einem Bier und einem Dutzend Austern („Sie sind noch etwas fett, die Saison hat gerade erst begonnen, aber was soll ich dir sagen, ich bin verrückt nach Austern! Und weißt du warum? Weil sie nach Fut stinken!"), lobte Mastino Marcos Diskretion. Diskretion war eine Tugend, die in Mastinos Truppe sehr geschätzt wurde. So hatte zum Beispiel niemand erwähnt, dass Perro mit einer großen Plastiktüte in die Baracke hineingegangen und mit leeren Händen wieder herausgekommen war. Mastino bestellte noch eine Runde Bier und zündete sich eine Zigarette an.

– Der Kommandant wird mit uns zufrieden sein. Er sagt immer wieder, dass wir Ergebnisse brauchen, Ergebnisse ... Und wir müssen sie ihm liefern. Wieso sonst wären wir zur Anti-Terror-Einheit gegangen? Hör zu, ich erzähle dir eine lustige Geschichte. Zwei oder drei Monate vor meinem ... 'tschuldige, vor unserem Amtsantritt ... die Jungs, die vor uns hier waren ... brave Jungs, da gibt es gar nichts zu sagen, aber ein wenig lasch, wenn du verstehst, was ich meine ... mit einem Wort, sie verfolgen schon seit geraumer Zeit eine Zelle islamischer Fundamentalisten. Sie erfüllen brav ihre Pflicht: Sie beschatten sie, unterwandern die Moschee in Frosinone, beziehen Posten, hören sie ab. Und ausgerechnet beim Abhören stellt sich heraus, dass eine schöne Menge Zyankali im Anflug ist. Was machen diese Idioten von Arabern mit Zyankali? Aber ja doch! Sie wollen das Wasser in den Aquädukten vergiften. Wir müssen uns beeilen, jede Sekunde ist kostbar ... so heben diese Trottel die Zelle aus und werfen alle in den Knast. Achtunvierzig Stunden später sind wieder alle draußen, 'tschuldigung, war ein Versehen. Tatsache ist, dass der Staatsanwalt, ein kommunistisches Arschloch und noch dazu 'ne halbe Schwuchtel, einen persönlichen Berater hat. Einen unfähigen Brigadier mit 'ner Türkin als Mama, so was in der Art. Kurz gesagt: Unsere Schwuchtel ruft seinen Gehilfen zu sich und spielt ihm die Bänder vor. Der biegt sich vor Lachen. Es stellt sich heraus, dass diese Trottel die Abhörprotokolle falsch verstanden haben, die Araber sagten nicht „Zyankali", sondern etwas Ähnliches wie „Alles Gute für Ramadan".

– Also, sagte Marco, hatten sie nichts damit zu tun.

– Weißt du, warum ich dich mag, Marco? Weil du mich daran erinnerst, wie ich in deinem Alter war. Ein wenig naiv, entschuldige die Kritik ... Natürlich hatten sie was damit zu tun. Die Araber haben immer was damit zu tun. Man hätte die Sache nur besser erledigen müssen und nichts wäre passiert. Der Krieg steht bevor. Die Bösen greifen zu den Waffen. Und das Heer der Guten ist von Roten, Schwuchteln und Gesetzeshütern unterwandert. Wir sehen uns heute Abend, um Bruder Hamid hochleben zu lassen ...

3.

Bei ihrer zweiten Begegnung bat Lupo Guido, ihm zu erzählen, wann er beschlossen hatte, vom Bürgersöhnchen zum Revolutionär in Dauerbereitschaft zu werden. Verärgert über den Spott des Bullen richtete Guido sich auf und antwortete, dass er sich als politischer Häftling deklarierte und kein Wort mehr sagen würde. Der Polizist lächelte nachsichtig.

– Aber, aber ... versuchen wir uns wie Erwachsene zu benehmen.

Und schon erzählte er ihm von der Villa Vittoria, fast ohne sich dessen bewusst zu sein. Vielleicht war das Lächeln des Polizisten ansteckend, oder vielleicht verspürte Guido tief in seiner Seele keinen anderen Wunsch als mit jemandem zu reden.

– Ich war vierzehn Jahre alt. Der Sommer war endlos lang und langweilig. Nachts lief ich heimlich in die Strega del mare, eine In-Disco. Ich war groß für mein Alter, und außerdem kannten alle meine Eltern, deshalb kam ich problemlos hinein. Die Villa Vittoria war der Familienstolz, das wertvollste Juwel ... Mein Großvater Guido hatte sie gebaut. Der Vater meiner Mutter. Ein Faschist der ersten Stunde, der Italo Balbo „Söhnchen" nannte. Der Name Vittoria bezog sich auf den Sieg im Ersten Weltkrieg. Oder, wie böse Zungen behaupteten, auf eine der Tänzerinnen, die mein Großvater flachgelegt hatte ...

– Ich hasse ordinäre Reden. Im Übrigen passen sie nicht zu Ihnen.

Lupo hörte aufmerksam zu, die Mischung aus Trauer und Verachtung, die in Guidos Worten mitschwang, machte ihn neugierig. Und während der Junge erzählte, sah er vor seinem geistigen

Auge die üppigen Salons, die Wände, an denen Gemälde der Römischen Schule hingen (als „Grauenhafte Moderne" hatte sie der Großvater bezeichnet), die fünfzehn Schlafzimmer, die monumentalen Bäder, die mit allem Schnickschnack ausgestatteten Küchen. Das kleine Heer der Butler, Küchengehilfen, Gärtner, die Signorina Boni unterstanden, der Gouvernante aus den Abruzzen, die zuerst das Kindermädchen seiner Mutter und dann sein eigenes gewesen war, einer Frau, die nicht größer als eins fünfzig war, der das Befehlen jedoch im Blut lag ...

– Ich kenne den Typ.

Das Haus war das ganze Jahr über geschlossen, außer im Sommer, wenn ein paar Freunde auf Besuch kamen, und in der Woche in der das große Ferragosto-Fest gefeiert wurde. Da kam sogar die holländische Königin, die gleich in der Nähe ein Haus hatte, und später schauten auch noch Suni Agnelli und Inge Feltrinelli vorbei. Mitte der Achtzigerjahre hatte sein Vater den Neureichen die Tür geöffnet. Seine Mutter hasste sie, aber wenn man ganz oben bleiben wollte, musste man mit ihnen Geschäfte machen.

– Irgendwann habe ich das alles nicht mehr ausgehalten. Und ich habe gesagt, es reicht.

– Weil Sie es sich leisten konnten.

Guido schwieg, verwirrt. Mehr oder weniger dasselbe hatte auch Rossana zu ihm gesagt. Und auf geheimnisvolle Weise hatte die Erinnerung auch ein leichtes Bedauern in ihm ausgelöst. Der Bulle war nicht nur höflich. Er war auch sehr geschickt, viel zu geschickt.

Von nun an trafen sie sich regelmäßig, fast jeden Tag. Der Bulle war geduldig. Er hörte zu, stellte nur die notwendigsten Fragen, hin und wieder ließ er sich zu einer sarkastischen, wenn nicht gar zynischen Bemerkung hinreißen.

– Diese Geschichte, dass sie davon träumten, einem Polizisten oder einem Staatsanwalt eine Kugel in den Kopf zu jagen ... Entschuldigung, wenn ich Ihnen das so sage, aber Sie verfügen wirklich nicht über die *physique du rôle* eines Mörders.

Guido musste zugeben, dass dieser Polizist – oder vielleicht Carabiniere oder Geheimagent – aus ganz anderem Holz geschnitzt war. Deshalb wurde er noch vorsichtiger, passte auf, keine Bemerkung fallen zu lassen, die ihm schaden konnte. Der Polizist war schlau. Aber Guido gab nicht klein bei. Er dachte an Rossana, die von seinen Kollegen geschlagen, erniedrigt, vergewaltigt worden war, und gab nicht nach. Eines Nachmittags schließlich schlug ihm der Polizist ein Übereinkommen vor.

– Liefern Sie mir das Mädchen aus, und ich gebe Ihnen das Leben zurück.

– Sie meinen die Freiheit?

– Nein. Ich meine wirklich ... das Leben.

– Ich verstehe nicht.

– Im richtigen Augenblick werden Sie verstehen. Also?

– Ich weiß nicht, wovon Sie reden.

– Ich könnte effektivere Methoden anwenden, glauben Sie mir. Es gibt Spezialisten bei der Behandlung des menschlichen Körpers, Medikamente, die Hemmungen beseitigen ... ich könnte sie jederzeit anwenden.

– Und warum tun Sie es nicht?

– Weil es Grenzen gibt, und ich sie nicht übertreten möchte. Weil das die Methoden der anderen sind, derer, die Ihnen zuerst den Auftrag gegeben haben, einen meiner besten Freunde umzubringen, und Ihnen dann eine Kugel verpasst haben.

– Wer sind die anderen? Und wer sind Sie?

– Wollen Sie das wirklich wissen?

– Was glauben Sie?

– Ich bin der Staat, und in gewisser Weise sind es die anderen auch. Ich bitte Sie, eine Entscheidung zu treffen.

Guido schüttelte den Kopf. Zwischen ihren Auffassungen lag ein Abgrund. Der Polizist hielt sich für einen aufrichtigen Demokraten. Vielleicht war er das auch. Aber gerade deshalb konnte er jemanden wie Guido nicht akzeptieren. Er konnte nicht verstehen, dass sie von einer Welt ohne Uniformen, Befehlen, Regeln, Gesetzen träumten. Ohne Leute wie diesen Polizisten ...

– Ich habe meine Entscheidung schon vor langer Zeit getroffen.

Den Staat kann man nicht ändern. Den Staat kann man nur beseitigen.

4.

Der Abend, an dem Marco Alissa weinen gesehen hatte, begann wie jeder andere auch. Mit einem Empfang – dieses Wort verwendete die Hausherrin, eine kleine Frau mit einem Lächeln, das infolge von Botox ganz starr war – in einem kleinen Palast an der Via dei Villini. Bei seiner Ankunft hatte Marco die Videokamaers an der Gartenmauer bemerkt und einen Jeep voller Kollegen, die vor dem Tor Wache hielten. Ein von Fackeln gesäumter Weg führte durch den Park zum Haupthaus. Die Hausherrin hatte ihm sofort ihre Tochter vorgestellt, die genauso klein war wie sie und beeindruckend dünn, magersüchtig zweifellos. Als die Magersüchtige bei den ersten Worten des Gesprächs kapierte, dass er den unteren Chargen angehörte, drehte sie ihm den Rücken zu und wandte sich einem uniformierten Offizier der Streitkräfte zu. Das waren sie nämlich alle: untere Chargen, deren Bestimmung es war zu strahlen, durch das reflektierte Licht des Kommandanten. Marco hatte es akzeptiert. Er fühlte sich wohl inmitten der Menschen, die seinen Gruß mit affektierter Herablassung erwiderten oder sich hin und wieder dazu herabließen, ihn in einer unbedeutenden Angelegenheit nach seiner Meinung zu fragen. Er empfand sogar einen Hauch von Sympathie für den schwulen Opus-Dei-Arzt: seine Avancen, die er systematisch abwehrte, riefen eine Art belustigter Zärtlichkeit in ihm hervor. Der Kommandant hatte ihm vor allen die Hand gedrückt und ihm zu der Festnahme von Bruder Hamid beglückwünscht. Eine ziemlich üppige, aufgemotzte Fünfzigjährige mit dem hungrigen Blick eines Wolfes hatte ihm unmissverständlich zugelächelt.

– Diese Säue sind eine ideale Beute, hatte Mastino einmal zu ihm gesagt. Die Männer heiraten sie, um sie herzuzeigen, aber dann schaffen sie es nicht, mit ihnen mitzuhalten, wenn du weißt, was ich meine ... aber nur in der Theorie, ha! Man muss immer auf der Hut sein. Manche sind absolut tabu. Wie zum Beispiel Alissa. Bei anderen hängt es vom Augenblick ab.

– Welchem Augenblick?

– Von der augenblicklichen Wertschätzung des Kommandanten. Wenn einer ganz oben ist, ist seine Frau tabu. Es könnte Getratsche geben, Erpressungen usw. Wenn der Gatte jedoch in Ungnade gefallen ist, nur zu!

Auch in dieser Hinsicht herrschte also eine fest gefügte Hierarchie. Marco hatte es nie auf Macht abgesehen. Er war keiner von der Sorte Mastinos. Aber er hatte eine Vorliebe für Ordnung und klare Ideen. Wir hier und sie dort. Ohne Kompromisse. Was die Mittel anbelangte, wurden sie vom Zweck geheiligt.

Er hatte gerade mit dieser Evelina zu flirten begonnen, einer Senatorengattin mit elegantem Äußeren und etwas weggetretenem Blick, und er fragte sich gerade, ob ihr Gatte Mastinos Einteilung zufolge „oben" oder „unten" war, als Alissa ihn entführte.

– Entschuldige, ich brauche einen Vorwand, um mich vor einem hartnäckigen Verehrer in Sicherheit zu bringen.

– Aus Ihrem Mund klingt sogar „Vorwand" faszinierend.

– Hast du nicht bemerkt, dass ich dich bereits duze? Dort, wo ich herkomme, beruht das Du-Wort auf Gegenseitigkeit.

– Signora ... Alissa ...

Sie waren auf der Terrasse gelandet. Eine kleine, von Bougainvilleas überwachsene Mauer trennte sie von einem Grüppchen Raucher, die gerade das letzte Rettungspaket für die Banken diskutierten. Alissa trug ein weißes Minikleid von Isabel Marant und silberne Ballerinas. Und sie kam ihm gefährlich nahe.

– Was hast du gedacht, als ich dir sagte, dass ich als Hure gearbeitet habe?

– Ich habe dir nicht geglaubt.

– Und wenn ich dir sagen würde, dass ich mit dir schlafen möchte?
– Würde ich dir nicht glauben.
– Sehr gut. Glaub mir niemals, was auch immer ich sage. Ich will nicht mit dir schlafen.
– Signora ...
– Du musst sagen: Ich glaub es nicht!
– Ich glaub es nicht.
– Erstes Stockwerk. Linker Gang, erste Tür rechts. In fünf Minuten. Und vergiss nicht den Champagner!

5.

Lupo kam mitten in der Nacht ins Büro zurück, erschöpft vom x-ten, ergebnislosen Gespräch. Der Junge war ein härterer Brocken als gedacht. Er hatte genug von seinen irritierenden Reden. Von seiner sturen Hartnäckigkeit.
– Wie lautete doch diese Liedzeile? „Lottavano cosí come si gioca, i cuccioli del maggio, era normale ... Sie kämpften wie im Spiel – die Schoßhunde im Mai ..."
– Ach, Sie kennen sogar De André?
– Aus Berufsgründen. Jemand, der noch törichter war als Sie, hatte sich in den Kopf gesetzt, dass sich in den Texten De Andrés Aufrufe zur Revolution verbargen ...
– Das hatte ich auch gehört, konnte es aber nicht glauben.
– Die menschliche Dummheit kennt keine Grenzen.
Dennoch würde er Guido nicht den Spezialisten ausliefern. Und er würde an seinem jungen Körper auch nicht das Serum ausprobieren, dessen wundersame Effekte seine Freunde in Tel Aviv so sehr rühmten. Er würde vielmehr andere Karten ausspielen, die vielleicht extremer und gefährlicher waren. Aber er würde sich nie auf das Niveau der anderen begeben. Daria war auf dem Sofa eingeschlafen. Der rosarote Pullover war hinaufgerutscht und offenbarte ein winziges interessantes und genau deshalb erregendes Stück gebräunter Haut. Lupo wandte den Blick ab, und als er sich an den Schreibtisch setzte, versuchte er etwas lauter zu sein als gewöhnlich. Daria bewegte sich, unterdrückte ein Gähnen und wollte gerade zu einer Entschuldigung ansetzen. Lupo unterbrach sie mit einem verständnisvollen Lächeln.
– Der Junge?

– Verschlossen wie eine Auster. Ich werde mir etwas Wirkungsvolleres einfallen lassen müssen.

– Du solltest einen Blick auf die Verhörprotokolle werfen, Chef. Unsere Freunde haben sich in Bewegung gesetzt, wie es scheint.

Lupo las die Akte und nickte.

– Die Anti-Terror-Einheit. Hier laufen alle Fäden zusammen. Wie du richtig vermutet hattest, meine Liebe, ist der Wechsel Mastinos und der Seinen zur Anti-Terror-Einheit die zweite Ebene. Sie haben Hamid, diesen armen Teufel, geschnappt und ihn gebührend geröstet.

– Wenn ich mich recht erinnere, hat Mastino schon einmal bei einer Durchsuchung Tritol gefunden …

– Ja, ungefähr vor einem Jahr … und auch damals hat er einen zufälligen Tipp von der sprichwörtlichen, anonymen Quelle bekommen.

– Ich kann mir jedoch nicht vorstellen, dass Mastino ausgeklügelte innenpolitische und internationale Strategien entwickelt.

– Absolut nicht. Er ist nur ein Handlanger.

– Also gibt es hinter ihm eine dritte Ebene …

– Wie Dantini vermutet hatte.

– Und was weißt du von dieser dritten Ebene, Chef?

– Du bist müde, Daria, ruh dich aus.

Als Lupo sah, wie sich auf Darias Gesicht wieder einmal herbe Enttäuschung abzeichnete, dachte er, dass in gewissen Augenblicken die Geheimnisse schwer auf seinen Schultern lasteten. Es wäre sinnvoll und vielleicht auch gerecht gewesen, ihr zumindest einen Bruchteil der Wahrheit zu offenbaren. Aber da war das Problem des *nulla osta*, die Verpflichtungen des Schwurs, das große Risiko, dass Informationen durchsickerten. Er spürte jedoch, dass er ihr früher oder später alles sagen würde. Lupo sah das Szenarium undeutlich vor sich. Er sah den Schatten des mächtigen Netzwerks, um das seine Gedanken seit Jahren wie besessen kreisten.

Auch Lupo war Teil eines Netzwerks. Eines Netzwerks, das genauso mächtig und verbissen war wie das der Feinde. Es handelte sich schlicht und einfach um konträre Weltbilder. Auf der einen Seite waren die, die unbedingt Krieg wollten, auf der anderen Seite, die wie Lupo den Krieg hassten. Zu vereinfachend? Es war mehr als ein Schema. Es war ein Naturgesetz. Er dachte an Guido. Ein Opfer wie viele andere, vielleicht ein bisschen weniger unschuldig als andere, aber nach wie vor ein Opfer. Er versteifte sich darauf, das geheimnisvolle blonde Mädchen zu beschützen, die gewiss ein Killer des blutrünstigen Netzwerks war, er gehorchte einer mörderischen Mischung aus Geilheit, Schuldgefühl und Leidenschaft. Mit zusammengebissenen Zähnen musste er zugeben, dass dieser Junge in ihm nicht nur Mitleid und Wut, sondern auch Neid auslöste. Zumindest er konnte sich noch der Illusion hingeben, seines Glückes Schmied zu sein. Er würde ihn nicht ewig festhalten können. Der Augenblick, in dem sich sein Schicksal entschied, kam immer näher. Doch leider war keine der möglichen Alternativen völlig überzeugend.

6.

Marco ging nicht zu Alissa. Er schnappte sich eine Flasche Bollinger und betrank sich auf einer Bank im großen Park. Alissa schickte ihm zwei SMS, aber er antwortete nicht. Durch die Glastür des Salons sah er, wie sie wieder hereinkam, mit dem Kommandanten sprach. Mit einer ironischen Geste hob er die Flasche in ihre Richtung. Er hatte den Eindruck, dass sie ihm einen verächtlichen Blick zuwarf, aber vielleicht täuschte er sich. Mittlerweile war er eindeutig betrunken. Mastino kam vorbei, sie tauschten einen müden Gruß. Corvo und Rainer gingen vorbei, sie schleppten eine etwas verlebt aussehende Mulattin ab. Die WUT grummelte zustimmend. Wenn es eine Probe gewesen war, hatte er sie bestanden. Er hatte die Grenze erkannt, sofern es überhaupt eine gab. Hierarchie. Respekt. Man berührte nicht die Frau des Kommandanten. Man verletzte nicht die Regeln. Die Gäste kamen und gingen. Die Nacht war kühl, die Nacht war einsam. Ein Gefühl der Macht überkam ihn, eine erregende Euphorie. Ich kann auf meinem Posten stehen. Ich bin nicht käuflich. Alles, was ich bis jetzt gemacht habe, hat einen Grund. Auch der tote Neger. Die Nacht war kalt. Der Zustand der Verwirrung ging in einen traumlosen Schlaf über. Weitere Gäste gingen vorbei, warfen dem Vieh, das mit der leeren Flasche zu Füßen auf der Bank schnarchte, einen mitleidigen Blick zu. Als er aufwachte, zitterte er vor Kälte. In der Villa brannte kein Licht mehr. Irgendwo im Park war leises Schluchzen zu hören. Schwankend ging er auf dem Weg, der von den verglimmenden Fackeln beleuchtet wurde, in Richtung Tor. Das Schluchzen wurde lauter. Zur Linken war ein kleiner Pavillon. Alissa saß darin. In Embryohaltung kauerte sie auf einem Stuhl. Neben ihr ein aufgeklapptes

Handy. Auf dem Display eine Nachricht in einer unverständlichen Sprache. Ihr Schluchzen war verzweifelt, untröstlich. Er setzte sich neben sie. Sie ergriff seine Hand. Er drückte sie an sich, versuchte das heftige Schluchzen zu beruhigen. Während er ihr über die Haare strich, überkam ihn plötzlich der Wunsch, sie zu beschützen.

– Ist ja gut, alles ist gut ...

Aber nichts war gut. Das waren nur Worte. Alissa war irgendwo anders. In einer Welt des Schmerzes, aus der er ausgeschlossen war. Sie spürte ihn, sie ließ sich seine Zärtlichkeiten gefallen, sah ihn aber nicht. Das Handy gab eine dumme, ärgerliche Musik von sich. Marco hob das Gerät auf. Sie riss es ihm aus der Hand und warf es in die Dunkelheit.

– *My brother ... my brother ...*

Und als würde sie erst jetzt seine Anwesenheit bemerken, nahm sie plötzlich seinen Kopf zwischen ihre Hände und küsste ihn.

– Bring mich weg von hier.

Er half ihr aufzustehen. Draußen auf der Straße stand der Kommandant. An eine lange Limousine mit verdunkelten Scheiben gelehnt rauchte er eine Zigarre. Als Marco ihn sah, wurde er steif, als würde er Habtachtstellung annehmen. Der Kommandant deutete einen kurzen Gruß an. Alissa ließ Marcos Hand los und schlüpfte mit gesenktem Kopf in die Limousine.

Noch in dieser Nacht, während der Kommandant von seinen Auftraggebern den Befehl erhielt, die Operation *Prince of Persia* zu beschleunigen, wurde Alissa wieder von dem Alptraum heimgesucht. Sie befand sich wie immer in der Höhle. Wie immer war im Hintergrund Licht. Schatten tanzten an den Wänden. Lachen, Angstschreie, Maschinengewehre knatterten, das dumpfe Geräusch der Haubitzen. Der Lichtkegel einer Taschenlampe fiel in die Dunkelheit, beleuchtete Stroh, Kot, die Hufe eines Esels, einen Kaninchenkäfig. Hinter einem Heuhaufen kauerte ein Mädchen. Daneben rücklings die Leiche ihres Vaters. Das Mädchen weinte. Das Echo eines Lachens.

7.

Es war ein schöner spätherbstlicher Sonnenuntergang, aber es war noch immer so heiß, dass die Zikaden gar nicht bemerkten, dass der Sommer vorbei war. Ihr betäubendes Konzert schwoll immer wieder unvermutet an, wie ein Militärmarsch, der Lupo und Guido bei ihrem Auf- und Abgehen entlang der Pappelreihe begleitete. Der Polizist war ungewöhnlich schlecht gelaunt, abweisend.

– Ich muss entscheiden, wie es mit Ihnen weitergeht. Geben Sie mir eine Antwort.

– Ich habe es Ihnen ja schon gesagt. Ich werde nicht kollaborieren.

– Ich habe Ihren Vater gekannt, wissen Sie das?

Guido spürte, wie eine dumpfe Wut von ihm Besitz ergriff.

– Dann wissen Sie ja, was er für ein Arschloch war.

– Schlecht über den eigenen Vater zu sprechen, ist etwas ganz Natürliches. Aber hin und wieder trauert man ihm letzten Endes doch nach …

– Nicht meinem. Glauben Sie mir, dafür kannte ich ihn zu gut.

– Und hin und wieder stellt man fest, dass man ihm ähnlich ist … In den Briefen aus dem Gefängnis hat Ihr Vater in herzzerreißendem Ton über Sie gesprochen.

– Ach, die Briefe? Lauter Lügen. Das war doch nur eine mit den Anwälten abgekartete Strategie. Die Wiederentdeckung der Familie, der erneuerte Glaube, die Wiederbesinnung auf die Werte … ich weiß, welche Werte meinem Vater am Herzen lagen: Vermögenswerte!

Der Polizist blickte ihn streng an.

– Sie sind genauso wie Ihr Vater.

Guido stieg das Blut in die Augen.

– Gehen Sie nicht zu weit. Mein Vater war ein korrupter Mann, verdorben bis ins Mark. Wenn sie sich getraut hätten, hätten ihm die Richter lebenslang gegeben.

– Korruption hat nichts damit zu tun. Er hat geschwiegen, hat Widerstand geleistet, und letzten Endes haben sie ihn freigelassen, sich entschuldigt und ihm die ganze Beute zurückerstattet. Ihr Vater hat gesiegt. Deshalb sage ich, dass ihr euch ähnelt. Auch Sie leisten Widerstand, weil Sie siegen wollen. Um den Rest kümmern Sie sich nicht. Nicht einmal um Ihr Leben.

Das war zu viel. Guido verschränkte die Arme, grinste verächtlich, hob theatralisch die geballte Faust.

Einen Augenblick lang gab Lupo seine sprichwörtliche Gelassenheit auf und ließ sich zu einer wütenden Geste hinreißen. Na schön. Das Spiel war verloren. Mit seinem rasierten Gesicht, den leicht gebräunten Wangen, dem erregten Blick, den schwarzen Jeans und dem schwarzen T-Shirt, die er endlich tragen durfte, nachdem er wochenlang in Overall und Pyjama gesteckt hatte, war dieser Junge immer noch das, was er immer gewesen war und was er nie akzeptieren würde. Ein ungeliebtes, verwahrlostes Kind. Was für eine absurde Verschwendung! Aber für wohlwollende Psychologie fehlte die Zeit. So wie die Dinge standen, konnte nur noch eine Schocktherapie helfen.

– Sie werden nicht ins Gefängnis wandern.

Auf dem Gesicht des Polizisten lag derselbe bösartige Ausdruck, den Guido am Gesicht seines Großvaters wahrgenommen hatte, als der Krebs ihn auffraß. Er stellte fest, dass er sich in Bezug auf ihn getäuscht hatte. Und er beglückwünschte sich, dass er nicht auf seine Lockangebote hereingefallen war.

Am Morgen darauf erhielt Guido zum Frühstück eine Pressemappe. Und er stellte fest, dass er ein toter Mann war.

8.

Am späten Nachmittag, als starker Südwestwind anhob und das unmittelbar bevorstehende Gewitter von immer häufiger werdenden dumpfen Donnerschlägen angekündigt wurde, kamen zwei Männer, die er noch nie zuvor gesehen hatte, in sein Zimmer und befahlen ihm, sich anzuziehen. Guido folgte ihnen in den Garten, scheinbar resigniert.

– Wir ziehen um, Junge, und keine üblen Tricks!

In den langen Stunden nach der Offenbarung hatte er beschlossen zu fliehen. Jetzt begriff er, was es bedeutete, als der Bulle zu ihm gesagt hatte, er würde ihm „sein Leben schenken". Der Bulle hatte ihm ein Übereinkommen vorgeschlagen, und er hatte abgelehnt. Die Entschlossenheit seines Blicks hatte ihm klargemacht, dass es nun ernst wurde. Lieber alles auf eine Karte setzen und dem Ganzen ein Ende bereiten als Folter oder Drogensucht. Der Kontakt mit der Luft, in der man schon den bevorstehenden Regen roch, verlieh ihm neue Energie. Mittlerweile kannte er sich hier gut aus. Die Entfernung vom Bauernhaus zum Tor betrug sieben- bis achthundert Meter. Davor stand ein Geländewagen mit laufendem Motor. Am Steuer sah er die Umrisse des Chauffeurs. Das Tor war offen. Offensichtlich wollten sie keine Zeit mit der Fernbedienung verlieren. Und sie waren sich ihrer Sache sicher. Ein Adrenalinschub raubte ihm einen Augenblick lang die Sicht. Er musste zum Auto gehen und dann würde er versuchen … drei durchtrainierte Männer, drei bewaffnete Profis zu überwältigen! Angesichts seiner Unterlegenheit, sowohl seiner körperlichen als auch seiner strategischen, verlor er augenblicklich jeden Enthusiasmus. Ich werde es nie schaffen. Lieber klein beigeben. Sie werden mich wieder ins Gefängnis stecken. Sie lassen mich verschwinden, und man wird mich für immer vergessen. Aber wenigstens Rossana ist in Sicherheit ... Auf einen gefährlich nahen Blitz folgte dann plötzlich ein lauter Donner. Auf der Straße und in der Villa ging augenblicklich das Licht aus, der Garten versank in Dunkelheit, während dichter Regen auf die Felder niederprasselte. Eine unheilvolle Sirene schrillte.

– Der Hauptalarm. Wie immer bei diesen verdammten Wolkenbrüchen.

– Nein. Das ist die Alarmglocke auf der Hinterseite. Gefällt mir nicht. Beeilen wir uns.

Die beiden Polizisten gingen weg und ließen ihn allein.

Der Chauffeur stieg aus dem Geländewagen und ging ihm entgegen.

Jetzt oder nie, sagte sich Guido.

9.

Die Situation war zwar heikel gewesen, und sie alle hatten ihre ohnehin gefährdeten Karrieren aufs Spiel gesetzt, dennoch betonten die drei Polizisten die humoristische Seite der Flucht, als sie Lupo Bericht erstatteten.
– Fast haben wir ihn ans Steuer des Geländewagens gehievt.
– Und der wollte eine Revolution anzetteln, gütiger Gott!
– Der Genosse war so langsam, dass wir uns fast tot stellen mussten.

Der Junge hatte sich zwar tollpatschig angestellt, aber dennoch den Chauffeur des Geländewagens durchsucht, nachdem dieser, nach einem übrigens schlecht platzierten Kinnhaken, mit einem Seufzer zu Boden gesunken war. Jetzt war er im Besitz von zweihundert Euro – aus dem Reptilienfonds –, die ihm in den ersten Stunden der Flucht sehr nützlich sein würden. Den schwierigsten.

– Wir haben so getan, als wären wir im Schlamm ausgerutscht … damit das Ganze echter wirkte, haben wir jedoch ein paar Schüsse auf die Fasane abgegeben …

– Übrigens, was den Schlamm anbelangt, Chef … wer zahlt mir den Anzug?

Lupo glaubte allerdings nicht, dass der Junge tatsächlich so tollpatschig war wie seine Jungs annahmen. Auch wenn er nicht bemerkt hatte, dass man ihn verfolgte, hatte er die Aurelia verlassen und war auf die Cassia eingebogen, sodass sich seine Spur zwischen Hügeln und Seen verlor. Und sie hatten ihn tatsächlich fast verloren. Das Herbstgewitter, das in halb Italien niedergegangen war, hatte zwar die Flucht erleichtert, aber auch den Verfolgern das Leben schwer gemacht. In Farnese, wo sich die Straße so sehr verengte, dass sie von dem strömenden Regen schnell in einen reißenden Bach verwandelt wurde, war plötzlich ein Lastwagen vor Guidos Geländewagen gefahren und hatte ihn bis zur Einmündung in die Bundeststaße I b blockiert. Wenn du deinem Mann nicht folgen kannst, fahr ihm voraus: eine Regel so alt wie die Welt. Nun war der Lastwagen verschwunden, und eine Stafette war an seine Stelle getreten, und zwar bis nach Rom. Dort hatte Guido mitten in der Nacht das Auto verlassen und sich im Park einer unbewohnten Villa schlafen gelegt. Während ihn zwei von Lupos besten Männern aus unmittelbarer Nähe bewachten.

– Es gab keine andere Möglichkeit, hatte Lupo abschließend gesagt, nachdem er Daria den Plan erläutert hatte.

– Bis du dir wirklich sicher, dass er uns zu dem Mädchen führt?

– Mittlerweile ist die Hoffnung an die Stelle der Sicherheit getreten, meine Liebe.

Sechster Teil

Alissa und Rossana

1.

Wenn Salah der Affe ein etwas genauerer Beobachter gewesen wäre, wäre ihm das sarkastische Grinsen aufgefallen, mit dem der kleine Polizist die Abmachung begrüßt hatte.
– Du arbeitest ein Jahr für uns. Wir werden dich fürstlich entlohnen. Wenn du weitermachen willst, bist du uns willkommen. Wenn nicht, geht jeder seiner Wege und wir bleiben gute Freunde.
Aber Salah war kein guter Beobachter. Und er hatte überhaupt nicht die Absicht, sich ein Leben lang an diese Typen zu binden, die seine Brüder verfolgten. Außerdem bestand die Gefahr, dass eines Tages sein eigenes Fleisch auf dem Rost landete, wenn es sonst kein Fleisch mehr zum Grillen gab. Er würde die Abmachung nicht verlängern. In den letzten Monaten hatte er genug beiseitegelegt, um sich in Dubai ein schönes Leben zu machen. Dubai war der richtige Ort für einen intelligenten Jungen, der begriffen hatte, wie verrückt es war, sich das Leben mit Politik und Religion zu ruinieren. Drei oder vier Monate als großer Herr, vielleicht sogar etwas länger, wenn er es mit den Mädchen nicht allzu toll trieb. Danach sind wir ein Spielball des Winds. Salah der Affe war kein großer Rechner. Er wusste, dass er für den Reichtum der wahren Reichen nicht geeignet war. Wenn du in einer Schlammhütte am Ufer des großen Flusses zur Welt gekommen bist und mit ansehen hast müssen, wie deine vierzehn kleinen Brüder der Reihe nach sterben, ist jeder Tag, den du überlebst, ein Wunder. Er würde das Leben genießen, solange es möglich war, und dann würde er irgendwo von vorne beginnen mit seinen Spielchen, die

er so gut beherrschte. Aber Salah täuschte sich. Bei dem großen Spiel kann man nicht nach Belieben mitmachen und aufhören.

In Wirklichkeit hatte sich sein Schicksal in dem Augenblick entschieden, in dem er rekrutiert worden war. Nur ein Wunder, ein echtes Wunder hätte den Lauf der Dinge ändern können. Aber das konnte Salah nicht wissen. Notdürftig von einer zerschlissenen Plane bedeckt, humpelte er über die Via della Bufalotta, die der Wolkenbruch in einen Sumpf verwandelt hatte. Hinter ihm in der Moschee hatte der Imam die Brüder aufgefordert, die Löcher zu stopfen und den Schlamm aufzuwischen. Sogar das Gebet hatte weniger lange gedauert als sonst.

Der Polizist mit dem schlechten Atem stand hinter einem grell bunten Smart.

– Verdammt, pass auf, du machst mich ja ganz dreckig.

– Nicht hier, Chef, das ist gefährlich, wenn ein Bruder rauskommt und uns sieht … Gute Nacht, Salah!

Mit einem vergnügten Lächeln ließ Perro den Motor an. Dieser Salah war ihm im Grunde nicht unsympathisch. Er machte keine Probleme, und hin und wieder gab er interessante Tipps. Als sie wegen Dantini mit dem Rücken zur Wand standen, hatten sie zum Beispiel mit seiner Hilfe ganz schnell diesen Anarchisten aufgetrieben, diesen Trottel. Salah war ein gutes Element. Solange er mitmacht dachte Perro, ist er bei uns sicher.

– Gut so?

Im strömenden Regen des Wolkenbruchs waren sie zu dem überdachten Ikea-Parkplatz gelaufen.

– Schöne Sachen verkaufen die hier, lachte Salah.

Salah hatte in letzter Zeit viele Ausgaben…

– Das Übliche oder nichts, Affe. Und beeil dich, ich hab keine Zeit zu verlieren.

Salah mochte den Bullen mit dem schlechten Atem nicht. Der andere war ihm lieber, der, der die Befehle gab. Der war nicht so blöd und kannte den Wert einer Information. Deshalb wusste er, wann er großzügig sein musste. Aber der hier, darauf hätte Salah schwören konnte, bediente sich aus der Kasse, schnitt beim Haushaltsgeld mit. Noch nie hatte er mehr als dreihundert Euro auf einmal locker gemacht. Damit er sich später nicht den Vorwurf machen musste, er hätte sich eine Gelegenheit entgehen lassen, versuchte Salah noch einmal, den Preis zu erhöhen.

– Wirklich, Chef, so viele Ausgaben ...
– Soll ich dir den Schädel einschlagen, du Arschloch?
– Schon gut, schon gut, Chef, reg dich nicht auf.
– Los, rede.
– Zwei Schiiten sind nach Rom gekommen, neue Gesichter.
– Na und?
– Nichts, einfach zwei neue Gesichter, ich dachte, das könnte interessant sein ...

Später, nachdem Salah in der Spielhölle des Tunesiers Reoduane die hundert Euro abgelegt hatte, die er dem Arschloch mit dem stinkenden Atem doch noch entreißen hatte können, und während er zu Fuß die endlose Viale di Cinecittà hinunterging – zum Glück hatte es zu regnen aufgehört –, schwor er sich, dass er das nächste Mal direkt mit dem anderen Polizisten verhandeln und sein Ziel erreichen würde. Wenn alles so lief, wie er es sich vorstellte, würde er bald den letzten Coup landen, und dann ab nach Dubai. Deshalb hatte er Chef Perro nur einen Bruchteil von dem verraten, was sich gerade zusammenbraute.

2.

Das Geld, das er dem Fahrer des Geländewagens abgenommen hatte, investierte er in „ästhetische Chirurgie". Guido erstand ein blaues Lacoste-T-Shirt und bequemere Jeans und entledigte sich der alten Kleider. An einem abgelegenen Springbrunnen vollendete er das Werk mit Shampoo und einer ernsthaften Rasur.

– Der klassische Junge von nebenan, berichtete einer der Polizisten, die zur Überwachung abgestellt waren.

– Hat er schon versucht, mit seinem Freund Kontakt aufzunehmen?

– Nein, aber er denkt entschieden darüber nach. Was sonst sollte er machen?

Daria fragte sich, ob man ihm helfen sollte?

– Entschuldige, aber wie?, fragte Lupo.

– Wir könnten eine zufällige Begegnung herbeiführen ... Wir nehmen Flavio unter dem Vorwand einer Kontrolle fest und sorgen dafür, dass die beiden ...

– Jetzt übertreibst du aber! Er ist vielleicht jung, hysterisch und geil, aber so dumm ist er nun auch wieder nicht ...

Guidos erster Gedanke galt Rossana, sie augenblicklich vor der Gefahr zu warnen. Er hielt sich nur deshalb zurück, weil er sich nicht sicher war, ob er die Verfolger abgeschüttelt hatte. Deshalb war er auch nicht sofort in die Wohnung in der Via delle Tre Madonne gestürzt, um sich ein wenig Geld zu holen. Vorsicht. Wachsamkeit. Unter anderen Umständen hätten die Widersprüche seiner augenblicklichen Situation den Filmstoff für eine *commedia all'italiana* abgegeben. Für die Polizei war Guido offiziell tot. Nun, nicht für alle Teile der Polizei. Sagen wir: für die von früher, für die, die ihn gerne umgebracht hätten, stellte er keine Gefahr mehr dar. Aber da war noch der andere, der noble Bulle, der Polizist. Sicher sucht er mich, dachte Guido. Und er fragte sich: Was würde ich an seiner Stelle tun? Wo würde ich anfangen? Bei der Wohnung, die er deshalb fürs Erste nicht betreten konnte. Oder bei der Familie? Aber in dieser Hinsicht konnte Guido ganz ruhig sein. Er hatte keine Brüder, Onkel, Cousins in Rom, niemand war in Reichweite. Niemand ist so allein wie ich. Aber wenn der Bulle es an die große Glocke hätte hängen wollen, dass er noch am Leben war, hätte er es wohl schon längst getan. In den Zeitungen fand sich keine Notiz über seine Person. Es bestand zwar die vage Möglichkeit, dass die Nachricht über die abendliche Flucht zu spät rausgegangen war, um in den Morgenzeitungen erwähnt zu werden, aber die halbe Stunde, die Guido in einer Bar verbrachte, wo Tagediebe verkehrten, hatte den letzten Zweifel beseitigt. Im Fernsehen lief ein Tennismatch. Der Nachrichtenticker am unteren Rand des Bildschirms informierte über die aktuellen Geschehnisse. Kein Hinweis auf auferstandene Tote. Der Polizist hatte überhaupt kein Interesse daran, die Karten auf den Tisch zu legen. Er wollte, dass ihn die anderen für tot hielten. Er und die anderen. Sie gehörten auf jeden Fall zwei verschiedenen Staaten an.

„Leute wie Sie glauben, dass der Staat ein Monolith ist", hatte der Bulle bei einem ihrer Gespräche zu ihm gesagt, „aber das ist ein Irrtum ... sie sollten mal über die Worte eines bekannten Rotbrigadisten nachdenken: ‚Wir glaubten, den Staat ins Herz zu treffen, aber wir wussten nicht, dass der Staat kein Herz hat.' Im doppelten Sinn: man weiß nicht, wo das Herz des Staates ist, und kann der Staat, wenn er will, unbarmherzig sein ..."

Wie dem auch sei, seine Situation änderte sich nicht. Er war auf der Flucht, untergetaucht und noch dazu tot. Eigentlich wusste er nicht, wo er anfangen sollte. Natürlich hätte er irgendwo ein neues Leben anfangen können. Aber das bedeutete, dass er sich

Geld und falsche Dokumente besorgen, Grenzen überschreiten musste, dass er sich vielleicht – wie er in einem Anfall von Romantik, für den er sich augenblicklich genierte, gedacht hatte – einer Gesichtsoperation unterziehen musste. Ironie des Schicksals: Wie sehr wäre ihm jetzt das Geld zupassgekommen, das in der Via delle Tre Madonne versteckt war! Das Problem war nur, wie er an es rankommen sollte. Und ehe er an Flucht denken konnte, war da noch das Problem Rossana. Das Mädchen musste gewarnt werden. Gerettet. So wie sie ihn gerettet hatte, als sie den Abzug gedrückt hatte, weil er dazu nicht imstande gewesen war. Gab es da vielleicht einen Zusammenhang? Rossana hatte ihm zu verstehen gegeben, dass sie über ein weitläufiges Netzwerk verfügte. Wenn er sie gefunden hätte, hätten sie sich vielleicht gemeinsam retten können. Auch das war letzten Endes ein romantischer Gedanke. Aber Guido schämte sich seiner nicht, sondern hegte ihn wie einen geheimen Wunsch: irgendwo neu beginnen, aber mit ihr. Ein neues Leben. Flavio war der einzige, an den er sich wenden konnte, ohne fürchten zu müssen, verraten zu werden. Aber gewiss wusste der Polizist von seiner Existenz. Und zweifellos ließ er ihn überwachen, beschatten, abhören. Ihn direkt zu kontaktieren, war gewiss keine gute Idee. Und im Argentovivo, vielleicht sogar mitten in einer Versammlung, konnte er auch nicht auftauchen. Es war ein aussichtsloses Dilemma. Die Zeit arbeitete gegen ihn. Wie lange konnte er mit fünfzig Euro in der Tasche überleben? Es blieb ihm nur eines übrig: es riskieren.

3.

Alissa war gerade weggegangen, im Bademantel. Marco war im Bett geblieben. Verwirrt. Befriedigt. Nackt. Frustriert. Das Ganze hatte nicht länger als eine Viertelstunde gedauert. Sie war zärtlich gewesen. Sie hatte offenbar Lust empfunden. Warum wurde dann Marco den Eindruck nicht los, dass er bloß ein Termin in ihrem Kalender zwischen achtzehn Uhr dreißig und achtzehn Uhr fünfundvierzig gewesen war? Dabei war alles perfekt gewesen, hatte den Regeln der Anziehung und des Ehebruchs entsprochen. Und dennoch war alles gleichzeitig schrecklich *scheduled*. Vielleicht war Alissa tatsächlich eine Edelnutte. Vielleicht war sie wirklich sehr, sehr gut im Vortäuschen. Aber warum hatte sie dann auf seinen Anruf reagiert? Warum hatten sie sich geliebt?

Zwei Tage nach dem Vorfall, als er sie schluchzend im Park gefunden hatte, hatte er sie kontaktiert. In Form eines neutralen SMS: „Wie geht's?" Nach einer Stunde hatte sie geantwortet. Ebenfalls mit einem SMS: „Nimm Zimmer, Hotel Russie, 18 Uhr, schick mir Nr."

Eine halbe Stunde zu früh war er an der Rezeption gewesen. Ohne Gepäck und ohne Reservierung. Das blonde, große, hübsche Mädchen hatte mit dem Direktor gesprochen. Er hatte den Ausweis zücken müssen, um die Perplexität des Mannes zu beseitigen. Er hatte sich ein x-beliebiges Zimmer geben lassen und war mit gemischten Gefühlen eingetreten. Das Mädchen an der Rezeption hatte ihn süffisant angeblickt. Der Direktor hatte ihm mit herablassendem Blick die Schlüssel überreicht. Er war der Diener, der sich heimlich ins Bett der Herrin schlich. Aber gleichzeitig war es elektrisierend, hier zu sein.

„Wir sind Bosse, hatte Mastino einmal zu ihm gesagt, „über uns ist nur der Kommandant, der wie der allmächtige Vater ist, und unter ihm die ganze verschissene Menschheit."

Ach, ja. Der Kommandant. Wie würde er reagieren, wenn er erfuhr, dass er seine Frau gevögelt hatte? Aber war sie überhaupt seine Frau? Und würden sie überhaupt vögeln? Er hatte lange gewartet, er hatte den dringenden Wunsch empfunden sie anzurufen, aber diesem nicht nachgegeben. Durch das Fenster der Suite sah er den Pincio, der von einer blassen Sonne beschienen wurde. Alissa war beinahe eine Stunde zu spät gekommen. Sie hatte nasse Haare und trug einen Bademantel, auf den der Name des Hotels gestickt war. Darunter war sie nackt.

„Es gibt nur ganz wenige Menschen, die mich weinen gesehen haben", hatte sie schließlich zu ihm gesagt, „und in gewisser Weise habe ich sie alle lieb."

War es deshalb passiert? Weil er an diesem Abend entdeckt hatte, dass sie zerbrechlich, verzweifelt war? Hatte er deshalb ein Brandzeichen bekommen? Von nun an gehörst du zu meinem privaten Gefühlsolymp, Junge. Aber bilde dir ja nichts darauf ein. Jetzt sind wir quitt. Damit war es erledigt. In diesem Fall hätte niemand davon erfahren. In diesem Fall wäre es ein Gegengeschäft gewesen. Als ob sie ihn bezahlt hätte. Die WUT begann zu grummeln, unzufrieden. Er musste gehen. Er hatte heute Nachtdienst. Er musste den Dienst antreten. Aber noch hatte er keine Lust, sich aus den Laken zu erheben, die noch nach ihrem Parfum rochen. Er sah das winzige Muttermal auf dem Hals vor sich, die anderen Details, die er bei der Liebe aus der Nähe gesehen hatte, die Art und Weise, wie sie ihre Kehle seinen wilden, vielleicht sogar etwas groben Küssen dargeboten hatte. Er sah den Kommandanten in der Uniform der Zulus. Er kam durch das Fenster und bedrohte ihn mit einem Schlagring. Ich muss es ihm sagen. Niemand darf es wissen. Ich muss es Daria sagen. Er sah sie vor sich, an seinem Krankenbett, in dem Krankenhaus, in dem sie ihm das Leben zurückgegeben hatte. Sie sagte zu ihm: Ich habe dich mit dieser außerirdischen Frau gesehen. Genauso sagte sie: außerirdisch. Sie weinte. So wie Alissa geweint hatte. Marco hätte sie am liebsten getröstet. Aber sie lag in den Armen eines anderen Mannes. Eines wunderschönen Mannes mit femininen Gesichtszügen. Taxi. Er fuhr aus dem Schlaf hoch. Dunkelheit drang durch das Fenster, der zarte weiße Vorhang bauschte sich im kalten Wind. Im Traum war auch seine Mutter da gewesen. Aufgedunsen und kahl, wie sie während der letzten Chemo, kurz vor dem Tod. Er wollte nicht in dieses Krankenhaus gehen, er ekelte sich vor den Alten und Kranken. Der Mann seiner Mutter zwang ihn dazu, er packte ihn am Kragen und schleppte ihn hin. Er wog mehr als hundert Kilo und war immer besoffen, kaum wachte er auf, goss er sich einen Campari Soda ein, und so ging es dann weiter, ein Aperitiv nach dem anderen.

Marco und sein Stiefvater hatten sich von Anfang an gehasst. Als seine Mutter und er ein Paar wurden, war Marco drei Jahre alt und hatte seinen echten Vater nie kennengelernt. Roberto schlug ihn immer, wenn er sich besoff, also fast jeden Tag. Vielleicht hatten genau diese systematischen Schläge die WUT ausgelöst. Marco träumte davon, ihn zu Brei zu schlagen, aber er hatte Angst vor ihm und er liebte seine Mutter. Immer wenn er sich mit Fans der feindlichen Mannschaft oder mit der Polizei prügelte, sah er Robertos Gesicht vor sich und schlug noch fester zu. Als seine Mutter krank wurde, nahm der Hass auf Roberto noch zu, fast als ob es seine Schuld gewesen wäre. An diesem Vormittag, als er versuchte, sich heimlich hinauszuschleichen, hatte er ihm Fußtritte verpasst. Es war Sonntag, Verona spielte gegen Livorno, die schwarze Kurve gegen die rote Kurve, da musste er unbedingt dabei sein. Zum ersten Mal hatte er sich aufgelehnt, hatte die Schläge erwidert, und er sah noch immer die Verwunderung im Blick seines Stiefvaters, als er ihm einen Handkantenschlag auf den Hals und einen Tritt in die Eier verpasst hatte. Er war gerade mal zwölf. An diesem Sonntag verlor Hellas Verona zwei zu eins, und seine Mutter starb, während er sich mit den Roten hinter Bentegodi prügelte. Die Angst hatte die WUT ausgelöst. Und jetzt hatte Marco Angst.

4.

Scheiße! Scheiße! Scheiße! Wir haben dir sogar ein rotes Begräbnis bereitet! Scheiße, was für eine abgefahrene Geschichte! Das ist ja wie in *Mattia Pascal*!
– Der ist aber freiwillig verschwunden. Ich nicht.
– Trotzdem ist es eine abgefahrene Geschichte.
– Ja, aber niemand darf davon erfahren.
– Nicht einmal Corallina?
– Wer ist das?
– Meine Freundin. Ich bin jetzt mit ihr zusammen.
– Niemand. Eigentlich nicht einmal du. Wenn ich dich nicht bräuchte, würde ich dich da raushalten. Glaub mir, diese Leute spaßen nicht.

Lupo nahm die Kopfhörer ab und warf Daria einen genervten Blick zu. Sie zuckte mit den Achseln. Seit einer Stunde nun unterhielten sich die beiden Freunde in der Baracke in Palidoro. Eine Stunde lang Joints und skurrile Gespräche. Aber von der abgefahrenen Geschichte hatte er noch nichts preisgegeben. Auch die Jungs, die sich an Bord eines schrottreifen Campingbusses befanden und die Konversation mithilfe von Richtmikrofonen aufnahmen, hatten wohl schon die Nase voll vom Warten. Die Geschwätzigkeit der Revolutionäre, dachte Lupo, ist mit ein Grund, warum Revolutionen immer scheitern. Aufgrund seiner Notlage hatte Guido schließlich Flavio aufgesucht. Damit er freigelassen wurde, hatte Lupo am Morgen von Guidos Flucht seinen ganzen Einfluss bei einem Kollegen vom Drogendezernat geltend machen müssen. Der seinerseits den Ermittlungsrichter davon überzeugte, dass die Entlassung des jungen Haschischdealers unter Umständen zu interessanten Untersuchungsergebnissen führen würde.

– Ich frage mich, was aus diesem Guido geworden wäre, wenn er einen Vater wie dich gehabt hätte, hatte Daria ironisch gesagt.

– Ach, ich hätte schon dafür gesorgt, dass er spurt, da kannst du sicher sein.

– Hast du je darüber nachgedacht? Eine Familie zu gründen, meine ich …

– Bei dem Leben, das ich führe? Niemals. Auch dessen kannst du dir sicher sein.

Ein Anflug von Zweifel, eine kaum unterdrückte Trauer hatten ihn verraten. Aber es war keine Zeit, um Süßholz zu raspeln. Es war Zeit für Aktionen. Guido hatte sich eines komplizierten Hilfsmittels bedient, um Flavio zu treffen. Er hatte zwei kleine Zigeuner angeheuert, von zwei unterschiedlichen Telefonzellen aus zwei verschiedene Nummern anzurufen. Sie hatten Flavio ausgerichtet, dass ihn ein Freund sehen wollte, der vielleicht beschattet wurde, und der, sofern er etwas Merkwürdiges bemerkte, sofort umkehren müsse.

– Er spielt Geheimagent, hatte Daria gesagt. In welchem Film er das wohl gesehen hat?

– Unterschätz ihn nicht. Für einen Dilettanten schlägt er sich gar nicht schlecht, hatte Lupo geantwortet.

Das Treffen hatte mitten in einem Labyrinth aus Wohnblocks an der Via Tiburtina stattgefunden. Flavio wurde beinahe ohnmächtig, als er den tot geglaubten Freund auftauchen sah.

– Er hat geschworen, sich niemals wieder einen Joint zu bauen, hatte der Polizist Corradi, der ihn in diesem Augenblick überwachte, prompt berichtet.

– Ich frage mich, woher er das wissen will, hatte sich Daria berechtigterweise gefragt.

– Corradi ist der Sohn von Taubstummen. Lippenlesen aus hundert Metern Entfernung ist ein Klacks für ihn.

Aber die Joints kursierten weiterhin. Flavio hatte rechtzeitig für Nachschub gesorgt, doch sie wussten nicht, wo sie sie rauchen sollten. Flavio hatte zwei oder drei Anrufe gemacht, dann waren sie in einem Schrottlager in Palidoro gelandet. Dieses Lager wurde von einem Typen aus dem Osten verwaltet, einem Moldawier oder Russen, der ganz gewiss keine Aufenthaltsgenehmigung besaß. Die beiden Jungs hatten ihn bezahlt, der Mann hatte ihnen eine Baracke in der Nähe gezeigt, die von einem halb toten Hund bewacht wurde, und war seiner Wege gegangen. Lupo hatte die Jungs vom Abhördienst versammelt. Und jetzt warteten sie. Sie mussten noch lange warten. Bis Flavio endlich vom THC benebelt war und beschloss, mit dem Fluchen aufzuhören und das Wort seinem wieder auferstandenen Freund zu überlassen. So erfuhren sie von dem Vorhaben, Mamoud zu befreien. Von der Rekrutierung. Von dem Attentat. Und von Rossana. Was seine Absichten in unmittelbarer Zukunft anbelangte, machte Guido keine eindeutigen Aussagen.

– Eines verstehe ich nicht, hatte Flavio am Ende gesagt, wobei er so herzhaft gähnte, dass er sich fast den Kiefer ausrenkte.

– Zuerst versucht ein Bulle dich umzulegen, dann rettet dich ein anderer ..

– Was soll ich dir sagen? Der, der aussieht wie ein sizilianischer Baron, ist offenbar ein anständiger Mensch.

Daria lächelte ihn an, aber Lupo zuckte mit keiner Wimper.

– Wir haben einen Namen, hatte er sie kurz angebunden und professionell unterbrochen, und unserer schlimmsten Befürchtungen sind bestätigt worden. Wir haben einen Namen und bald haben wir auch das Mädchen.

5.

Diesmal hatte Salah der Affe die Sache durchgezogen.
Sogar als Perro die Geduld verloren und zuerst wie ein Adler zu kreischen und dann die Fäuste zu schwingen begonnen hatte, gab er keine Handbreit nach.

– Entweder spreche ich mit deinem Chef oder ich sage gar nichts …

Mastino hatte ein vielversprechendes Vorgespräch mit einem Möchtegernmodel, das zwar relativ kleine Titten hatte, aber dafür sehr willig war, unterbrechen und sich in ein dreckiges Kellerlokal an der Laurentina begeben müssen.

– Zwei neue Brüder angekommen. Sie kommen aus Brescia. Es sind Schiiten. Sie wollen neue Moschee errichten …

– Na und?

– Sie nehmen den Mund sehr voll …

– Was willst du damit sagen?

– Gefährliche Reden, Chef …

– Sind doch nur Worte …

– Nein. Diesmal ist es was Ernstes.

– Los, rede!

Salah hatte sich der Euphorie des Augenblicks hingegeben. Einer Euphorie, die er genoss, seitdem er nicht weniger als sein Leben in die Hand der beiden Polizisten gelegt hatte.

– Zuerst will ich bekommen, was ihr mir versprochen habt.

– Rede und dann bekommst du alles, was du willst.

– Nein. Die Brüder haben mit mir gesprochen, weil sie mir vertrauen. Wenn ihr herausfindet, worum es sich handelt, werdet ihr sofort beschließen zu handeln. Und wenn ihr handelt, wissen die Brüder sofort, dass ich euch zu ihnen gebracht habe. Ich muss sofort verschwinden, Chef.

– Ich hab nicht so viel Geld bei mir, verdammt!

– Dann musst du warten.

Mastino stöberte den Kommandanten auf. Er sagte, der Araber habe sie an den Eiern, aber vielleicht handele es sich um eine große Sache. Der Kommandant gab rasche Befehle.

– Wir sehen uns morgen. Selber Ort, selbe Zeit. Wenn du was zu verkaufen hast, das es wert ist, wirst du bekommen, was dir zusteht, hatte Mastino abschließend gesagt.

Am nächsten Vormittag überreichten sie dem Araber einen funkelnagelneuen Pass und fünfzigtausend Euro in bar. Als Salah endlich redete, wechselten Mastino und Perro einen vielsagenden Blick. Ja, es handelte sich tatsächlich um eine große Sache. Um eine brandheiße Sache. Der Kommandant würde sehr, sehr zufrieden sein. Und bald würde es viel, sehr viel Lärm geben.

– Ich gehe jetzt.

Mastino nickte. Dann machte er Perro ein Zeichen. Der Araber hatte gerade erst den Türknauf gedreht, als Perro ihn beim Namen rief. Salah drehte sich um. Und Perro verpasste ihm eine Kugel ins linke Auge. Während Salah starb, hatte er noch genug Zeit zu denken, dass er nicht ins Paradies kommen würde. Weder ins Paradies seiner Väter, das er abgelehnt hatte, noch in das der Christen. Verräter sind nicht beliebt. Mastino und Perro sammelten Geld und Pass ein, beseitigten die Spuren, legten die Leiche in den Kofferraum eines alten Fiat 132, der seit Jahren nicht mehr verkehrstauglich war, und übergaben das Ganze einem befreundeten Autoverschrotter. Mithilfe einer gewaltigen mechanischen Presse sorgte er dafür, dass die Spuren des Metalls und des verblichenen Salah, genannt der Affe, von der Erdoberfläche verschwanden. Ja, der Kommandant war wirklich zufrieden und überreichte ihnen eine schöne Belohnung.

Mastino und Perro ließen den Abend mit zwei brasilianischen Nutten ausklingen, die neu in der Hauptstadt waren.

6.

Guido hatte sich drei Tage lang nicht von der Stelle gerührt. Flavio hingegen war ununterbrochen unterwegs. Die Polizisten, die damit beauftragt waren, ihn zu beschatten, berichteten, dass er immer wieder an der Wohnung in der Via delle Tre Madonne vorbeiging. An Guidos Haus. Die Telefonüberwachung hatte das Geheimnis gelüftet.
– Da drinnen ist Geld. Ich muss es holen.
– Ich kann dir versichern, dass es nicht überwacht wird. Ich bin mindestens zehnmal daran vorbeigegangen.
– Merkwürdig.
– Nein, glaub mir. Meiner Meinung nach glauben die, dass du nicht so dumm bist und nach Hause gehst, während sie dich suchen.
– Mag sein. Und was ist mit Rossana?
– Nichts. Ich habe bei den Genossen ihren Namen fallen lassen, aber keiner weiß was. Nie gesehen, nie gehört, weder früher noch später ...
Daria hatte sich aufgeregt.
– Er weiß nicht, wo sie ist. Er sucht sie ebenfalls. Wir vergeuden mit diesem Jungen nur Zeit.
Lupo hatte ihr widersprochen.
– Schön langsam stellt er sich die richtigen Fragen. Er beginnt zu denken. Er weiß, wo sie sich versteckt. Oder wo sie sich verstecken könnte. Erinnere dich, was er zu Flavio gesagt hat: Wir waren eine Zeit lang bei ihr.
– Ja, du hast recht. Wir waren eine Zeit lang bei ihr ... und dann hat Flavio gefragt: Hast du sie gefickt? Die muss ja wirklich eine Wucht sein, diese Rossana.

– Tja, du hast ja die Fotos gesehen. Ach übrigens, entschuldige …. Neid steht dir nicht.
– Neid hat damit nichts zu tun. Sondern … ach, geh zum Teufel, Lupo. Wenn die Dinge wirklich so liegen, wie du glaubst, hat der Junge sogar begriffen, dass wir ihn haben laufen lassen …
– Durchaus möglich, Daria. Das wäre durchaus möglich.
– Was sollen wir dann tun? Darauf warten, dass er bei dem Moldawier alt wird? Dass er zufällig irgendeiner Verkehrskontrolle in die Arme läuft? Dass er …
– Glaub mir, letzten Endes wird seine Impulsivität siegen. Im Augenblick beherrscht er sich noch, bald wir er nachgeben. Glaub mir. Die Zeit ist auf unserer Seite.

Ja, Guido hatte begriffen, worin das Spiel bestand. Er wusste, dass man ihm folgte, dass man ihn jeden Augenblick überwachte. Der sizilianische Polizist, den er bei sich als Baron bezeichnete, war wirklich raffiniert. Es bestand kein Zweifel daran, dass er ihn hatte gehen lassen. Als die Euphorie der Aktion verflogen war, stellte Guido fest, dass er nach wie vor nur Werkzeug in den Händen der anderen war. Es war alles zu einfach gewesen. Der Baron hielt seine schützende Hand über ihn. Das war die Erklärung dafür, dass er soviel Glück gehabt hatte. Aber ich werde ihn nicht zu Rossana führen. Ich werde nicht in die Wohnung am Pigneto gehen. Außer ich kann mir einen Vorteil verschaffen. Außer ich kann sie austricksen.

Flavio hatte sich sehr gewundert, als Guido beschloss, die Baracke mitten am Tag zu verlassen. Und die Verwunderung war in Paranoia übergegangen, als er ihm eine Nachricht auf einen Zettel schrieb: „Wir werden abgehört. Sag nichts. Ich gehe jetzt. Und auch du musst gehen. Wir werden uns nicht wiedersehen. Danke für alles." Lupo und Daria hatten miterlebt, wie er in die Wohnung in der Via delle Tre Madonne gegangen war, die seit dem Tag der Flucht entsprechend verwanzt war. Als der Junge ziemlich theatralisch geschrieen hatte: „Ich weiß, dass ihr mir zuhört. Ich weiß es, und ich scheiß drauf. Ich werde Euch nicht zu ihr führen", hatte Lupo gelächelt. Der Junge hatte immerhin einen gewissen Stil, das musste man ihm zugestehen. Doch dann war die Symphonie der Geräusche – Schritte, keuchender Atem – plötzlich in einen empörten Schrei übergegangen, der ausnahmsweise echt war.

„In diesem Safe waren zweihunderttausend Euro! Deine Freunde haben sie geklaut. Oder deine Feinde. Schreib dir das auf, Baron."

– Er hat dich Baron genannt.
– Haben wir etwa das Geld beschlagnahmt, Daria?
– Ich würde sagen, nein.
– Wer hat denn die Durchsuchung gemacht?
– Perro und Mastino. Wer sonst? Die beiden sind wirklich zu allem fähig.
– Und auch noch zu viel Schlimmerem, glaub mir.

Der Junge sagte etwas über eine kleine Statue. Sein Tonfall war sarkastisch. Offensichtlich hatten sich der kleine Mastino und der fette Perro auf das Bargeld gestürzt und eine Skulptur von Giacometti übersehen. Wahrscheinlich war ihrer dilettantischen Meinung zufolge das Werk des Schweizer Künstlers nicht mehr wert als eine Krippenfigur aus Neapel.

Später, als der Junge die elterliche Wohnung bereits wieder verlassen hatte, ertappte sich Lupo dabei, dass er Mastino und Perro in gewisser Weise dankbar war.

– Ohne es zu wollen, haben sie uns einen Gefallen erwiesen. Er hätte mit dem Geld fliehen können, aber vor allem hätte er damit einen Ort erreichen können, von dem aus er das Mädchen hätte kontaktieren können. Dieses Geld hätte ihm die Zeit gegeben, seinen Plan zu verwirklichen. Jetzt hatte er weder Zeit noch einen Plan. Die Impulsivität wird ihn leiten. Und ihn zu ihr führen.

Ein paar Stunden lang passierte gar nichts. Daria rief in regelmäßigen Abständen den Polizisten Corradi an. Er gab immer die-

selbe Antwort: Der Junge läuft durch die Stadt, hin und wieder macht er Halt in einer Bar, offenbar weiß er nicht, was er tun soll.
– Das gefällt mir nicht, Lupo.
– Kommt Zeit, kommt Rat, meine Liebe.

Siebter Teil

Alle auf die Bühne!

1.

Salah – Friede seiner Seele! – nannte sie Refat Eins und Refat Zwei. Die radikalen Brüder wollten in einem Kellerlokal an der Via Casilina eine neue Moschee errichten, und ihre Lage, zwischen einer aufgelassenen Schule, einem leeren Keller und den Überresten einer Wiese, die Pier Paolo Pasolini in *Petrolio* verewigt hat, gehörte zu den vielen interessanten Dingen, die Salah der Affe berichtet hatte, um Belohnung zu kassieren. Hier, zwischen abbröckelnden Wänden und alten, muffig riechenden Obstkisten, wollten die schiitischen Brüder das neue Heer des Einzigen und Wahren Gottes ausbilden. Hier hatten sie die Mission ausgeklügelt, die dem Kommandanten so sehr am Herzen lag. Mastinos Jungs machten zwischen drei und vier Uhr morgens eine Razzia, in der Stunde des Wolfs, wenn die Abwehr herabgesetzt und die Reaktion verlangsamt ist. Lärm, dichter Rauch von Rauchpatronen, schwarze Schatten, die sich bewegten und Kriegsschreie ausstießen: mehr konnte Refat Eins oder vielleicht auch Refat Zwei, nicht erkennen, bevor er von einer Salve aus dem Maschinengewehr des Polizisten Sottile niedergestreckt wurde. Noch bevor Refat Zwei – oder war es Refat Eins? – kapierte, dass die Seele seines Bruders ins Jenseits geflogen war, lag er flach auf dem Boden, mit dem Lauf von Perros Pistole im Nacken.

– Bete, du Arschloch.

Der Araber versuchte aufzustehen, in einem letzten Aufwallen von Würde. Er wollte wenigstens seinem Feind ins Gesicht sehen, bevor ihn das Schicksal ereilte. Oder vielleicht mit einer letzten verzweifelten Anstrengung versuchen, ihm weh zu tun. Perro schlug ihn einmal, zweimal ans untere Ende des Nackens. Der überlebende Refat stöhnte. Marco spürte, wie Hass in der Luft vibrierte. Ein ansteckender, unwiderstehlicher Hass.

– Ja, bete, du Arschloch. Ich will deine Scheißlitanei hören!

Perro blickte ihn verwundert an. Teufel, der Kleine holte die Eier raus! Er hielt ihn noch immer für einen von Dantinis bleichen Jungs. Wenn es nach ihm gegangen wäre, hätte er ihn bei der ersten Gelegenheit umgelegt. Dazu war er ja da ... Aber vielleicht hatte Mastino recht. Vielleicht würde er tatsächlich eines Tages einer von ihnen werden.

– Los, komm.

Perro und Marco schlugen und beschimpften den Araber, bis Mastino beschloss, dass es an der Zeit war einzugreifen. Einen von den beiden brauche ich lebend, hatte der Kommandant gesagt. Sie hatten ja schon ihren Spaß gehabt.

– Es reicht!

Sie ließen gleichzeitig die Waffen sinken. Mastino zog fünf oder sechs Kokainpakete aus der Jackentasche, riss ein paar davon auf und verstreute den Inhalt über die Leiche des Arabers. Den Rest des Stoffes steckte er ihm in die Taschen. Als er Marcos Blick auffing, sah er in seinen Augen die Euphorie des Augenblicks und lächelte ihm zufrieden zu.

– Alles klar, oder nicht?

– Natürlich. Eine Abrechnung.

– Bravo, Junge. Mach weiter so. Du bist auf dem richtigen Weg.

Corvo und Rainer kamen mit einem Haufen Papieren in der Hand. Mastino betrachtete sie mit augenscheinlichem Wohlgefallen. Marco erkannte einen Plan, ein paar Polaroidfotos, die Skizze einer einfachen Zündung.

– Ok, schauen wir zu, dass wir sie loswerden, befahl Mastino und gab Rainer die Papiere. Darum kümmert sich der Kommandant.

Sottile hatte plötzlich einen Benzinkanister in der Hand. Auf einen Wink Mastinos hin rollte der Polizist zwei Gebetteppiche auf, legte sie auf die Leiche und tränkte sie mit Benzin. Corvo und Rainer griffen dem anderen Refat, der noch ohnmächtig war, unter die Achseln und zogen ihn hoch. Sottile vergoss Benzin, bis der Kanister völlig leer war.

– Alle raus.

Auf Mastinos Befehl verließen sie das Kellerlokal, den Gefangenen im Schlepptau. Mastino blieb einen Augenblick an der Schwelle stehen, zündete drei oder vier Streichhölzer an und warf sie hinein. Als sie in den Ford mit dem zivilen Kennzeichen stiegen, den sie für die Aktion benutzt hatten, loderten hinter ihnen schon die Flammen.

Auf dem Weg ins Zentrum von Rom begegnete ihnen ein Einsatzfahrzeug der Feuerwehr. Es raste in die entgegengesetzte Richtung. Geheimaktion. Keine Protokolle, keine Beschlagnahme. Im Auto hatten sie die kugelsicheren Westen ausgezogen und die Helme abgenommen.

– Ich steige hier aus. Ihr bringt den Stoff ins Lager, befahl Mastino.

2.

Der schwarz gekleidete Muskelprotz stieg vom Motorrad und nahm den Helm ab, unter dem eine glänzende Glatze zum Vorschein kam, half seiner Freundin, einer Molligen in Minirock und Netzstrümpfen, mit einer überraschend zärtlichen Geste vom Rücksitz, dann betraten sie gemeinsam das Pub mit dem nicht wirklich irischen Schild. Guido spähte durch das Fenster ins Innere des Lokals, wartete darauf, dass das Pärchen Platz nahm, sprang auf das Motorrad und schloss es kurz. Mit aufheulendem Motor fuhr er davon, raste die steile Straße Richtung Santa Maria Maggiore hinauf. Aus den Augenwinkeln heraus sah er den verblüfften Blick des unauffälligen Typs, der ihm seit einer halben Stunde folgte. Es machte ihn stolz, wie schnell er einen seiner Schutzengel entdeckt hatte. Vielleicht musste der Baron auf Personal zurückgreifen, dass nicht ganz auf der Höhe war. Und vielleicht hatte die Verzweiflung die Sinne geschärft und er war zu einem vorbildlichen Flüchtling geworden. Auf jeden Fall hatte er sie ausgetrickst. Ein paar Minuten Vorsprung, mehr brauchte er nicht. Ein paar Minuten, um in die Wohnung am Pigneto zu gelangen, Rossana zu treffen, sie zu retten. Guido kümmerte sich nicht um rote Ampeln, fuhr an den Autos vorbei, die an den Kreuzungen warteten, schlüpfte zwischen erschrockenen Spaziergängern hindurch, fuhr über Gehsteige und durch Blumenbeete. Eine freudige Aufregung hatte von ihm Besitz ergriffen. Und während unter ihm der desmodromische Motor der *Königin der Naked Bikes* dröhnte, wie die Ducati von ihren Fans genant wurde, bedankte er sich insgeheim bei Brandi Mario, Supermario genannt, dem legendären Autodieb von der Ostiense. Er hatte ihn in die Geheimnisse des Universalschlüssels eingeweiht, den die Diebe auf der halben Welt benutzten. Als er den Motor angelassen und Don Quijotes Lanze, die Lanze der Giacometti-Bronzestatue, die jahrelang auf einem Regal in einem der Salons der Villa an der Via delle Tre Madonne gestanden hatte, als Universalschlüssel benutzt hatte, hatte er sich wie Gott gefühlt. Bürgerliche Kunst und Straßenfreundschaften im Dienst der Freiheit – was für eine schöne Metapher für seine Existenz ... Fünfundzwanzig Minuten später war er auf der Via Caltanisetta. Er ließ die Ducati neben einer Straßenlaterne stehen, streichelte sie mit einem zärtlichen Blick, und betrat die Haustür Nummer 12. Er lief die Treppe, mit vor Aufregung klopfendem Herzen, bis ins dritte Stockwerk hinauf. Das Schild an der Eingangstür war das erste Alarmzeichen: „Immobilienbüro Pigneto 06". Als er mit Rossana hier gewesen war, war ihm nichts dergleichen aufgefallen. Was ging vor? Er klingelte. Ein ungefähr fünfunddreißig Jahre alter Mann öffnete ihm, rasierter Schädel, exakt geschnittenes Bärtchen, Geruch nach Pfefferminzkaugummi, schwarzer Anzug und pflichtbewusstes Lächeln.

– Kommen Sie wegen der Wohnung an der Casilina? Bitte, setzen Sie sich.

Guido folgte ihm, wobei er ein undeutliches Danke murmelte. Er durchquerte das Vorzimmer, das nun als Wartezimmer diente, mit gerahmten Plakaten und verblichenen Drucken an den Wänden, Rauchen-verboten-Schildern, und uninteressanten Zeitschriften, wie sie in allen Wartezimmern auf der Welt herumlagen. Eine Wand wurde von einem mittelmäßigen Aquarell geschmückt, einer toskanischen Landschaft mit sanftmütigen Kälbern. Hier hatte zweifellos das durchlöcherte Che-Poster gehangen, erinnerte er sich. Sie hatte ihm gesagt, dass Didier es als Zielscheibe beim Darts benutzte. In den Augen des Franzosen war Che eine Art schmutziger Macho. Einen Augenblick lang war Rossanas Lachen in der Wohnung zu hören gewesen. Seine Phantasie hatte ihm einen Streich gespielt. Rossana war nicht da. Rossana gab es hier nicht mehr. Guido bat, aufs Klo gehen zu dürfen. Ein sauberer, aufgeräumter Raum, der nach Deodorant und Kampfer roch. Keine Spur von dem tollen Chaos, das vor zwei, nein drei Monaten hier geherrscht hatte. Der Mann forderte ihn auf, in einem geräumigen, mit Ordnern vollgestopften Büro Platz zu nehmen, einem riesigen Schreibtisch gegenüber. Hier war früher die Küche gewesen, aber Guido versuchte umsonst, den zarten Knoblauchgeruch wahrzunehmen, den Didier so sehr gemocht hatte. Rossana ist nicht da. Rossana ist weggegangen, dachte Guido, und der Refrain eines dummen Schlagers fiel ihm ein. Aber das Mädchen im Schlager hieß nicht Rossana. Und er konnte sich nicht an den Namen erinnern. Er musste wieder ganz von vorne anfangen. Er hatte bloß Zeit verloren. Ein paar Minuten lang unterhielten sie sich über alles Mögliche, dann stand Guido auf, reichte ihm die Hand, sagte, er würde darüber nachdenken und ihm seine Entscheidung mitteilen.

– Ich habe verstanden, sagte der Mann. Auch Sie werden diese verdammte Wohnung nicht kaufen! Ich weiß wirklich nicht, was mit dieser Wohnung los ist. Glauben Sie mir, seit drei Jahren … seit genau drei Jahren, seitdem ich das Büro eröffnet habe, versuche ich sie zu verkaufen, und immer….

Panik schlug über Guido zusammen.

3.

Das Lager war ein riesiger Kellerraum in einem Wohnblock an der Via Ardeatina.

– Ein sicherer Ort, ein sicheres Haus, sicherere Leute. Die eine Hälfte steht auf unserer Gehaltsliste, und die andere macht sich in die Hose vor Angst, also ...

Perro sagte ihm, er solle die Pakete mit dem Stoff in einen Safe legen, und gab ihm den Code. Dieser Vertrauensbeweis tröstete Marco. Er war wirklich einer von ihnen geworden. Er gehörte jetzt zur Mannschaft.

– Hier bewahren wir Dokumente auf, Pässe, Chipkarten, solche Sachen eben, erklärte ihm Corvo, und hier die Blankodokumente, die falschen Kennzeichen, mit einem Wort das Werkzeug ...

– Eigentlich befindet sich in dem anderen Safe auch Werkzeug, sagte Sottile ironisch. Bomben, Bazookas, ein paar Maschinengewehre ... Gibt es übrigens noch den Raketenwerfer, den wir den Libanesen abgenommen haben?

– Nein, den haben wir den Kurden gegeben.

– Ah...

Im Safe gab es noch mehrere Drogenpakete und Geldbündel. Viel Geld.

– Pass auf, das ist das Sparschwein des Kommandanten. Greif ja nichts an, ich bitte dich. Nur auf ausdrücklichen Befehl des Kommandanten ... pass auf, dass du nicht in Versuchung kommst.

Sie taten, als ob alles ganz normal, ganz selbstverständlich wäre. Entweder warst du dabei oder du warst draußen. Und er war mittlerweile dabei. Mit beiden Beinen stand er drinnen. Und er war damit zufrieden. Sie waren seine neuen Zenturios. Seine Verteidiger. Die Wächter der Ordnung. Und es war egal, dass ihre Methoden wenig orthodox waren, Krieg ist nun mal nicht demokratisch. Und sie befanden sich im Krieg, wie Mastino unablässig wiederholte.

– Ach, jetzt würde ich gern 'ne Runde schieben.

Alle lachten bei Rainers Ausruf. Der typische Ausdruck aus den Abruzzen erinnerte Marco einen Augenblick lang an Dantini. Eine ferne, leise gewordene Musik. Inzwischen war er ein anderer Mensch. Und er war froh, so geworden zu sein.

– Tja, du kannst es ja immer noch bei der Frau des Senators probieren.

– Nein, ich glaube, die hat 'n Faible für den Jungen.

Lautes Lachen. Schulterklopfen. Die Frauen: Jagd und Eroberung. Huren und Unberührbare. Alles so normal, alles so natürlich. Corvo erzählte, dass er einmal mit einer Zirkusakrobatin zusammen gewesen war. Die kleine Hure war nur eins fünfzig groß gewesen und hatte sich so zusammenkrümmen können, dass sie in einen Koffer passte.

– Wie in einem Film, Jungs!

Perro erzählte von einer türkischen Prinzessin. Rainer ging zum Safe und holte ein Säckchen Koks heraus.

– Was meint ihr? Ziehn wir 'ne Straße?

Sie stimmten begeistert zu. Marco hütete sich davor zuzugeben, dass er sich immer vor dem Zeug in Acht genommen hatte, und als er an der Reihe war, hielt er sich den Hundert-Euro-Schein, den Corvo zusammengerollt hatte, an die Nase und tat es den anderen nach, die in hierarchischer Reihenfolge gesnifft hatten. Die Zeit schien sich auszudehnen, dann zusammenzuziehen, dann sich wieder auszudehnen, dann schließlich zu explodieren. Als sie das Lager verließen, zog die Abenddämmerung herauf. Sie waren müde, aber aufgeregt, leer, aber noch immer voller Tatendrang. Sie zögerten sich zu trennen. Es gab noch etwas zu tun, gemeinsam zu tun, eine Geste, um die Übereinstimmung zu bekräftigen. Ja, es gab noch etwas zu tun, aber sie wussten nicht was. Dann hatte Perro die richtige Idee.

– Hört zu, Jungs, in San Giovanni haben die Schwulen 'ne ganze Straße besetzt.

– Ich hab davon gehört, antworte Corvo, sie nennen es *Gay Street* ...

– Nun, ich finde, das ist nichts Schönes ... , stellte Perro fest.

– Und ich sage, du hast recht, unterstützte ihn Sottile. – 'Ne Straße von Schwulen, wer hat denn so was schon mal gesehen?

– Worauf warten wir dann noch?

Endlich wussten sie, was der Zeit, die im aufgeregten Takt ihres Herzschlags verging, einen Sinn geben würde. Sie fielen in der Via San Giovanni in Laterano ein, wo die kleinen Abendlokale gerade aufmachten. Als sie zehn Minuten später wieder gingen, war die Straße ein Schlachtfeld, und auf dem Boden lagen vier Schwule, die so bald nicht mehr aufstehen würden.

4.

Seit drei Jahren, hatte der Mann gesagt. Seit drei Jahren. Guido klopfte an die Tür zweier Wohnungen im zweiten Stockwerk. Ein riesiger fetter Schwarzer sagte, es gäbe keinen Stoff, und schlug ihm die Tür vor der Nase zu. Eine alte Frau weigerte sich, mit ihm zu reden. Eine Wohnung im Erdgeschoß war leer, kein Schild am Eingang. Seit drei Jahren. Und dennoch hatte er sich nicht getäuscht. Es war das richtige Wohnhaus. Die Wohnung hatte sich im dritten Stock befunden. Rossana hatte hier gemeinsam mit Didier gewohnt. Er hatte in ihrem Bett geschlafen. Sie hatten sich geliebt. Von hier war er zu seiner „Mission" aufgebrochen, die sein Leben verändert hatte … Seit drei Jahren! Die ersten Schatten des Abends senkten sich auf die Via Caltanisetta. Eine der beiden Straßenlaternen war ausgegangen, die andere warf ein zartes Licht auf die schlanke Silhouette der Ducati Monster. Seit drei Jahren. Guido versuchte in aller Ruhe zu überlegen, welche Möglichkeiten es sonst noch gab. Der Typ vom Immobilienbüro log. Warum? Entweder er gehörte dazu … zu „irgendetwas", das mit der Geschichte zu tun hatte, in die er verwickelt war. Oder: Rossana ist tot. Bei ihr war es ihnen gelungen, „die Arbeit zu beenden". Aber das wollte er nicht glauben. Zweifellos gab es eine andere Erklärung. Sie war eine Hausbesetzerin. Sie wohnte in der Wohnung, während das Immobilienbüro geschlossen war. Hin und wieder machten Hausbesetzer so was. Sie besetzten vorübergehende eine Wohnung, dann … Oder der Baron sagte die Wahrheit. Es war ein Betrug gewesen. Ein Spiegeltrick. Er hatte sein Leben wegen einer Illusion weggeworfen. Aber noch gab Guido nicht klein bei. Es gab noch eine zarte Spur. Didier. Paris. Er würde hinfahren. Er würde den Freak in Belleville auftreiben. Es würde schwierig werden, aber er würde es schaffen. Er hatte siebenhundert Euro in der Tasche, das Ergebnis einer von Flavio organisierten Kollekte, und einen alten, noch gültigen Personalausweis. Er konnte sofort aufbrechen. Die Eisenbahn war das bequemste und unauffälligste Verkehrsmittel. Als er zur Ducati ging, bemerkte er, dass eine Polizeistreife mit Blaulicht von der anderen Seite angefahren kam und sich dem Motorrad näherte. Gewiss, inzwischen hatte der Besitzer wohl schon Anzeige erstattet. So ein Schmuckstück kostete einen Haufen Geld. Wie meine Harley Davidson, dachte er mit einem Anflug von Nostalgie.

Er versuchte sich so gut wie möglich gleichgültig zu wirken, er ging an den Polizisten, die aus dem Streifenwagen sprangen, vorbei, ohne sie anzusehen, bog um die erstbeste Ecke und verschwand auf der Via del Pigneto. Er konnte nicht wissen, dass drei Überwachungskameras alle seine Bewegungen aufgenommen hatten.

5.

Der Polizist Corradi informierte Lupo, dass es dem Jungen gelungen war, sich der Überwachung zu entziehen.
– Ich kann es mir nicht erklären, Chef. Er ist auf ein Motorrad gesprungen und ... weg, wir hatten nicht einmal Zeit, um ...
– Ihr habt euch von einem Anfänger reinlegen lassen.
Bei dem wütenden Fluch, der auf die entsetzte Feststellung folgte, musste Daria boshaft lächeln. Die Situation drohte zu kippen, aber wie Lupo einmal selbst gesagt hatte, ist das Lachen die Schwester der Tragödie. Lupo gelangte aber rasch wieder in den Besitz seiner Selbstsicherheit und berief rasch eine außerordentliche Sitzung ein, während der er sich bei seinen Mitarbeitern entschuldigte, anstatt ihnen eine ordentliche Kopfwäsche zu verpassen, wie sie erwartet hatten. Er hatte den Jungen unterschätzt, er hatte ihnen einen derartig heiklen Auftrag gegeben, ohne sie völlig einzuweihen, aufgrund seiner Eingenommenheit von sich selbst hatte er sie in so eine peinliche Situation gebracht – aus all diesen Gründen war er der einzig Schuldige.

Kaum eine Stunde später wurde das Motorrad in einer Gasse zwischen Pigneto und der Casilina, in der Via Caltanissetta gefunden. Ein Beweis, dass die Spur noch heiß war und dass das blonde Mädchen – zur dem der tapfere Ritter von der Traurigen Gestalt zweifellos unterwegs war, nachdem er den Bullenbaron reingelegt hatte – irgendwo in dieser Gegend wohnte. Es war kein Zufall, dass der kühne Jüngling die Lanze benutzt hatte, die Giacometti Don Quijote in die Hand gedrückt hatte ... Die Energie, die Lupo versprühte, wenn er die Aktivitäten koordinierte, die menschliche

Wärme, die seine Mitarbeiter spürten, die Tatsache, das er nicht nur für die Erfolge, sondern auch für die Misserfolge Verantwortung übernahm … aus all diesen Gründen liebten ihn seine Männer. Sie waren bereit, für Lupo ihr Leben zu geben.

Das nützte er natürlich schamlos aus.

– Ich will, dass alle Wohnhäuser in einem Umkreis von fünfhundert Metern, ausgehend vom Fundort des Motorrads, überwacht werden. Ich will alle Grundbuchauszüge, Mietverträge und natürlich Namen, Nachnamen und Einzelheiten eines jeden einzelnen verdammten Bewohners, einer jeden verdammten Wohnung auf meinem Schreibtisch haben.

Auf den Befehl folgte peinlich berührtes Schweigen, verstärkt durch ein weises „verdammt", das bei der „Schule der Harten" eifrige Nachahmer fand und aus fernen, nie vergessenen Jugendlektüren stammte. Daria war die einzige, die sich zu Wort meldete.

– Aber das ist eine Mordsarbeit! Dafür brauchen wir Wochen, vielleicht sogar Monate …

– Wir brauchen nur wenige Stunden. Ich brauche nur das „dreckige Dutzend" zu aktivieren.…

– Weißt du überhaupt, wie viele Gesetze wir brechen, Chef?

– Diesen Satz kenne ich bereits, Daria. Von dir habe ich mir was Besseres erwartet.

Jede Einsatzzentrale hat ihre dunklen Seiten. Geheime Dokumente – Wissen ist Macht, das ist die Grundregel –, außerordentliche Mitarbeiter. Das „dreckige Dutzend", wie Lupo sie nannte, war eine Hackerbande, die seit geraumer Zeit am Rande der Legalität dahinschrammte. Und manchmal wurde die Grenze ausgerechnet auf Lupos Befehl fröhlich überschritten.

Das „dreckige Dutzend" leistete hervorragende Arbeit. Acht Stunden nach der Auffindung des Motorrads hatte Lupo das Immobilienbüro an der Via Caltanissetta ausfindig gemacht und herausgefunden, wem es gehörte. Einer Gesellschaft mit beschränkter

Haftung, deren Namen er sehr gut kannte. Lupo verbrachte noch ein paar Stunden damit, Websites zu durchsuchen (er zog sich sogar ein elendig langes Video über die Eröffnung eines Seminarzentrums für Manager in Kampanien rein) und die Klatschspalten im *Messaggero* zu lesen. Als er Daria endlich reinließ, zeigte er ihr ein Foto, auf dem das geheimnisvolle Mädchen im Abendkleid bei einem großen gesellschaftlichen Empfang zu sehen war. Neben ihr das verschwommene Bild eines großen, beeindruckenden, offensichtlich glatzköpfigen Mannes.

– Wie hast du das schafft ... Das ist Rossana!

– Sie heißt nicht Rossana ... jetzt nennt sie sich Alissa irgendwas.

– Meinst du, das ist nicht ihr richtiger Name?

– Vielleicht ist der Mann der Einzige, der ihren richtigen Namen kennt, sagte Lupo und klopfte auf das Bild des Kommandanten.

– Aber jetzt wissen auch wir alles. Oder fast alles. Worauf warten wir? Verhaften wir sie, und sie sagen uns den Rest.

– So einfach ist es nicht ...

– Geheimdienst?

– So einfach ist es nicht.

– Ich habe genug von deinen Geheimnissen, Chef. Wenn du jetzt nicht die Karten auf den Tisch legst, musst du dir jemand anderen suchen.

Lupo seufzte. Daria hatte nicht Unrecht. Mittlerweile waren sie an einem Punkt angelangt, wo er Gefahr lief, eine Mitarbeiterin wie sie wegen einer abstrakten Geheimhaltung zu verlieren. Bald würden auch die Mitglieder des anderen Netzwerks informiert sein. Und bald würden alle im Licht der Sonne spielen. Er brauchte Daria. Er musste sich ihr anvertrauen.

– Das letzte Mal habe ich ihn am Flughafen von Zagreb gesehen. Gleich nach dem Ende des Balkankriegs. Er war mit diesem Mädchen unterwegs. Sie war sehr hübsch und sehr verängstigt. Sie war kaum älter als fünfzehn. Die beiden sind zusammengeblieben. Sie nennen ihn den „Kommandanten". Früher einmal war er Soldat. Jetzt ist er das, was man im Jargon als *problem solver* bezeichnet ...

6.

In der vergangenen Woche hatte Marco mehr Zeit im Bett mit Evelina als im Dienst verbracht. Zweimal war er mit den Jungs ins Lager gegangen, und zweimal hatten sie eine schöne Straße gezogen. Mastino hatte klargestellt, wie die Dinge lagen. Wegen einer Nase hin und wieder wird ein anständiger Junge noch kein Scheißjunkie. Nur die Schwachen gehen in die Falle und lassen sich vom Stoff kontrollieren. Wir hingegen kontrollieren den Stoff. Die Strafexpedition auf der *Gay Street* war etwas skeptisch beurteilt worden. „Seid brav", hatte sie der Kommandant gewarnt, „bald wird es echten Krieg geben. Seid brav und lasst euch nicht ausgerechnet jetzt schnappen." Also Waffen in den Schrank und auf den Augenblick der Aktion warten. Im Augenblick herrschte Stillstand. Ruhe vor dem Sturm. Was die Frau des Senators anbelangte, so war sie zum Angriff übergegangen. Nach nur einer Stunde waren sie in der Wohnung gleich hinter dem Pantheon gelandet. Mit dreiundfünfzig Jahren war sie eine Art Wunder der Schönheitschirurgie und der Fitnessstudio. Glattes Gesicht, keine Falte auf dem Hals, kein Gramm Fett am falschen Ort.

– Solang der Senator zahlt …

Beim Ficken war sie beflissen, genau, pünktlich, fleißig. Sie sprach gerne von sich. Von ihrem Leben im Zeichen einer großen, verlorenen Liebe. Einer Art saudiarabischen Emir, mit dem sie leidenschaftliche Jahre in Brüssel verbracht hatte.

– Aber er trank zu viel, und die Leber hat schlappgemacht. Er war ein außergewöhnlicher Mann.

Dann folgten sieben magere Jahre. Die Zurückweisung durch seine Familie, die Feindseligkeit ihrer Familie, Kleinbürger aus dem Süden, aber das war gar nicht so sehr das Problem.

– Geizig. Wirklich wie die Tiere, glaub mir. Du hast dich von dem Araber vögeln lassen, du hättest ihn ja nicht heiraten müssen, aber wenigstens eine kleine Villa hätte er dir überschreiben können. Jetzt kannst du sehen, wo du bleibst, mein Liebling!

Aber sie hatte es geschafft, eine wie sie kam immer zurecht. Seit ihrer Kindheit wollte sie jeder Mann, den sie kennenlernte, vögeln. Und auch viele Frauen. Sie roch den Geruch der Erregung, sie sah in den Augen das plötzliche Aufleuchten des Begehrens.

– Aber wenn einer mir gefällt, suche ich ihn mir aus.

Die anderen musste man an der Leine halten. Sie benutzen. Doch dann war der Senator gekommen.

– Ein zärtlicher Mann, wenn auch etwas willensschwach. Was willst du, er kommt aus dem anderen Lager ... Stell dir vor, in seiner Jugend war er sogar Mitglied beim *Soccorso Rosso*. Ein großer, edler und idealistischer Anwalt. Natürlich war er faul und hat ebenfalls gerne tief ins Glas geschaut. Zum Glück hat er den Kommandanten kennen gelernt, sonst hätte er ein schlimmes Ende genommen.

Ein Mann mit einem Wort, der wenige Forderungen stellte, weitsichtig und überhaupt nicht selbstsüchtig war. Er machte Geschäfte mit dem Kommandanten und duldete ihre kleinen, unschuldigen Seitensprünge. Im Übrigen wollte sie gar nichts von den Geschäften der Männer wissen. Alissa interessierte sie schon viel mehr. Bei diesen Worten schaute sie Marco geradewegs in die Augen und begleitete die Geste mit einem schamlosen Lachen. Sie wusste es natürlich. Sie und Alissa waren sehr, sehr gut befreundet. „Um die Wahrheit zu sagen – und mit den Männern, die einen gesehen haben so wie wir uns jetzt, muss man ehrlich sein –, kannten wir uns schon früher." Um die Wahrheit zu sagen, hatte Alissa sie dem Senator vorgestellt.

– Es war gerade eine so schwierige, albtraumhafte Zeit für mich ...

Sie würde ihr ewig dankbar sein.

– Aber jetzt muss ich gehen. Er wartet in Ansedonia auf mich. Wahrscheinlich müssen wir unsere Spielchen für ein paar Tage unterbrechen. Er möchte, dass ich ihn nach Brüssel begleite.

Sie kehrte also nach Brüssel zurück. Hatte ihm nicht Alissa von einem sehr exklusiven Bordell in Brüssel erzählt? Hatte Evelina dort ihre albtraumhafte Zeit überwunden?

– Los, du Faulpelz, steh auf. Ich habe dir ja gesagt, dass ich es eilig habe.

Merkwürdigerweise dachte er seit einiger Zeit nicht mehr an Alissa. In den letzten Tagen hatten sie sich nur aus der Ferne gesehen und einander ignoriert. Es war wie eine Abmachung: was war, das war. Das Koks hatte die Angst hinweggespült, die er nach dem Besuch im Hôtel de Russie verspürt hatte. Die WUT grummelte und hob wachsam das Haupt. Als Marco das SMS erhielt, war er schon angezogen.

– Eine Frau?, fragte die Frau des Senators argwöhnisch.

– Auch ich habe meine albtraumhaften Momente, antwortete er und versuchte gelassen zu bleiben. Während er sich darauf vorbereitete, Daria zu treffen, stellte er fest, dass er große Lust hatte, eine Straße zu ziehen.

7.

Guido passierte problemlos die Grenze. Ein verschlafener Gendarm weckte ihn in Menton auf, und nachdem er ihn oberflächlich gemustert hatte, gab er ihm den Personalausweis zurück und nuschelte „schönen Aufenthalt in Frankreich". In den ersten beiden Tagen trieb er sich zwischen Belleville und Ménilmontant herum. In der ersten Nacht schlief er im öffentlichen Park, in der zweiten bei einem Algerier, der ihm für Bett und Diskretion dreißig Euro abknöpfte. Am Tag lief er durch die Straßen und beäugte Gruppen von Jungs, die aussahen wie Genossen. Aber wenn er sich nach einem blonden Freak namens Didier erkundigte, erntete er nur unbestimmte Blicke und unverständliche Antworten. Die Genossen von Belleville misstrauten ihm. Und sie hatten auch nicht gänzlich Unrecht. Das wenige Geld, das er besaß, verschwand beeindruckend schnell. Es war klar, dass er ohne Quartier nicht lange in Paris durchstehen würde. Die Gefahr, zufällig in eine Polizeikontrolle zu laufen, war sehr hoch. Seine Familie besaß eine Wohnung in der Rue de Seine. Offiziell war das jetzt seine Wohnung. Oder besser gesagt, es wäre seine Wohnung gewesen, wenn er in der Zwischenzeit nicht gestorben wäre.

Wenn er nicht für tot erklärt worden wäre. Guido fragte sich, wie hoch die Wahrscheinlichkeit war, dass ihn der Baron in Paris aufspürte. Angenommen er wusste von der Wohnung in der Rue de Seine, wie viel musste er ausgeben, um alle Besitztümer seiner Familie überwachen zu lassen? Wie viele Männer musste er hier und auf der gegenüberliegenden Seite der Welt abstellen, um ihn zu erwischen? Von einer öffentlichen Telefonzelle aus rief er im Londoner Anwaltsbüro an, das sich seit dem Tod seiner Eltern um die Verwaltung des Besitzes kümmerte. Er gab sich als alter Freund der Familie aus, der überlegte, ob er die Wohnung kaufen sollte. Man gab ihm zur Antwort, die Wohnung sei bereits verkauft worden. Er schlief wieder bei dem Algerier. Am Vormittag des vierten Tages sagte Youssouf zu ihm, wenn er Geld brauche, hätte er einen ganz kleinen Job für ihn. Guido nahm an. Eine halbe Stunde später kauerte er im Kipper eines Lieferwagens, an dessen Steuer Ali, Youssoufs Bruder, saß. Die Arbeit bestand darin, fünfzehn sehr schwere Kisten aus einem Lager in Aulnay-sous-Bois zu holen – einer der gefährlichsten *banlieues*, wo starke Spannungen zwischen Immigranten und ansässiger Bevölkerung bestanden –, und sie in ein anderes Lager in der Rue Parmentier zu transportieren. Am Endes des Tages hatte er höllische Rückenschmerzen und vierzig Euro in der Tasche.

– Verdammt noch mal, was macht einer wie du in Paris?

– Ich suche ein Mädchen, Youssouf.

– Ach, das habe ich schon gehört ... und warum gehst du nicht in ein schönes malerisches Hotel, wie deine Landsmänner?

– Ich habe kein Geld.

– Märchen, mein Freund. Meiner Meinung nach gehst du nicht ins Hotel, weil du nicht auffallen willst. Dann also willkommen im großen und gastfreundlichen Paris, Bruder. Wenn du noch nicht völlig fertig bist, gäbe es morgen wieder einen kleinen Job ...

– Ich denke darüber nach.

Obwohl er todmüde und erschöpft war, schleppte er sich nach Belleville. Er hatte es schon aufgegeben, Fragen zu stellen, er würde sowieso keine Antworten erhalten. Er starrte gerade in ein beinahe leeres Bierglas, als ein großer Typ mit kurzen, schon angegrauten Haaren und zwei misstrauischen grauen Augen auf ihn zukam.

– Bist du der, der Didier sucht?, fragte der Typ in korrektem Italienisch mit unverkennbarem französischen Akzent.

– Kennst du mich?

– Die Frage sollte anders lauten, Junge. Wer bist du? Und warum läufst du herum und stellst so viele Fragen?

8.

Als erstes fiel Daria sein Parfum auf. Sie erinnerte sich, dass *ihr* Marco früher immer etwas wilder gerochen hatte. Sie hatte ihn immer unter die Dusche stellen müssen, bevor sie miteinander schliefen, er hatte geprustet, versucht, sie daran zu hindern, indem er sie unter die Dusche zog ... Dann waren da die Haare, jetzt fielen sie ihm ins Gesicht und verbargen die alte Narbe, das dritte Auge. Und dieses Hemd mit den Ziffern auf der Brust ...

– Du bist ein Dandy geworden. Ein dummer Dandy.
– War?
– Ein Parvenü.
– Aber wie sprichst du, Daria?

Bei *ihrem* Marco hätte sie nie ihre Universitätsbildung, ihre gesellschaftliche Überlegenheit ausgespielt. Das wäre kleinlich gewesen, sogar ein bisschen gemein. Aber das war nicht mehr *ihr* Marco. Dieser Bison mit dem Veilchengeruch und dem einstudierten Hang zur Eleganz löste in ihr den grausamen Wunsch aus, ihn zu bestrafen. Sie hätte auf Lupo hören sollen. Es war zu spät, etwas zu unternehmen. Der Junge war ein fauler Apfel. Aber Lupo hatte ihr nicht ausdrücklich verboten, ihn zu sehen. Er hatte es nur für sinnlos erachtet. Und als er mit einem etwas albernen und etwas gekränkten Ausdruck am Tisch der Caffetteria Nazionale Platz nahm, empfand sie allen Vorsätzen zum Trotz auch ein wenig Zärtlichkeit. Was haben sie dir angetan, mein Kleiner? Von wem stammt dieses penetrante Damenparfum?

– Hat dich deine augenblickliche Flamme so zugerichtet? Oder Mastino?

Sie sah, wie er auf dem Stuhl hin und her rutschte, wie er mit einer brüsken Geste den Kellner wegschickte, der die Bestellung aufnehmen wollte.

– Dein Chef, der Kaffer aus dem Süden, hat es wirklich auf uns abgesehen.

– Nimm dich vor Mastino in Acht, Marco. Vertrau ihm nicht.

– Mastino ist ein hoher Beamter und mein Vorgesetzter. Entweder sagst du mir, was ihr gegen ihn in der Hand habt, oder du hörst mit diesen Unterstellungen auf.

– Ich sage nur, dass du mit einem wie ihm nichts gemein hast.

Einen Augenblick lang hatte Unsicherheit in Marcos Augen aufgeleuchtet. Und sie hatte die Hoffnung gehabt. Aber der Junge hatte den Kopf geschüttelt und sie aus trüben Augen angeblickt, gekränkt. Kleinen Augen, viel kleiner als in ihrer Erinnerung. Sniffte Marco? Gehörte Kokain, die ungekrönte Königin der römischen Nächte zu dem Paket, mit dem sie ihn gekauft hatten?

– Was weißt du über mich? Wie ich jetzt bin?

Genau. Darum ging es. Lupo hatte es wie immer begriffen.

– Ist gut, es war ein Fehler, dass wir uns getroffen haben. Aber komm nicht zu mir gelaufen, wenn du eines Tages bereust, was du getan hast.

– Und wer kommt zu dir? Du hast mich ... außerdem mache ich alles, was ich mache, für den Staat.

War es die WUT, die sie kurz aufblitzen hatte sehen, die, von der sie sich eingebildet hatte, sie in ihre dunklen Gefilde zurückgeschickt zu haben? Oder war es vielmehr der Impuls, ihm wehzutun, der Wunsch nach Rache, die ihren Blutzoll verlangte? Später würde sie es bereuen, dass sie diesen Satz ausgesprochen hatte, den sie um keinen Preis aussprechen hätte dürfen.

Und später würde sie sich selbst beglückwünschen, den Mut gefunden zu haben oder vielleicht auch so verantwortungslos gewesen zu sein, ihn auszusprechen.

– Für den Staat, Marco, oder für den Kommandanten?

9.

Zuerst war der Kommandant versucht gewesen, Lupo anzurufen, ihm Grüße auszurichten – wie es sich unter wohlerzogenen Menschen gehörte, die miteinander ein Stück des langen und gefahrenvollen Weges zurückgelegt hatten, den wir als Leben bezeichnen – und ihm zu erzählen, worin die Mission *Prince of Persia* bestand. Er hätte hinzugefügt: Ich werde tun, was ich tun muss, und du kannst mich nicht aufhalten. Er war sogar so weit gegangen, sich irgendeine Form von Abmachung vorzustellen. Er hätte ihm ein paar kleine Fische zum Fraß vorwerfen können: den jungen Polizisten zum Beispiel. Wer weiß, wie er sich gefühlt hatte, als er die Frau des Kommandanten vögelte. Und wer weiß, wie sie – Alissa – sich dabei gefühlt hatte ... Konnte man nicht ein vernünftiges Abkommen treffen, so wie es früher einmal üblich gewesen war?

Ach nein, es war nicht möglich. Ein Abkommen, das seinen Namen verdiente, musste eben vernünftig sein. Lupo hatte seit geraumer Zeit jede Vernunft aufgegeben. So wie er auch seine Klasse, seine Mission, sein Credo aufgegeben hatte. Lupo war nicht vernünftig. Lupo war ein Renegat. Und Renegaten treffen keine Abkommen.

– Hast du mich gesucht?

Alissa war in Trainingsanzug und Shorts, sie hatte eben Pilates gemacht, und ein paar Schweißtropfen liefen ihr über den langen Hals. Der junge Polizist hatte sich gut gefühlt, kein Zweifel. Wortlos legte der Kommandant Alissa die Fotos des Anarchisten hin. Inspektor Mariotti, den sie unsinnigerweise bezahlten, um die geheime Wohnung in der Via Caltanissetta zu verwalten, hatte sie ihm mit dem normalen Wochenbericht mitgeschickt. Dem Idioten war gar nichts aufgefallen. Er würde für seine Nachlässigkeit streng bestraft werden. Aber in der Zwischenzeit hatte er eine Menge kostbarer Zeit verloren, und was noch schlimmer war, Lupo war in Alarmbereitschaft.

– Was bedeutet das?

– Dass du einen Fehler gemacht hast. Und jetzt musst du die Sache in Ordnung bringen.

– Ich werde sofort dafür sorgen.

– Und diesmal ohne einen Fehler zu machen.

Lupo, Lupo, Lupo und noch einmal Lupo. Er war in Alarmbereitschaft, er hatte Witterung aufgenommen, aber wahrscheinlich hatte er die Beute noch nicht einmal gesehen. *Prince of Persia* musste also in die operative Phase übergehen. Und das bedeutete: direkte, unmittelbare Aktion. Dennoch zögerte er. Lupo und sein Verrat waren der Grund. Der Kommandant konnte sich keinen Reim darauf machen. Wie hatten sie einen derart wertvollen Mann verlieren können? Wie hatte es passieren können, dass Lupo, der doch genau dieselben Voraussetzungen hatte wie er, die nutzlose Fahne der Demokratie hochhielt?

10.

Der Polizeichef höchstpersönlich hatte Lupo den Befehl erteilt. Auch Polizisten, die einer „Spezialeinheit" angehörten, hatten die Pflicht, regelmäßig ihren Waffenschein zu aktualisieren. Und drei Jahre Verspätung waren zu viel, sogar für ein großes Tier wie ihn. Um sich die Sache einfacher zu machen, hatte Lupo Daria gebeten, ihn zum Schießplatz zu begleiten.

– Seit drei Jahren habe ich meinen Waffenschein nicht erneuert.

– Na und! Niemand wird dich je kontrollieren.

– Es ist ein Befehl.

Während sie ununterbrochen ins Schwarze schoss, bestand sein Rekord bei drei Serien zu zwanzig Schüssen in zwei Treffern am Rand der Zielscheibe.

– Es reicht, unsere Pflicht haben wir getan. Gehen wir was trinken. Weißt du, dass du schießt wie der Kommandant?

– Ist das ein Kompliment oder eine Drohung?

Sie setzten sich etwas abseits an einen Tisch, mitten unter die Schützen, die kamen und gingen, und sich über die eben erbrachte Leistung unterhielten. Lupo trank einen Martini, gleich darauf einen zweiten.

– Der Kommandant und ich waren einmal sehr befreundet.

– Das erklärt dein plötzliches Interesse am Schießen. Möchtest du mich in die Grauzone führen?

– Wie auch immer es mit uns steht, bin ich zu dem Schluss gekommen, dass du die Person bist, der ich am meisten vertraue.

Und wie steht es mit uns?, hätte Daria ihn am liebsten gefragt, hielt sich aber zurück. Sein mürrisches Gesicht, sein glühender

Blick ließen ahnen, dass bald ein Schrein geöffnet werden würde, den sie seit Jahren aufzubrechen versuchte.

– Hast du jemals von Professor Wisniaski gehört? Von der *Operation Re-building*? Nun, dann hör mir zu.

Alles hatte mit zwei jungen Hoffnungsträgern des nationalen Geheimdienstes begonnen. Mit ihm und dem Kommandanten natürlich. Sie waren zu einem Fortgeschrittenenkurs nach Phoenix, Arizona, eingeladen worden. Wisniaski hatte sie ins Herz geschlossen. Sie hatten sich gemeinsam betrunken und miteinander ein paar frigiden Kolleginnen der NSA den Hof gemacht.

– Du auch? Das glaub ich nicht.

– Tatsächlich hatte er immer mehr Erfolg. Wie dem auch sei ... Wisniaski sagte, *Re-building* sei das insgeheime Meisterwerk der jetzigen Welt.

– Das halte ich für etwas übertrieben, du nicht?

– In einem gewissen Rahmen hatte er recht. Das Prinzip bestand in dem genauen Gegenteil dessen, was sie uns immer beigebracht haben.

– Und zwar?

– Und zwar ... dass der Staat sich im Geheimen verteidigt und geschützt. Wisniaski sagte, das seien lauter Dummheiten. Geheimnisse sind durchaus keine Geheimnisse und werden am besten geschützt, wenn ... und stell dir vor, was ich empfunden habe, als ich Jahre später denselben Satz vom Chef des KGB gehört habe ...

– Wisniaski war ein Spion?

– Ganz im Gegenteil. Er war einer mit Weitblick. Man muss immer die Wahrheit sagen, sagte er. Vor allem den Feinden.

Der Trick bestand darin, auszuwählen, welchem Feind man die Aufgabe anvertraute, die Wahrheit zu offenbaren. Das auserwählte Subjekt musste die Wahrheit öffentlich machen. Und je bunter, exzentrischer, außergewöhnlicher und unverlässiger das ausgewählte Subjekt war, desto geringer waren die Chancen, dass die Wahrheit als Wahrheit erkannt wurde. Das war es. Man musste die

Wahrheit so lange entkräften, bis sie zu einer der vielen urbanen Legenden verkommen war.

– Mythenbildung, verstehst du? Schamanismus. Das ist die Grundlage von allem.

Re-building war gestartet worden, als alle, die ein bisschen Grips hatten, kapierten, dass es mit dem Kommunismus zu Ende ging. Es war nur noch eine Frage der Zeit. Der Untergang würde ein Vakuum hinterlassen, das gefüllt werden musste. *Big Oil* war zweifellos die entschlossenste und effizienteste Agentur, sie konnte es kaum erwarten, das Zentrum des schamanischen Universums zu besetzen. Der Name war in den Zirkeln von deren Mitarbeitern entstanden. In jüngster Vergangenheit hatten sich ein paar Globalisierungsgegner des Namens bemächtigt. Sie glaubten, etwas herausgefunden zu haben, dabei war es ihnen geschickt suggeriert worden. *Big Oil* war zur Zeit des Vietnam-Kriegs gegründet worden, der eine schmachvolle Niederlage für die herkömmlichen Programmierer gewesen war. *Big Oil* hatte eine drastische Änderung der Strategie beschlossen. An die Stelle der alten siechen Gurus, die Gesetz und Ordnung vertraten, war eine neue Klasse von Strategen getreten. Es war klar, dass Schwarze und Frauen nicht mehr mit den traditionellen Mitteln diszipliniert werden konnten. Dass man etwas Neues erfinden musste. Die Achtundsechziger-Generation hatte begriffen, dass man seiner Zeit voraus sein musste. In den darauf folgenden Jahren hatte *Big Oil* vorausgesagt – oder besser gesagt: programmiert –, dass der Untergang Ende der achtziger Jahre stattfinden sollte. Man musste sich für das Treffen vorbereiten. *Big Oil* wollte die totale und absolute Kontrolle im Namen des Profits. Die souveränen Staaten würden eindeutig eine Krise erleben. Die souveränen Staaten mussten, wo es möglich war, aufgelöst und ersetzt werden, und wo das nicht möglich war, mussten sie integriert und kontrolliert werden.

– Du sprichst wie ein verdammter Globalisierungsgegner, weißt du das, Chef?

– Siehst du? Siehst du? Genau das ist der Beweis, dass sie die Wahrheit sagen. Und wir lassen es zu. Wir oder besser gesagt sie … Jetzt erzähle ich dir den Rest …

11.

Mastino führte den jungen Bullen in das Büro des Kommandanten, und beide begannen ihm aufgeregt, mit sich überschlagenden Stimmen, Dinge zu erzählen, die der Kommandant längst schon wusste.
– Lupo weiß von Ihnen, Kommandant.
– Der Anarchist lebt, der Hurensohn!
– Lupo hält seine schützende Hand über ihn.
– Er beschützt Dantinis Mörder.
– Ich bringe ihn eigenhändig um, Chef.
Er verabschiedete sie mit wenigen Worten und einer brüsken Geste: Beruhigt euch, man hatte bereits für alles gesorgt. Lupo war unberührbar. Die Erinnerungen häuften sich. Heroische Zeiten, als er und Lupo auf ein- und derselben Seite gekämpft hatten. Die *Operation Re-building* ... die Mutter der jetzigen Welt. Mitte der Siebzigerjahre hatte *Big Oil* begonnen, die Nachricht zu verbreiten. Der Begriff „multinational" war aufgebracht worden. Man hatte Kontakt mit Intellektuellen aus allen westlichen Demokratien aufgenommen. In den größten europäischen Hauptstädten waren Zentren aufgebaut worden. Europa war zwar die Schwachstelle, aber noch immer reich genug, um mitzureden zu können. Was Italien anbelangte, so waren die Kontakte über Paris gelaufen. Das hatte Wisniaski all seinen italienischen Schülern gesagt, bei einem abendlichen Treffen bei Wodka und Kaviar, bei dem auch die Abmachung getroffen wurde.
– Wir haben unsere Strategie einer gewissen Anzahl von Individuen dargelegt, die über einen großen Scharfsinn verfügen – es hätte nämlich keinen Sinn gehabt, versteht ihr, Energie für eine ge-

wöhnliches Manöver zu verschwenden ... *l'intendance suivra* ... „der Nachschub folgt" ... sobald die Prämissen klar waren ... damit wir uns verstehen: *Big Oil* sollte mit allen Mitteln die Situation beherrschen ... und die Staaten auflösen, wo dies notwendig war, und sie integrieren, wo die Sachlage etwas komplexer war ... danach haben wir sie überzeugt, dass es im Rahmen der Demokratie keine anderen Möglichkeiten gab. Es war ein irreversibler Prozess. Die Mauer würde fallen, und der Fall der Mauer würde jede utopische Vorstellung zunichtemachen, dass man die Welt den immergleichen Regeln entziehen könnte. Der zweite Schritt ist gewissermaßen von allein gekommen. Einige der von uns ausgewählten Elemente haben ihrerseits die Strategie öffentlich gemacht, mit immer tiefer werdenden Sorgenfalten. Natürlich ist diese Form von Verbreitung auf Universitätskreise, Seminare usw. beschränkt geblieben. Ein winziges, aber entschlossenes Elitegrüppchen ist zur Aktion geschritten ...

Ausgerechnet Lupo hatte das Thema bewaffneter Kampf angeschnitten. Der Professor hatte zufrieden gelächelt.

– *Of course*, mein Freund, *of course*. Die Propaganda der terroristischen Organisationen war unser bester Verbündeter. Wenn nicht gar ein echtes Meisterwerk. Erinnert ihr euch, als die Jugendlichen vom ISK sprachen? Imperialistischer Staat der Konzerne ... Sie glaubten, die Geheimformel der Macht gefunden zu haben. Aber wir haben sie ihnen suggeriert. Sie haben schöne Werbung für uns gemacht.

– Mit einem Wort, Professor: die Wahrheit von den anderen verbreiten lassen, und zwar von unglaubwürdigen Subjekten, zulassen, dass sich die Propheten in den Augen aller in Propheten des Unglücks verwandeln, und schließlich die Früchte ernten ..

– Ja. Das Richtige falsch zu sagen ist viel schlimmer als das Falsche richtig zu sagen. Das ist alles. Mythenbildung, um der griechischen Weisheit, von der wir alle abstammen, Ehre zu erweisen.

Allerdings, sagte der Kommandant abschließend, gäbe es kein Dogma, aufgrund dessen Lupo unberührbar sei. Und wenn wir –

um bei der griechischen Mythologie zu bleiben – Götter sind, was wir zweifellos sind, ist Lupo dieser Hurensohn Prometheus. Deshalb beschränkte sich die Frage mehr oder weniger auf zwei Punkte: man musste einen Felsen finden, an den man ihn fesseln konnte, und einen Adler, der seine Leber auffraß.

12.

Mythenbildung, so ein Blödsinn, schrie Lupo. Sie sind nichts anderes als eine Bande von korrupten Mördern, Kriegstreibern, Todeshändlern ... Und wenn es keinen Krieg gibt, erfinden sie einen ... Eines Tages lasse ich die ganze Sache auffliegen, ich schwöre es dir, Daria, ich habe genug von diesen Geschichten ...

Sie waren unterhalb des Appartmenthauses angelangt. Daria hatte ihn noch nie so aufgeregt erlebt. Betrunken, könnte man beinahe sagen.

– Komm, gehen wir rauf, sagte sie zu ihm und legte ihm eine Hand auf den Arm,

du legst dich hin, ich mache uns einen schönen Kamillentee ...

Lupo begann zu lachen. Auch sie lachte. Einen Kamillentee! Als Verführerin war sie gewiss eine Katastrophe. Dennoch, nachdem er ihr so großes Vertrauen geschenkt hatte, nachdem er ihr so nahe gewesen war wie noch nie, war der Gedanke .... mit ihm ins Bett zu gehen, so stark wie nie zuvor. Ja. Mit ihm ins Bett gehen. Sich wild lieben. Ficken.

– Ich möchte mit dir zusammen sein, flüsterte sie ihm zu und küsste ihn aufs Ohr.

Lupo schüttelte sich, als ob er plötzlich aus einem Albtraum aufwachte.

– Ich glaube, ich habe es heute Abend an Selbstkontrolle fehlen lassen. Natürlich zähle ich auf deine absolute Diskretion. Gute Nacht.

Daria stieg in den Lift und verfluchte Lupo, die Sizilianer, die Männer, sich selbst, die ganze Welt. Es an Selbstkontrolle fehlen lassen ... nein, für diesen Mann gab es keine Hoffnung. Was floss in seinen Adern? Blut oder gefrorenes Quecksilber? Ein kleines Bürgersöhnchen, genau das war Lupo. Ein verdammtes kleines Bürgersöhnchen, das Geheimkrieg spielte und ... Sie war so wütend, dass sie nicht einmal bemerkte, dass die Tür offen war und dass jemand mitten in ihrer zertrümmerten Wohnung auf sie wartete.

Achter Teil

Vorhang!

1.

Der Typ mit den weißen Haaren und den grauen Augen hieß Serge Manciotti. Er war doppelt so alt wie Guido, zeichnete Comics und war der anerkannte Patriarch der Jungs von Belleville. Sein Großvater, ein antifaschistischer Eisenbahner, war 1927 emigriert. In Nizza hatte er eine Zeit lang mit Sandro Pertini auf dem Bau gearbeitet. Als sich das Gerücht verbreitete, dass der Italiener einen gewissen Didier suchte, hatte Serge beschlossen einzugreifen. Guido hatte nur einen Teil der Geschichte erzählt und die unwirklich klingenden Details ausgespart.

– Ich bin ein Genosse aus Rom. Vor gewisser Zeit habe ich ein Mädchen, Rossana, und diesen Didier, einen Schwulen, kennengelernt. Sie ist … verschwunden. Didier ist der einzige Anhaltspunkt, den ich habe. Ich möchte sie wieder finden, weil …

– Wo habt ihr euch kennengelernt?

– In Rom, im Argentoivivo.

– Und du kennst nicht einmal ihren Nachnamen?

– Nein.

– Warum sollte ich dir glauben? Du könntest auch ein Provokateur sein, ein verkleideter Flick …

– Ich weiß nicht, was ich dir sagen soll.

– Sehr gut, sag lieber nichts. Wenn du es ernst meinst, viel Glück! Und wenn nicht, *merde!*

Wie aufgrund einer stillschweigenden Übereinkunft trafen sie sich am Abend darauf am selben Ort: in der Bellevilleuse, dem uralten Treffpunkt der Eisenbahner.

– Wenn Didier wirklich ein Anarchist ist, erklärte Serge und schob ihn zum Ausgang, ist die Bellevilleuse nicht der richtige Ort.

– Ich weiß nicht, ob er ein Anarchist ist, ich weiß nur, dass …

– Belleville ist nämlich eine Insel, die aus vielen kleinen Inseln besteht … in die Bellevilleuse kommen Kommunisten und Bobos, die *bourgeois bohémiens* … du weißt schon, die Jungs aus guter Familie, die gern Revolution spielen … die Anarchisten sind hundert Meter weiter weg zu Hause, in der Espace Louise Michel … du weißt doch, wer die Genossin Louise war, oder?

– Ja, ich habe auch die Geschichte der *Commune* studiert.

– *Bien*. Es wäre besser gewesen, wenn auch ihr Italiener eine Commune gehabt hättet, aber …

Unter dem Schutz von Serge erforschte er kleine Plätze, stieg enge Treppen empor, trank Bier mit kurzgeschorenen Mädchen und Arabern mit leidendem Blick, träumte mit offenen Augen zur Musik eines Zigeuner-Trios, riss ein Hundebaby in die Höhe, das beinahe unter den Rädern eines *motard* gelandet wäre. Überall dieselbe Antwort: *rien de rien*.

– Warum hast du beschlossen, mir zu helfen, Serge?, fragte ihn Guido schließlich.

Serge, der ihn zu Youssouf begleitet hatte, zündete sich einen *pétard* an und machte eine vage Geste.

– Deine Geschichte ist an allen Stellen undicht. Sagen wir, mich erregt die Vorstellung, einen Abend mit einem lebenden Toten zu verbringen, Genosse San Piero Colonna …

Guido nahm den Kopf zwischen die Hände. Instinktiv blickte er um sich, als würde er einen Fluchtweg suchen. Serge machte noch einen Zug, dann reichte er ihm den Joint.

– Das nächste Mal erwähnst du lieber nicht den Argentovivo-Zirkel. Ich habe nur ein paar Anrufe machen müssen, um das alles in Erfahrung zu bringen. Und dein Freund Flavio hat ein viel zu loses Mundwerk.

– Ich weiß, es klingt unglaubwürdig, aber … es war genau so.

– Ja, schon gut, Geheimdienst und was sonst noch … das wahre Geheimnis ist: warum kapierst du noch immer nicht, dass sie dich … wie sagt man … hineingezogen haben.

– Das sagt auch der Bulle, aber ich glaube ihm nicht.

– Solltest du aber. Ich hasse, es zugeben zu müssen … willst du den ganzen Joint allein rauchen? Danke … wie ich schon sagte: ich hasse es, zugeben zu müssen, aber der Polizist hat recht. Dieses Mädchen stinkt, mein Freund. Dein Freak stinkt.

– Warum bist du dir da so sicher?

– Gespenster. Die beiden sind Gespenster. Seit dreißig Jahren laufe ich in diesem Viertel herum und kümmere mich um Idioten wie dich, die in Schwierigkeiten geraten sind. Alle eure Ideen über die direkte Aktion und die Ekstase der Tat sind ein Hohn auf die Anarchie … du glaubst also, ich wüsste nicht, wenn ein Typ wie Didier hier herumliefe? Aber ich weiß von gar nichts. Dein Freund stinkt also. Denk mal darüber nach. Und mach endlich 'nen Zug.

– Und was sollte ich deiner Meinung nach tun, Serge?

– Ich finde einen Job für dich. Leg ein wenig Geld beiseite, ein Dokument werden wir schon auftreiben … dann verziehst du dich an irgendeinen sicheren Ort … nicht in Paris, Paris ist nicht mehr so wie es früher einmal war. Das Mitterrand-Gesetz ist mittlerweile Schnee von gestern.

– Wenn es wirklich so ist, wie du sagst, Serge, hat sie mir das Leben geraubt. Verstehst du das?

Serge zuckte mit den Achseln. Wenn er auch nur ein Fünkchen Verstand gehabt hätte, hätte er ihn seinem Schicksal überlassen. Ja, er hätte ihn fallen lassen sollen. Aber trotz der vielen Jahre und der Niederlagen, trotz allem überlebte in ihm noch immer die alte und ironische Solidarität, aufgrund derer sich die Verzweifelten, die Hoffnungslosen, die Träumer aus aller Herren Länder auf den ersten Blick erkannten. Er würde ihm helfen. Vielleicht mit einem kleinen Trick.

– Du hast gesagt, dass Didier schwul ist, nicht wahr?
– Ja, sah so aus.
– Gut. Morgen Abend ziehst du was Auffälliges an. Wir treiben uns in den kleinen Lokalen in der Nähe der Bastille rum, in die nur Männer reindürfen.
– Wie ein altes schwules Paar?
– Das „schwul" verzeihe ich dir, aber wenn du mich noch mal als alt bezeichnest, schlag ich dir die Fresse ein!

2.

Marco hatte die Wohnung zertrümmert. Nicht einmal eine Nippesfigur war der WUT entkommen. Mit kalter Gelassenheit ertrug Daria seinen hasserfüllten Blick.
– Wie bist du hereingekommen?
– Vergiss nicht, ich bin Polizist.
– Vielleicht warst du mal einer. Jetzt bist du der Knecht des Kommandanten.
– Du solltest lieber nicht von Knechten sprechen. Dein Bulle, der Kaffer aus dem Süden, hält seine schützende Hand über den Anarchisten. Dantinis Mörder. Ich weiß alles.

Daria bückte sich, um in dem Schutthaufen etwas zu suchen. Sie fand die Dienstpistole, die zweiläufige Beretta, entsicherte sie, dann erhob sie sich und zielte.
– Und jetzt hau bitte ab.
Marco lachte.
– Nein, dich nicht. Dich würde ich nie angreifen, Daria. Steck diese verdammte Pistole ein und erklär mir nur eines: warum?

In diesem Augenblick läutete jemand von unten aus der Portiersloge. Daria ging zur Gegensprechanlage, ohne ihn aus den Augen zu lassen.
– Alles in Ordnung, danke, tut mir leid wegen des Lärms. Wir räumen gerade ein wenig auf. Danke.

Marco schaute sie weiterhin finster an. Wie hatte sie sich nur in so einen verlieben können? Hatte Lupo vielleicht doch recht? Ein Fall für den Psychoanalytiker ... Die Mischung aus Mutterinstinkt und Erregung angesichts dieses fast noch jungenhaften Körpers, der von einem Netz aus Narben und Wunden überzogen war, war tatsächlich ein Fall für den Psychiater. Sie erinnerte sich daran, wie sie ihn behandelt hatte, wochenlang, zweimal am Tag. Wie sie Desinfektionsmittel aufgetragen, ihn mit Salben eingerieben, ihn mit Mullbinden und Pflastern verbunden hatte. Er hatte sie machen lassen, wortlos. Von Anfang an hatten sie nur ganz wenig miteinander gesprochen, als ob sie tatsächlich die Krankenschwester und er der Patient gewesen wäre, zwei Unbekannte, die von ihren jeweiligen Rollen zu diesen intimen Gesten gezwungen wurden. Marco ging es immer besser, war schon wieder auf den Beinen, aber wenn sie kam, zog er sich aus und legte sich ins Bett, um sich behandeln zu lassen. Nach ein paar Wochen gab es nicht mehr viel zu behandeln, aber das Ritual wurde trotzdem zweimal am Tag vollzogen. Bis Marco eines Abends Darias Hand nahm und sie auf sein Geschlecht legte. Warm und hart lag es in ihrer Hand, und sie hatte zugedrückt. Von nun liebten sie sich zu den Zeiten, an denen sonst die Behandlungen stattgefunden hatten, früh am Morgen, bevor Daria wegging, und wenn sie nach Hause kam, vor dem Abendessen. Wenn sie dienstfrei hatte, kaufte sie eine Flasche Champagner, bevor sie nach Hause ging. Sie tranken sie im Bett, aßen Polenta, schauten fern, liebten sich. Ein Fall für den Psychiater, diese verrückte Liebe zu einem, der fast ihr Sohn hätte sein können, der nur sprach, wenn er Hunger hatte, sie fickte wie ein Tier und ein Hakenkreuz-Tattoo auf der Brust hatte.

Daria suchte die grüne Flügelmappe. Sie lag ganz oben auf einem Haufen von zufällig hingeworfenen Papieren. Sie nahm sie und warf sie Marco zu.

– Nimm das und geh. Da steht alles drinnen.

3.

Alissa rief Didier an.
– Der Junge lebt. Er sucht dich in Paris. Triff ihn und lass ihn verschwinden.

Didier protestierte. Sie hatte das Schlamassel verursacht, also sollte sie die Suppe gefälligst selbst auslöffeln. Alissa gab nicht nach. Didier lief zu seinem unmittelbaren Vorgesetzten in einem anonymen Wohnhaus in der Rue de Rennes und legte Protest ein.

– Nichts zu machen. Befehl ist Befehl.
– Aber der sucht einen Schwulen.
– Dann spiel einen Schwulen. Angeblich machst du das recht gut.
– Aber was hat das damit zu tun? In Rom oder in Berlin einen Schwulen zu spielen … ist etwas ganz anderes als hier in Paris, wo ich zu Hause bin … bitte, Chef …

Alles umsonst. Diese Schwulengeschichte schien ein Markenzeichen zu werden, das er nicht mehr loswerden konnte. Didier hieß nicht wirklich Didier, sondern Oisin, und er war überhaupt nicht schwul. Er war der Sohn von Separatisten aus der Bretagne, zwei armen Teufeln, die ihr halbes Leben damit vergeudet hatten, Komplotte zu schmieden, die die schrecklichen Gallier von dem heiligen Boden vertreiben sollten, und die jetzt in einem Touristendorf in der Nähe von Quiberon Excalibur-Schwerter aus Blech und Merlin-Hüte verkauften. Sein Nachname lautete Elschner, was ihm noch dazu die antisemitischen Witze der dümmsten Kameraden eingetragen hatte, aber in der Spezialeinheit hatten sie ihn mit offenen Armen aufgenommen. Sie hatten ihn in der ganzen Welt als Schwulen herumgeschickt. Da er ein hübscher Junge war und im Fall des Falles höflich sein konnte, dachten die Chefs, dass er womöglich eine Zukunft als Infiltrator hatte. Als sie ihn unter dem Vorwand eines Stipendiums nach Rom schickten, fragte er sich, ob das alles vielleicht Teil einer Strafe war. Vielleicht war er, ohne es bemerkt zu haben, irgendeinem großen Tier auf die Zehen gestiegen. Wie sonst war ein derart rücksichtsloses Vorgehen gegen einen Halbschwergewicht-Champion in Taekwondo zu erklären? In Rom hatte er die Stimmung in ein paar Schwulenkreisen angeheizt, indem er radikale Ansichten verbreitet hatte – Schneiden wir den Heteros den Schwanz ab! Heiraten wir in Form von schwarzen Messen auf der Straße und ficken wir danach alle im Zug, derartiges Zeug – sodass den anständigen Bürgern sogar die physische Nähe zum friedlichsten Schwulen verleidet wurde. Eine richtige Schnapsidee seiner Meinung nach. Denn ein gesunder Mensch verspürte ohnehin einen gesunden Hass auf die Perversen. Und was die Sympathisanten der *pédés* anbelangte: nun, je früher man damit begann, ein wenig aufzuräumen, desto besser. Eines Tages hatten sie ihn endlich in die Heimat zurückgeschickt. Zurück in Paris bedauerte er bloß, dass er Alissa, die kleine Hure, nicht ficken hatte dürfen.

„Hast du deine Hände im Zaum gehalten? Bravo, du hast dir die Haut gerettet", hatte sein Vorgesetzter gesagt und ihm erklärt, wer der Kommandant war.

Didier, der sich jetzt wieder Oisin nannte, hatte sein normales Leben wieder aufgenommen. Fitnessstudio. Mädchen und reifere Damen, die nicht allzu zimperlich waren, Waffenübungen und Strafexpeditionen gegen Elemente, die das Zusammenleben der Pariser Bürger störten. Er war gerade drauf und dran, eine Ansiedlung von illegalen Einwanderern aus Ghana hopszunehmen – beobachten, überwachen, entschieden eingreifen, Frauen und Kinder verschonen, um sich das Gejammer der Radikalen und der Kommunisten zu ersparen –, da schickten sie ihn wieder los, den Schwulen zu spielen. Was für ein Scheißleben!

4.

Am Tag nachdem Lupo ihr vertrauliche Dinge erzählt und Marco ihre Wohnung zertrümmert hatte, zwang sich Daria, ihrem Chef gegenüber kalt und gelassen zu sein. Aber als Lupo ihr mit hängenden Ohren und dunklen Augenringen – wie jemand, der den Alkohol nicht gewöhnt ist – erzählte, dass Doktor Fera umgebracht worden war, lösten sich ihre Vorsätze augenblicklich in Luft auf. Und sie war wieder einmal bereit, einem trostbedürftigen Mann ihre Schulter anzubieten.

– Aber wie? Und warum?

– Ein Auto, das Fahrerflucht begangen hat.

– Es ist meine Schuld, seufzte Daria. Und sie erzählte ihm von der Begegnung mit Marco.

– Freispruch, seufzte Lupo betrübt. – Sie haben die Fotos gesehen. Sie wissen, dass der Junge lebt und dass ich ihn ihnen weggeschnappt habe. Alles was dein kräftiger Ex-Schützling sagen oder tun kann, hat von nun an keinen Sinn mehr.

– Aber warum haben sie Fera getötet? Sie wussten doch, dass er niemals gesprochen hätte.

– Weil sie dumm und brutal sind und weil sie sich auf ihre Brutalität was einbilden. Es ist eine Frage der Methode. Es ist in ihrer DNS eingeschrieben. Eine Klasse von Robotern erschaffen, die keine Fragen stellen und jeden Befehl ausführen. Sie haben dieselbe Logik wie jene Truppen, die die Leichen der ermordeten Feinde herumliegen lassen. Als Warnung nach außen. Als Bestätigung nach innen. Das ist die Form, die die Angst annimmt, ihr Kontrollinstrument. Unserer Logik zufolge hat Feras Tod keinen Sinn. Für sie jedoch schon …

– Solche Leute sollten nicht frei herumlaufen.
– Solche Leute sollten gar nicht auf der Welt sein, meine Liebe.
– Und warum halten wir sie nicht augenblicklich auf? Warum veröffentlichen wir nicht die Fakten, informieren die Richter, fordern eine Untersuchung …

Angesichts ihrer vibrierenden Stimme war Lupo ganz klein geworden.

– Ich habe auch meine Grenzen. Und wem würde es was nutzen? Solange wir nicht wissen, was sie vorhaben, hat es keinen Sinn einzugreifen.
– Und wenn wir hier sitzen bleiben, mit den Händen im Schoß. Sollen wir darauf warten, dass sie zuschlagen? Dass sie auch den Jungen, Guido, umbringen?
– Nein. Der kommt schon durch. Er gehört zur Kategorie der Glückspilze. Ich halte es mit Napoleon, meine Liebe: lieber ein General, der chaotisch ist und Glück hat, als einer, der tüchtig und unfähig ist.
– Aber wenn die Geschichte eines Tages doch vor dem Richter landen sollte, könnte seine Aussage wertvoll sein.
– Ich habe das Gefühl, dass diese Geschichte nie vor den Richtern landen wird.
– Aber irgendetwas müssen wir doch tun, oder nicht?
– Ja, warten.

Daria gab nicht nach. Aber alle ihre Ideen wurden von Lupo unweigerlich für untauglich erklärt.

– Lassen wir sie beschatten.
– Sie kennen uns alle, jeden einzelnen. Das würde nicht funktionieren.
– Wanzen?
– Wir kaufen bei denselben Firmen ein. Innerhalb einer halben Stunde würden sie es wissen.
– Unterwandern?

– Dagegen spricht dasselbe wie gegen das Beschatten. Der einzige, der uns hätte helfen können, war ausgerechnet dein Hormonbündel, aber wie es scheint, beherrscht der Kommandant die Kunst der Verführung besser als du …

Daria zuckte mit den Achseln, verzweifelt. Warum gefielen ihr nur Männer, die unausstehlich waren?

5.

Der Kommandant sagte zu Mastino, dass der neue Junge nicht eingeladen war. Sie trafen sich im Lager. Der Kommandant überprüfte höchstpersönlich den Waffenbestand und Refats Zustand. Der Araber schlief, von Drogen betäubt, gefesselt in einem Gitterbett. Der Kommandant verkündete, dass die Aktion für die folgende Nacht geplant war.

– Ich möchte, dass ihr alle fit seid für den großen Ball.

Sie nahmen Habtachtstellung an, in wilder Erregung. Der Kommandant lächelte. Der Kommandant hatte seine Zustimmung gegeben.

– Noch etwas sollt ihr wissen, sagte er, nachdem er sich des Längeren über einige technische Details der Operation ausgelassen hatte. – Das alles wird echter wirken, wenn nicht nur die Bösen, sondern auch einer von den Guten auf der Strecke bleibt ...

Sie warfen sich einen beunruhigten, ängstlichen Blick zu. Der Kommandant seufzte.

– Ein Querschläger wird den Jungen treffen.

Mastino protestierte schwach. Marco war einer von ihnen. Er war loyal. Er hatte dieselben Ideen wie sie. Er hatte dieselben Risiken auf sich genommen wie sie. Warum sollte man jemanden opfern, der so vertrauenswürdig war? Der Kommandant betrachtete seine Männer mit hochmütigem Blick.

– Wir machen einen Helden aus ihm. Gibt es eine größere Anerkennung für seine Loyalität? Will noch jemand mit mir über meine Befehle diskutieren?

Alle senkten den Kopf. Mit einem Schauer stellte Mastino fest, dass es zum Teil seine Schuld war. Er hätte strenger mit dem Jungen sein sollen. Ihn besser beschützen. Alle, die mit Alissa ins Bett gingen, zahlten irgendwann drauf. Wobei nicht ganz klar war, ob ihnen kurz vor der Exekution noch ein exquisites Vergnügen gewährt wurde, oder ob der Kommandant hinter der eiskalten Maske ein Mann wie jeder andere war. Eifersüchtig auf seine Frau, fähig, sie zu manipulieren und für seine Zwecke zu benutzen, aber doch insgeheim leidend.

– Noch etwas, sagte der Kommandant, bevor er die Versammlung verließ. – Der Araber. Ich möchte, dass er gewaschen und ordentlich gekleidet wird. Schicken wir ihn ins Jenseits, wie es sich gehört, er hat es verdient.

6.

Nachdem Marco Darias Dossier gelesen hatte, lief er zu Alissa. Diese Seiten beschrieben die Nacht, die schwärzer war als die Unendlichkeit. Sogar die WUT hatte sich darin verirrt. Und jetzt schwieg sie, verblüfft, verängstigt. In der Villa des Kommandanten achtete niemand auf ihn. Mittlerweile war er ein bekanntes Gesicht. Er ging durch den Rosengarten und erwiderte den mildtätigen Gruß der indischen Gärtner. Hinter der Hecke, die den Pool umgab, blieb er stehen. Alissa, die einen winzigen Tanga trug, der kaum das Tattoo verdeckte, genoss mit geschlossenen Augen die letzten Strahlen der Oktobersonne. Etwas weiter hinten saß Taxi, in einem gelben Kaftan. Marco erstarrte. Dann ging er weiter, er versuchte alle Kräfte seines Hirns zu mobilisieren, das an Denken nicht gewöhnt war. Alissa kam ihm nach und hängte sich bei ihm ein.

– Es ist besser, wenn wir jetzt darüber sprechen. Flucht ist keine Lösung, meinst du nicht?

In einem großen Schlafzimmer, das ihn an die Suite im Russie erinnerte, ließ sie den Bademantel fallen und rieb sich an ihm. Sie. Dantinis Mörderin.

Marco packte ihren Hals mit den Händen. Sie schloss die Augen. Er drückte zu. Sie stöhnte und griff nach seinem Geschlecht. Marco drückte immer fester und fester. Als er sie endlich losließ, hatte sie beinahe schon zu atmen aufgehört. Alissa rang nach Atem, wobei sie einen merkwürdigen Zischlaut von sich gab. Als hätte ein elektrischer Schlag sie getroffen.

– Ich mag das. Ich mag das sogar sehr. Mach es noch einmal.

– Nein, ich habe genug von deinen Spielchen.

– Was weißt du über die ganze Geschichte?
– Alles außer den Details.
Sie zündete sich eine Zigarette an. Marco setzte sich neben sie, wobei er achtgab, sie nicht zu berühren.
– Wir sind aus demselben Holz geschnitzt, Marco. Ich erkenne meine Artgenossen. Ich habe dich sofort gespürt. Du hast Krieg geführt, irgendeinen, egal weswegen und gegen wen ... dann ...
– Dann?
– Dann hast du aufgehört zu kämpfen. Aber du trägst den Krieg in dir. Der Krieg ist eine Lebensweise.
– Ich nenne sie WUT.
– Das ist dasselbe.
Sie hatte den Krieg in Knin kennengelernt, in der serbischen Krajina. Ihr Vater unterrichtete Atomphysik an der Universität Zagreb, ihre Mutter war Violinistin. Sie hatte auch einen Bruder, der die Geschwindigkeit zu sehr liebte. Er hatte sich mit seinem funkelnagelneuen Motorrad umgebracht. Um ihn hatte sie an diesem Abend geweint. Alissa war fünfzehn, als der Krieg in ihre Heimat gelangte. Sie hatten sich sicher gefühlt, beschützt von den internationalen Verträgen. Sie glaubten nicht, dass die Kroaten tatsächlich angreifen würden. Sie konnten sich nicht vorstellen, dass Nachbarn oder Schulfreunde ihre Mörder werden würden. Am Tag des Massakers, als die Kroaten die *Operation Sturm* begonnen hatten, war ihre Mutter deportiert worden. Der Vater hatte versucht, sie zu retten. Wenigstens sie.
– Er fand ein Versteck, eine Höhle, in der Tiere gehalten wurden. Aber er war verwundet, in seiner Hüfte steckte eine Kugel, wenn man ihn ins Krankenhaus gebracht hätte, hätte er überlebt. Aber wir waren in einer Höhle, ich war ein kleines Mädchen und hatte furchtbare Angst. Er muss gelitten haben wie ein Hund, er wurde immer kälter, er verblutete, aber es dauerte schrecklich lang. Er brauchte absurd lang, um zu sterben, aber er klagte nicht, er wollte mich nicht noch mehr erschrecken. Ich habe mir immer ge-

wünscht, dass er schon tot war, als sie kamen. Dass er nicht gehört und gesehen hat ... Sie waren zu fünft, der Rest einer versprengten Truppe ... besoffen, blutbespritzt. Sie haben mir die Kleider vom Leib gerissen und mich vergewaltigt. Ich erinnere mich an alles, an jedes Detail, an den Geruch, die Hände auf meinem Körper, den Speichel und das Sperma. Es ist nicht wahr, dass man ohnmächtig wird oder nicht mehr begreift, was los ist. Ich nicht. Und es stimmt auch nicht, dass man alles verdrängt, alles auslöscht. Ich nicht. Es hat nicht lange gedauert, nicht länger als eine Viertelstunde. Eine Ewigkeit.

Dann war der Kommandant gekommen.

– Er hörte meine Schreie. Er kam in die Höhle gelaufen, sagte etwas zu den Schweinen, aber die gaben keine Antwort. Da begann er zu schießen. Der Letzte ist auf mir liegend gestorben, Blut lief aus seinem Mund. Ich habe noch immer den Geruch des Blutes in der Nase, ich werde ihn nie vergessen. Der Kommandant wickelte mich in seine Jacke und nahm mich auf den Arm ...

Alissa lächelte. Ein zärtliches, entschiedenes Lächeln. Das Lächeln des Todes.

– Danach hat er mir erklärt, dass das seine Männer waren. Er hat seine Männer umgebracht, um mich zu retten. Verstehst du? Seit diesem Tag gehöre ich ihm. Ich bin ein Teil von ihm, eine seiner Gliedmaßen. Wie ein Bein oder ein Arm. Er setzt mich ein, wie es ihm beliebt. Er befiehlt, ich gehorche. Für ihn habe ich gelernt zu kämpfen, zu lügen, meinen Körper als Waffe zu benutzen.

– Auch bei mir?

– Nein, antwortete sie und streichelte sein Gesicht, bei dir gab es keinen Grund, du bist einer der unseren. Ich habe dir nur einen kleinen Schubs gegeben, am Anfang, damit du den Sprung gewagt hast.

– Taxi.

– Sie oder ich ... aber im Grunde war es nicht einmal notwendig ... du hast den Neger umgebracht, wie mir scheint. Du hast alles allein gemacht. Mit deinen Händen ... es war vorherbestimmt, Marco. Du bist wie ich, wie wir ... ein Soldat ... und wirst es immer sein ...

– Ein Soldat, wiederholte Alissa, kein Söldner. Der Kommandant ist kein Söldner. Und auch ich bin keine Söldnerin. Auch wenn man bei der Arbeit in einem Bordell Informationen sammeln kann.

– Jeder spielt eine Rolle in diesem Krieg, Marco. Du, ich, Evelina, Taxi ... Typen wie Lupo wollen die Welt dem Chaos und der Anarchie überlassen. Wir wollen eine geordnete Welt, wo alles an seinem Platz ist. Wir wollen Hierarchie, Marco, Ordnung, die das Chaos besiegt.

Später stieß Marco zu den anderen im Blu Notte. Mastino nahm ihn zur Seite und steckte ihm zwei Kokstütchen zu.

– Das ist für morgen. Das ist mein persönliches Geschenk. Ich möchte, dass du dich vergnügst, dass du vögelst wie ein Stier, dass du an nichts denkst, nur an dein Vergnügen ... Morgen setzen wir unser Leben aufs Spiel, mein Junge, das könnte unsere letzte schöne Nacht sein!

Alle waren da, vom Kommandanten bis zum letzten Rekruten. Ihre aufgetakelten und willigen Frauen, die Mächtigen, die um sie herum scharwenzelten, die Handlanger, die wie unter Strom standen. Marco fühlte sich plötzlich als Fremdkörper. Die WUT hatte wieder zu pulsieren begonnen, wild und blutrünstig. Die Ordnung und die Hierarchie, an die er glaubte, wurden also mit Morden und Besuchen im Bordell hergestellt? Du hast die richtige Wahl getroffen, hatte Alissa zu ihm gesagt. Weil du bist wie wir. Marco ging weg, kehrte dem Fest den Rücken. Erst jetzt begriff er – endlich –, was zu tun war.

7.

Didier hatte versucht, sich wenigstens den dreckigen Teil der *affaire pedé* zu ersparen, indem er seine Kontakte im Milieu der Roten alarmierte. Einer der zahlreichen Spione in der sogenannten Bewegung informierte ihn, dass es tatsächlich einen merkwürdigen Typen gab, der sich nach einem französischen Schwulen erkundigte, den er in Rom kennengelernt hatte. Nach Belleville konnte er nicht gehen, daran war gar nicht zu denken. Man hätte ihn sofort erkannt. Die Genossen rochen bereits den Braten, und ein räudiger Hund, ein alter Anarchist, Serge, der Comiczeichner, hatte zur Achtsamkeit aufgerufen. Also blieb ihm nichts anderes übrig, als sich wieder zu verkleiden und auf die Pirsch zu gehen. Er war bereits seit drei Tagen in den kleinen Lokalen um die Bastille unterwegs und er war gerade drauf und dran, einer Schwuchtel aus dem Elsass, die ihm *Tourne-toi e ta vie change* ins Ohr trällerte, ein Glas Bas Armagnac ins Gesicht zu schütten, als er plötzlich den Jungen erkannte. Sie hatten einen Blick gewechselt. Didier war sich sicher, dass der Junge ihn erkannt hatte. Aber anstatt auf ihn zuzukommen, war er merkwürdigerweise mit dem hageren Typen mit den weißen Haaren und dem entschlossenen Blick weggegangen. Das war wohl dieser Serge, der Anarchist alten Schlags. Didier ging ihnen nach. Leider folgte ihm auch die Schwuchtel aus dem Elsass. Mit zwei Faustschlägen rückte er ihr den Kopf zurecht, in einer Gasse, die nur einen Katzensprung vom Boulevard Beaumarchais entfernt war, doch in der Zwischenzeit hatten die Verfolgten sich verflüchtigt. Aber es war offensichtlich, dass sie ihm nicht trauten.

Am Abend darauf wiederholte sich die Szene, und diesmal stellte Didier fest, dass im Lokal auch andere eigenartige Figuren saßen. Durch seinen Umgang mit Schwulen hatte er ein gewisses Talent entwickelt. Zwei Typen beobachteten alle seine Bewegungen, und die waren genauso schwul wie er. Also gar nicht. Eindeutig, man hatte ihn erkannt. Sie beobachteten ihn, sie warteten auf eine falsche Bewegung. Es war an der Zeit, sich aus dem Spiel zurückzuziehen. Noch in dieser Nacht rief er Alissa an.

– Der Junge wird von den Anarchisten aus Belleville beschützt. Das bedeutet dicke Luft. Du musst die Sache allein erledigen. Ich erwarte dich in Paris, Mademoiselle.

Bevor er die Angelegenheit als erledigt betrachtete, machte er sich noch einen Spaß daraus, die beiden falschen Schwulen zu massakrieren. Ein kleines Vergnügen musste man sich ja hin und wieder gönnen.

8.

Ein Polizist, der fest an die demokratischen Grundsätze glaubt und der sich gezwungen sieht, eben diese Grundsätze im Dienst tagtäglich über Bord zu werfen, um sie zu verteidigen, müsste eigentlich den Dienst quittieren. Aber wie sagten doch die alten Römer *quid juris?* Welches Gesetz galt angesichts der Tatsache, dass die Grundsätze so sehr manipuliert und in ihr Gegenteil verkehrt wurden, dass das Überleben der Demokratie gefährdet war?

Immer wenn Lupo versuchte, die zuständigen Politiker zu zwingen, über das Paradox der Toleranz nachzudenken, versanken seine Argumente in einem Sumpf aus Gleichgültigkeit, Skepsis, Angst. Angst, zu viel aufs Spiel zu setzen. Angst, untergraben zu werden, Angst, jemand anderer könnte an ihre Stelle treten … Diese Ängste machten Lupos Netzwerk so schwach, so anfällig für die Querschläge der Feinde. Die Ängste beeinträchtigten sogar die seltenen Triumphe, die sie noch verbuchen konnten. Die aufrechten Demokraten, an deren Seite er operierte, besaßen das angeborene Talent, den Erfolg zunichtezumachen. Daria hatte nicht ganz Unrecht, wenn sie eine augenblickliche Aktion forderte. Seine Sponsoren zögerten. Die Sponsoren des Kommandanten, egal wo sie im Augenblick saßen, in der eigenen Regierung oder im Pentagon, in irgendeiner Geheimloge oder in einem Milizlager, waren da viel, viel entschlossener.

Wie an jedem Morgen läutete der Wecker um sechs Uhr, und Lupo blieb noch einen Augenblick liegen und räkelte sich in den Laken, genoss den magischen Augenblick des Stillstands, der dem Augenblick vorausgeht, in dem der menschliche Dschungel erwacht. Aus dem großen Park der anonymen Villa an der Via Cassia drang schwaches Morgenlicht herein und der dunkle Schrei wie aus einem rauchigen Saxofon, mit dem Charlie Mingus, die Schleiereule, die seit ewigen Zeiten in einer uralten Steineiche hauste, die verdiente Ruhe antrat, nachdem sie die letzte Feldmaus verzehrt hatte.

Es war an der Zeit, zur Tat zu schreiten. Die Tiere der Nacht verabschiedeten sich und zogen sich in ihre feuchten Höhlen zurück, und die elende Menschheit bereitete sich auf einen weiteren Tag sinnlosen Kampfes vor. Lupo betrachtete seine Morgenlatte und fragte sich, ob es eine Beziehung zwischen dem pünktlich wiederkehrenden hydraulischen Phänomen und der Tatsache gab, dass er gerade eben an seine Mitarbeiterin gedacht hatte. Für Lupo war die Morgenlatte eine Art Wunder. Wie ein am Eingang des Dorfes, an der Grenze zur Wüste aufgestelltes Totem, schien ihn sein triumphal aufgerichteter Penis jeden Morgen daran erinnern zu wollen, dass vor dem Erwachen der Schlaf ist, ein Territorium ohne Gesetz und Ordnung. Dieses Niemandsland zwischen dem Instinkt, der seine Nächte beherrschte, und der genauen, unbeugsamen Rationalität, in deren Zeichen seine Tage standen, verschwand allmählich, während er die Morgenrituale ausführte. Duschen, Rasieren, Maniküre, Pediküre.

Er dachte noch immer an Daria. Seit geraumer Zeit dachte er an sie und nicht mehr an die unbestimmte, abstrakte Frau, die früher immer wieder in seiner Phantasie aufgetaucht war. Aber wenn eine konkrete Form an die Stelle einer Abstraktion tritt, wird die Sache gefährlich. Beim Aufwachen hatte er nicht länger das Gefühl, neben irgendeiner unbestimmten Frau zu liegen. Er stellte sich vor, im Bett neben Daria zu liegen und dann mit ihr zu schlafen. Daria. Eine merkwürdige, überhaupt nicht kühle Frau, die – im Gegensatz zu ihm – vielmehr dazu neigte, die Vorteile ihres Singledaseins zu genießen. Eine wertvolle Mitarbeiterin. Niemand wäre es aufgefallen, wenn sie die Rollen getauscht hätten:

Daria am Steuer und er am Ruder. Loyal. Wenn Lupo zum Beispiel beschlossen hätte – und er dachte ernsthaft darüber nach –, sich über das Zögern seines Netzwerks hinwegzusetzen und noch am selben Morgen den Kommandanten und seine Gefolgsleute verhaften zu lassen, hätte sie augenblicklich mitgemacht. Wäre es nicht wunderbar, das Leben mit einer Person zu teilen, die ihm so ähnlich war? Noch dazu wo er ihr, wie es schien, nicht ganz gleichgültig war ...

Wenige Minuten später war der Gedanke schon wieder verschwunden. Lupo hatte sich im Spiegel betrachtet, mit frisch rasierten Wangen, und hatte sich vorgestellt, wie sie hereinkam. Sie in seinem Badezimmer, auf der Suche nach Lockenwicklern und Wellenkämmen, dem weiblichen Rüstzeug, das er auf dem Kopf seiner Mutter gesehen hatte. Vielleicht war ihm die Vorstellung des Zusammenlebens ausgerechnet von dem Bild einer Frau in Morgenmantel und Pantoffeln, mit Lockenwicklern im Haar, auf immer verleidet worden. Oder, noch schlimmer, die Schizophrenie, die er als Kind miterleben hatte müssen. Ja, genau, Schizophrenie. Gegen Abend verwandelte sich die schlampige Hausfrau in eine elegante, geschminkte Dame, die sich in Erwartung ihres Mannes hübsch machte. Nicola war damals noch ein Kind. Er wohnte mit seinen geliebten Eltern in einem Palast aus dem 18. Jahrhundert hinter dem Teatro Massimo, im Zentrum Palermos. Damals war seine Mutter noch über beide Ohren in ihren Mann verliebt und hoffte, wenn schon nicht die einzige Frau ihres Mannes, so doch die Lieblingsfrau, die Ehefrau, die Mutter seines einzigen Sohnes zu sein. Ein paar Jahre später fand sie heraus, dass es noch weitere Lieblingsfrauen und vielleicht auch Kinder gab, die in jenen drei Tagen entstanden, die ihr Mann in seiner zweiten Kanzlei in Santo Stefano di Camastra verbrachte, oder während seiner häufigen Reisen nach Rom, wo er die Notariatskammer besuchte, deren Vorsitzender er war. Da hörte Donna Elvira auf sich umzuziehen, und hin und wieder setzte sie sich mit Lockenwicklern und im Morgenmantel, mit zerrissenen Strümpfen zum Abendessen, denn außer ihm, Nicola, der inzwischen ein junger Mann war, war niemand da. Don Rosario blieb immer öfter zum Abendessen im Circolo Unione. Dort waren Frauen nur an offiziellen Festtagen, zu Weihnachten, zu Ostern, am Jahrestag der Gründung und am Vorabend von Santa Rosalia, zugelassen. Bei diesen Gelegenheiten musste auch Nicola mitgehen. Im dunklen Anzug und mit Krawatte wurde er in den Salon der jungen Leute geschubst, wo die Söhne und Töchter der Mitglieder tanzten und sich verlobten. Nicola tanzte nicht und noch weniger verlobte er sich. Er litt schon seit geraumer Zeit unter der schleichenden Krankheit der Gleichgültigkeit in Liebesdingen, und deshalb stand er bei diesen Abenden, auf die sich seine Freunde und Schulgefährten so sehr freuten, immer am Rand. Am schlimmsten war es, wenn eine halbe Stunde vor dem Ende nur mehr langsame Schlager aufgelegt wurden und das Licht gedämpft wurde. Jetzt ging es darum, den Abend zu einem erfolgreichen Ende zu bringen. In der Mitte des Salons bildeten sich Pärchen, entlang der Wände standen die Unsicheren, die Ausgeschlossenen, die Hässlichen. Und er, der in seinem Inneren stolz die Entscheidung verteidigte, an dieser lächerlichen Komödie nicht teilzunehmen, musste das Feld räumen, bevor – was schon des Öfteren vorgekommen war – ein mehr oder weniger hässliches Mädchen, das von allen verschmäht wurde, sich ihm anbot und er Hals über Kopf die Flucht antreten musste.

Hin und wieder ging er auch mit seinem Vater in den Zirkel. Der Initiationsritus für die ungefähr fünfzehn, sechzehn Jahre alten männlichen Söhne bestand darin, an den Abenden der Väter teilzunehmen, ihren freizügigen, doppeldeutigen Gesprächen zu lauschen, den Erzählungen über erotische Heldentaten, die diese in der Heimat und anderswo begangen hatten und die vor allem in spontanen Eroberungen von Kellnerinnen und Stripteasetänzerinnen bestanden, denn über die echten Geliebten sprach man nicht in Anwesenheit der Söhne oder gar der ahnungslosen Ehemänner. Diese augenblinzelnden und oft sehr geschmacklosen Erzählungen waren eine Art sexueller Einführungsunterricht für die Sprösslinge der Palermitanischen Anwälte und Ärzte, und sie lachten, stießen sich mit dem Ellbogen an und gaben ebenfalls ein paar vulgäre Sprüche von sich.

Nicola hingegen wurde rot, schämte sich unweigerlich für sich, seinen Vater, seine Mutter. Und mehr oder weniger bewusst schwor er sich, dass er sich niemals in diesen Kreis der Heuchler mit ihrer Doppel- und Dreifachmoral hineinziehen lassen würde. Seinem Vater war sein kaum verhohlenes Missfallen nicht verborgen geblieben, und er hatte darauf mit typisch südlichem Sarkasmus reagiert: Du bist zu ernsthaft, zu anständig, denk daran, dass der Beste in der Schule der Schlechteste im Leben ist. Und wenn ein paar Klassenkameradinnen, denen er Nachhilfe in Philosophie gab, zu ihm nach Hause kamen, lag in seinen Augen eine Art Befremden und Mitleid. „Der Herr schickt einem Zahnlosen Brot", hatte er ihn sagen hören, und einmal hatte er sich mit seiner Frau besorgt darüber unterhalten, ob der Junge vielleicht nicht ein wenig schwul war. So war es also. Vor all dem war Nicola davongelaufen. Und wie es schien, lief er noch immer davon. Aber was für Gedanken, was für kleinbürgerliche Gedanken angesichts dessen, was gerade vor sich ging …

Seufzend hatte er einen perfekten Windsorknoten geknotet, da klopfte es plötzlich an der Tür. Während er hinging, fragte sich Nicola, ob er nicht lieber seine Waffe hätte einstecken sollen. Aber wozu? Um sich bei der erstbesten Gelegenheit einen Schusswechsel zu liefern? Wenn er sich an einem toten Punkt befand, wusste der Kommandant sehr gut, dass er sich an diesem Punkt befand, also weshalb sollte er ihn ausgerechnet jetzt erschießen? Die einzige Vorsichtsmaßnahme, die er nach reiflicher Überlegung traf, bestand darin, einen Blick auf den Bildschirm der Überwachungskamera am Türpfosten zu werfen. Es war Daria. Sie schien nervös zu sein, es gar nicht erwarten zu können, ihn zu sehen. Nicola spürte, wie er beinahe rot wurde. Wenn sie wüsste, was er gerade eben …

– Heute Nacht geht es los, sagte Daria, die wie ein unerwarteter Wirbelwind hereinstürmte. – Wir wissen, wo und wann sie zuschlagen werden. Und wie. Ich erkläre dir alles.

Neunter Teil

Das Theater der Angst

1.

Alissa kam um neun Uhr fünfundvierzig mit einem Air-France-Flug in Paris an. Eine Stunde später bezog sie eine Suite im Hôtel d'Aubuisson, am Rande des Quartier Latin. In einem Bistro auf der Place de la Nation aß sie mit Didier zu Mittag. Er erklärte ihr, wie und wo sie den Kontakt herstellen könnte, dann steckte er ihr eine Smith & Wesson Kaliber 33 mit kurzem Lauf und professionellem Schalldämpfer in die Tasche. Den ganzen Nachmittag ging sie auf der Faubourg-Saint-Honoré shoppen. Am Abend begab sie sich nach Belleville. Sie trug eine schwarze Perücke, eine verspiegelte Brille, Schuhe mit Absätzen, die sie mindestens sieben Zentimeter größer machten, einen beigefarbenen Trenchcoat, ein Hermèstuch. Inmitten der anderen Bobos, die die Lokale des Quartiers bevölkerten, ließ sie sich von einem angehenden Bühnenbildner mit gallischer Kinnlade und ungepflegten Haaren hofieren, und zu seiner großen Freude willigte sie ein, sich von ihm auf einem Spaziergang durch „das älteste volkstümliche Viertel von Paris, wo Paris *toujours Paris* ist" begleiten zu lassen. Der große, weißhaarige Typ, der der Beschreibung nach Serge war, saß in einer lauten Kneipe an einem Tisch. Er nippte an einem Bier, und neben ihm saß Guido. Er war abgemagert, trug einen ölverschmierten Mechanikeroverall und schien unendlich traurig zu sein. Sie überredete ihren Begleiter, in diesem Lokal, das *très branché* war, *un verre* zu trinken, und als Serge und Guido gingen, ließ sie ihnen ein paar Minuten Vorsprung, bevor sie den jungen Verführer stehen ließ und ihnen folgte. Guido hatte ihr beim Vorbeigehen nicht einmal einen Blick zugeworfen. Die Verkleidung funktionierte. Bald würde die Angelegenheit erledigt sein. Sie folgte ihnen über die ganze Rue de Belleville, dann in die Metro, wobei sie sehr darauf achtete, dass sie nicht auffiel. An der Station Tolbiac stiegen sie aus, gingen über die Brücke und betraten das Quartier. Die beiden vor ihr unterhielten sich angeregt. Sie hätte gerne gewusst, worüber sie sprachen, wagte aber nicht, sich noch weiter zu nähern. Es war auch egal … Schließlich umarmte Serge den Jungen, der in einem Haustor verschwand, einem von vielen auf der Rue de Tolbiac. Im zweiten Stock links ging in einem Zimmer Licht an. Serge blieb stehen und betrachtete die spärlichen nächtlichen Spaziergänger, dann ging er pfeifend weg. Alissa wartete noch eine Stunde, dann montierte sie den Schalldämpfer und ging los.

2.

Der Kommandant saß auf auf einer bequemen Chaiselongue und nippte an einem Single-Malt-Whisky: Bruichladdich *cask proof*, um genau zu sein. Im Hintergrund die herzzerreißende Arie *Tu che a Dio spiegasti l'ali* aus *Lucia di Lammermoor*, in der von Maestro Roberto Abbado dirigierten Version, nach der originalen Partitur mit Glasharmonika. Der x-te Tribut an den italienischen, europäischen Genius, an den Geist der einzigen und wahren Kultur, mit einem Wort. Der Koffer stand schon bereit. Das Flugzeug, das er für Kurzstrecken benutzte, wartete bereits auf einer Landebahn des allgemeinen Luftfahrtssektors auf dem Flughafen von Ciampino. Während er auf den Anruf wartete, in dem man ihm mitteilen würde, dass die Operation ausgeführt worden war, stellte sich der Kommandant den Ablauf in Realzeit vor.

2 Uhr. Mastino, Perro und Sottile erreichen das Lager. Sie befreien Refat von den Fesseln, injizieren ihm eine bestimmte Dosis eines Medikaments auf der Basis von Scopolamin und Adrenalin, verstärkt durch eine Psilocin-Tinktur, dann schnallen sie ihm einen Kamikazegürtel mit Tritolpaketen, Kabeln und Sprengkapsel um. Sottile macht einen Zweihundert-Watt-Scheinwerfer an und nimmt Refat mit einer alten Kamera auf: dem Kommandanten zufolge wäre es nämlich ein Fehler gewesen, ein moderneres Modell zu verwenden. Mastino drückt dem Araber die Proklamation in die Hand. Außerhalb des Bildfelds drückt ihm Perro die Pistole in den Nacken. Refat beginnt zu lesen, benommen von den Drogen. Nach den rituellen Hasstiraden auf den Westen und den Lobreden auf den bewaffneten Kampf erklärt er, dass er die ehrenvolle

Aufgabe hat, den Akt der Gerechtigkeit auszuführen, den sich die schiitischen Brüder aus dem Iran ausgedacht haben. Und er kündigt an, dass er sich binnen weniger Stunden mitten im Einkaufszentrum Porta di Roma in die Luft sprengen wird. Im selben Augenblick warten Rainer, Corvo und Inspektor Marco Ferri, die bereits im Einsatz sind, an Bord eines Autos mit zivilem Kennzeichen auf Mastinos Signal.

Die Operation war zu Ehren eines genialen jungen Mannes namens Jordan Mechner *Prince of Persia* genannt worden, der zwanzig Jahre zuvor ein gleichnamiges Videospiel erfunden hatte. Der Feind ist ein riesiger, mit einem bedrohlichen Schwert bewaffneter Araber, der sich in einem Märchenpalast voller Fallen und Fallgruben gemeinsam mit einer Horde von Fanatikern verschanzt, die bereit sind, sich zu opfern, damit der schreckliche Saladin die schöne Prinzessin heiraten kann, die sich derweil im goldenen Käfig ihrer Gemächer in Liebe nach einen jungen, edlen Krieger verzehrt.

2.25 Uhr. Das Video ist fertig. Mastino, Perro und Sottile setzen Refat in ein anderes Auto, ebenfalls mit zivilem Kennzeichen, und fahren in Richtung Kaufhaus. In einer Tasche transportieren sie Attentatspläne, Skizzen, Mappen, den Briefwechsel zwischen den beiden Brüdern und einem jungen Angehörigen der albanischen Mafia, der sich bereit erklärt hatte, gegen entsprechende Bezahlung eine gewisse Menge „noch funktionstüchtiges" Tritol abzugeben. Papierfetzen, die man gefunden hatte, als die Jungs in der improvisierten Moschee der Refat-Brüder aufgeräumt hatten. Im Inneren des Wagens sitzend ruft Mastino Corvo an. Die zweite Mannschaft bezieht Stellung.

Die beiden verrückten Refats hatten tatsächlich diesen Plan. Sie wollten sich in einem gut besuchten Kaufhaus gleich nach der

Öffnung in die Luft sprengen. Doch selbst wenn Salah der Affe ihnen keinen Tip gegeben hätte, wäre es ihnen nicht gelungen, denn der Albaner besaß, wie sie im Verlauf eines altmodisch geführten Verhörs herausgefunden hatten, kein einziges Gramm Sprengstoff. Er hatte vor abzukassieren und dann zu verschwinden. Die Refats waren einfach zwei Einfaltspinsel. Aber die Idee war zugleich einfach und genial. Und vor allem kam sie zur rechten Zeit. Und hier kam der *Prince of Persia* ins Spiel. Zwei Aspekte des Spiels faszinierten den Kommandanten nämlich in besonderer Weise: Erstens: Jordan Mechner bringt sein geniales Produkt 1989 auf den Markt, im Jahr des Mauerfalls. Seit diesem Augenblick ist nicht länger der russische Bär, der schon aufgrund seines Scheiterns zahm geworden war, der Feind, sondern der anmaßende, schreckliche Araber. Ein hervorragendes Gespür für Zeitgeist. Zweitens: auf einer cleveren Datei, die der ersten Ausgabe des Videospiels beigelegt war, wurden Tricks demonstriert, wie man einen billigen Sieg feierte, indem man die Levels übersprang und die Feinde massenweise ausrottete. Ein wunderbares Gespür für die wahre Natur des Spiels: Betrug.

2.45 Uhr: Die beiden Mannschaften treffen sich. Mastino bespricht noch einmal die letzten Details der Operation. Mit einer einvernehmlichen Geste bereiten sich die fünf Polizisten und der Gefangene auf die Inszenierung vor.

Betrug. Also Wahrheit. Die Agentur, die den Job in Auftrag gegeben hatte, hatte Interesse daran, die Diffamierungskampagne gegen das iranische Regime zu unterstützen. Die Regierung zögerte, wie es Politiker für gewöhnlich immer tun. Es bedurfte eines präzisen Signals, um sie in die Knie zu zwingen. Die Italiener galten als zuverlässige Partner. Zum Teil war der Krieg gegen Saddam einem gefälschten Dokument zu verdanken über Uranlieferungen aus dem Niger, das von entschlossenen Fälschern im Herzen Roms hergesellt worden war. Betrug, als Wahrheit. Obwohl die Agenten der Geheimdienste ihr Bestes gegeben hatten, wussten viele neutrale Beobachter – die UNO und die Franzosen, um nur ein paar zu erwähnen – sowie umsichtige Vertreter der öffentlichen Meinung von Anfang an, dass es sich um eine Fälschung handelte … und obwohl es auch an Beweisen und leidenschaftlichen Protesten nicht fehlte … hatte der Betrug letzten Endes funktioniert. Es war wie beim Videospiel *Prince of Persia:* man musste die Zwischenlevels überspringen und geheime Informationen nützen.

Die wahren Spieler verachteten derartige Abkürzungen. Die Sieger bildeten sich was darauf ein. Schließlich, als alle wussten, dass Saddam gar keine strategischen Waffen besaß und schon gar keine Bombe, war der Irak besetzt worden. Es gab keine glaubwürdigen Beweise, dass der Iran Selbstmordattentate im Westen in Auftrag gegeben hatte. Also musste man sie erfinden. Es würde funktionieren, genauso wie es im Fall von Bagdad und Basrah funktioniert hatte. Denn auch das war eine Möglichkeit, eine Wahrheit, die tatsächlich existierte, in einem freundlicheren Licht erscheinen zu lassen. Das Massaker war im Herzen des Islam. Es hatte keinen Sinn, Zeit mit Zwischenlevels zu vergeuden. Man musste das Herz finden und es herausreißen, bevor es zu spät war. Und vor allem erwies sich die Sache auch in ökonomischer Hinsicht als sehr viel versprechend. Vor allem in dieser Hinsicht.

Die vorerst letzte und gelungenste praktische Umsetzung der theoretischen Lehren Professor Wisniaskis war der Alarm, der von den Theoretikern der *shock economy* ausgegeben worden war. Alles wissen, dass Katastrophen, sowohl Naturkatastrophen als auch vom Menschen ausgelöste Kriege den Eliten Reichtum bescheren. Und alle nehmen das hin. Weil sie davon träumen, ein Teil der Elite zu sein. Das ist zutiefst in der menschlichen Natur verwurzelt. Weil wir den verschiedenen Naomi Kleins auf der ganzen Welt Informationen liefern und weil wir wollen, dass sie verbreitet werden. Sowie Jordan Mechner sich einen Spaß daraus gemacht hat, den intelligentesten Spielern, den *happy few*, zu erklären, wie man sein eigenes Spiel am besten austrickste.

3.15 Uhr. Die sechs Männer nähern sich dem Einkaufszentrum. Fünf davon schleudern den mit Drogen vollgepumpten Araber gegen eine Mauer und verpassen ihm einen Maschinengewehrsalve. Auf ein Zeichen Mastinos hin zieht Perro eine halbautomatische Makarov mit herausgefeilter Registriernummer und gefüllt mit Giulio-Fiocchi-Patronen, die aus einem Heeresmagazin gestohlen worden sind, und erledigt Inspektor Marco Ferri mit einem Schuss in die Stirn. Dann drückt man Refats Leiche die Waffe in die Hand, und Mastino alarmiert mit aufgeregter Stimme das Einsatzzentrum. Die erste ANSA-Nachricht geht um 3.50 Uhr hinaus. Ein Selbstmordattentäter ist aufgespürt worden: er hat sich im Einkaufszentrum Porta di Roma versteckt, um sich am Tag darauf mitten in der Menge in die Luft zu sprengen. Alle Medien dieses und des anderen Teils der Welt würden das Bild des zerfetzten Leichnams des Schiiten zeigen, der in Rom ein Blutbad anrichten wollte. Und Millionen, Milliarden Bürger auf dieser und auf der anderen Seite der Erde würden einen nicht zu unterdrückenden Schauer der Angst verspüren. Und sie würden einen Dank an die unsichtbaren Wächter der Sicherheit richten. Und sie würden bereit sein, wieder ein Stück ihrer illusorischen Freiheit zu opfern. Und das Theater der Angst hätte wieder einmal eine als Tragödie inszenierte Farce dargeboten, begleitet vom tosenden Applaus der ganzen Welt.

Der Kommandant war immer schon der Meinung gewesen, dass der 11. September ein richtig gutes Geschäft gewesen war. Denn es gehörten einige grundlose Gerüchte aus der Welt geschafft. Osama und seine Jungs hatten alles allein gemacht. Das war ihnen gelungen, weil man sie unterschätzt hatte. Man hatte sie unterschätzt, weil man den Grad der Wachsamkeit auf gefährliche Weise gesenkt hatte und die großen Nationen kaum noch Geld für Sicherheit ausgegeben hatten. Die Gerüchte über das angeblich jüdische Komplott, das Geheimnis des nie gefundenen Flugzeugs, der satanische Plan, von dem sich Internetfreaks nährten ... die übliche, bewährte Technik: nach allen Regeln der Kunst in Umlauf gesetzte Gerüchte. Sie gaben den Anschein von Dialektik. Seht ihr, wie demokratisch wir sind? Und in der Zwischenzeit kam es zu einer Wiederaufnahme. Einer energischen Wiederaufnahme, als Folge des heilsamen Schocks. Osama hatte alles allein gemacht, gewiss, aber wenn nicht, hätte man selbst auf etwas Ähnliches zurückgreifen müssen. Osama. Der auf beunruhigende Weise dem schrecklichen Kämpfer aus *Prince of Persia* ähnelte ... Mittlerweile war die Situation klar. Dank der neuen Form der Angst schloss sich der Kreis, der vor zwei Jahrhunderten mit der Französischen Revolution begonnen hatte, und die Welt nahm ihre Fahrt auf den alten Geleisen wieder auf. Osama war es auch zu verdanken, dass das radikale und demokratische Gedankengut an einem Tiefpunkt angelangt war. Und die Tradition nahm den Platz ein, den sie immer schon innehatte.

Der Kommandant war kein Söldner. Alissa log nicht, wenn sie über ihn sprach. Der Kommandant beanspruchte, den richtigen Platz in einer richtigen Welt einzunehmen. In einer geordneten.

Inzwischen war die Zeit vergangen, und er hatte noch kein Zeichen erhalten. Hatte es vielleicht irgendeinen Zwischenfall gegeben?

Das Handy klingelte.

– Hallo, mein Alter. Erkennst du mich? Ich habe den Eindruck, dass die Dinge nicht ganz so gelaufen sind, wie du es dir vorgestellt hast.

Als der Kommandant Lupos spöttische Stimme hörte, konnte er den Ärger nicht unterdrücken.

Das Glas ins seiner Hand flog gegen die Wand und zerbrach.

3.

Marco zitterte noch immer. Das Ganze hatte nur ganz kurz gedauert. Ein paar Minuten. Die sein Leben gerettet hatten. Endlich hatte er das Richtige getan. Auf der richtigen Seite. Die WUT war besiegt worden. Als er mit Mastino und den anderen ins Porta di Roma gekommen war, hatte er Daria gleich gesehen, die die zweiläufige Beretta mit beiden Händen hielt. Neben ihr standen die Kollegen von den Sondereinheiten, bis auf die Zähne bewaffnet. Mastino hatte eine Vollbremsung gemacht, starr vor Überraschung. So hatte ihn das grelle Licht der Lichtschranken erwischt, mit offenem Mund und weit aufgerissenen Augen. In diesem Augenblick war Lupo erschienen. Nur mit einem Megafon bewaffnet, mit einer kugelsicheren Weste über dem üblichen grauen Anzug hatte er Mastino und die Seinen aufgefordert, sich zu ergeben und die Waffen auszuhändigen. Angesichts der Tatsache, dass sie überrascht und eingekreist und in der Minderheit waren, hätten sie das auch tatsächlich tun sollen. Es wäre das einzig Richtige gewesen. Aber sie hatten es nicht getan. Sie waren aus den Autos gesprungen, mit den Maschinenpistolen im Anschlag, bereit zu kämpfen. Marco hatte sich auf den Befehl Lupos hin auf Refats Leiche gestürzt, um ihn zu beschützen. Er hatte gehört, wie ihm die Kugeln um den Kopf sausten. Er hatte gesehen, wie Rainer, Corvo, Sottile und schließlich Mastino fielen, der sich mit einem letzten Fluch um die eigene Achse gedreht hatte. Die Pistole Perros war nur einen Fingerbreit von ihm entfernt gewesen, sein hasserfülltes Gesicht, seine schrille Stimme: Der Kommandant hatte recht, dass er dich hatte umbringen wollen, du Verräter! Er hatte ihn mit einem Fußtritt entwaffnet, dann hatte ihn ein anderer kaltgemacht. Nein, Marco hatte nie gedacht, dass sie so viel Mut haben würden.

– Weil sie glaubten, hatte Lupo festgestellt. Der Kommandant ist kein Söldner. Nicht mehr als wir alle auf dieser Welt. Und er will, dass seine Männer Soldaten sind.

In seinen Worten schwang eine Bewunderung mit, die er nicht verbergen konnte.

Lupo hatte sich mit dem Tower in Verbindung gesetzt, um den Start des Flugzeugs, in dem der Kommandant saß, zu verhindern. Sie fuhren Richtung Ciampino. Marco wusste, dass der Epilog unmittelbar bevorstand. Er wusste, dass er jetzt für den Senegalesen, das Rauschgift, Hamid, für die Prügelei in der *Gay Street* und all die anderen brillanten Unternehmungen bezahlen würde müssen, und er war bereit. Seit er beschlossen hatte, das Richtige zu tun, fühlte er sich wie ein anderer Mensch. Und er hatte den Eindruck, dass die WUT auf immer und ewig verschwinden würde. Alles war gut gegangen. Nur die düstere Miene, die Lupo plötzlich aufgesetzt hatte, konnte er sich nicht erklären. Warum blickte er mit dieser finsteren Miene ins Leere? Hatten sie nicht eben einen infamen kriminellen Plan vereitelt?

Auch Daria machte sich Sorgen wegen Lupos Schweigen. Während der Vorbereitungsphase hatte ihr Chef im Bann einer derartigen frenetischen Euphorie gestanden, dass er fast nicht wiederzuerkennen war. Als sie ihm gesagt hatte, dass „ihr" Marco sich Mastinos Daten angeeignet und das ganze Szenario rekonstruiert hatte … als sie ihm die CD-Rom mit „der ganzen Geschichte, vom ersten bis zum letzten Wort" überreicht hatte, hatte Lupo sie umarmt und sogar geküsst.

– Improvisation. Fantasie. Genau das, was uns fehlt. Gelobt seiest du, meine Freundin. Alle Frauen seien gelobt. Wir armen Männer werden nie auf eurer Höhe sein.

Dann, als alles erledigt war und es nur noch darum ging, das Alphatier festzunehmen, als man eigentlich schon hätte anfangen sollen zu feiern: schlechte Laune, Schweigen, gerunzelte Stirn. Waren vielleicht die drei oder vier kurzen Telefongespräche daran schuld, die Lupo mit dem Rücken zu ihnen geführt hatte, um nicht gesehen zu werden, fünf Minuten, bevor er in den Dienstwagen eingestiegen war?

– Was?, hatte Daria mit einem Schauern gesagt, sicher, missverstanden worden zu sein.

– Refat ist in das Flugzeug gebracht worden, das ihn nach Hause, nach Marokko, bringen soll.

– Aber sie werden ihm an den Kragen gehen, sie ...

– Das ist nicht gesagt. Auf jeden Fall war es Teil der Abmachung.

– Was für eine Abmachung?

– Es gibt immer eine Abmachung.

– Wenn die Geschichte herauskommt, werden sich alle Journalisten fragen...

– Die Geschichte wird nicht herauskommen, Daria.

Marco wollte es gar nicht glauben. Dennoch war Lupos Erklärung eindeutig und überzeugend. Da das Ziel des Kommandanten darin bestanden hatte, mithilfe eines vorgetäuschten Attentats für Alarmbereitschaft zu sorgen, würde es keine Meldung über das vorgetäuschte Attentat geben. Keinen Alarm, Plan fehlgeschlagen. Die Inszenierung abgeblasen. Und ohne Komödie ist das Theater nur ein leerer, unnützer Raum.

Aber es gäbe noch eine andere Möglichkeit, protestierten Daria und Marco gleichzeitig. Die ganze Wahrheit sagen. Einen Prozess anstrengen. Das ganze Netzwerk offenlegen, das ...

– Sagen wir es so, Jungs: es gibt einen Haufen Leute, die noch nicht bereit sind für die Wahrheit.

– Da liegen fünf Leichen, erwiderte Marco, der am liebsten laut geschrieen hätte. Was sagen wir? Dass sie Selbstmord begangen haben?

– Es wäre besser, wenn sie sich ergeben hätten … wir könnten sagen, dass Kommissar Mastino und seine Männer in eine Falle von versprengten Elementen der Pilić-Bande, die das Massaker vor drei Monaten überlebt haben, gelockt worden sind … oder auch, dass ihre Autos in einen Unfall verwickelt wurden. Ein Brand ist ausgebrochen. Die Leichen sind entstellt und unkenntlich. Irgendwo gibt es einen Tankwagen voller Butan. Ein armer Teufel hat ihn geklaut und ist in das Auto der fünf tapferen Jungs von der Anti-Terror-Truppe gekracht.

– Und was ist mit dem Kommandanten?

Diese Frage lag schwer auf ihrem Schweigen, bis sie Ciampino erreichten. Der Kommandant, der von zwei bewaffneten Bodyguards bewacht wurde, stand am Rande der Landebahn, gegenüber dem Gebäude der allgemeinen Luftfahrt, ungefähr fünfzig, vielleicht sechzig Meter von einem Learjet mit laufendem Motor entfernt. Als er sie kommen sah, schlug er mit spöttischer Geste den Mantel auf. Seht ihr? Ich bin unbewaffnet … Lupo gab Daria und Marco den Befehl, sich nicht von der Stelle zu rühren. Wäre jemand neben ihm über das Rollfeld gegangen, hätte er gehört, wie er leise, bitter sagte: „Genau wie der Trottel am Ende von *Casablanca*" …

Die beiden Männer begrüßten sich und fingen eine Unterhaltung an. Der Kommandant deutete spöttisch eine Verbeugung an. Lupo zuckte mit den Achseln, wie resigniert. Der Kommandant zündete sich eine Zigarette an. Lupo zeigte auf einen Punkt in der Ferne, auf die Hügel im Hintergrund, die im Licht des Morgengrauens purpurfarben glühten. Der Kommandant wählte eine Nummer am Handy, und nach einem kurzen Wortwechsel gab er Lupo das Telefon. Lupo hörte ein paar Sekunden lang zu, dann gab er es zurück. Der Kommandant schlug militärisch die Hacken zusammen und stieg ins Flugzeug. Während das Flugzeug abhob, warf Lupo seinen Mitarbeitern einen wütenden Blick zu.

– Der Erste, der auch nur ein Wort sagt, wird nie mehr mit mir zusammen arbeiten …

4.

Drei Tage später, als Marco sein neues Büro in der Sektion Inneres bezog, die Veteranen ihn willkommen hießen und mit einem Prosecco um drei Euro fünfzig auf ihn anstießen, betraten Daria und Lupo ein Wohnhaus im Pariser Stadtviertel Marais, wo sich hinter der unauffälligen Fassade einer Handelsfirma ein ausgelagertes Büro der französischen Anti-Terror-Einheit fand. Sie wurden von einem kleinen jungen Mann, mit dicken Brillengläsern und dem Aussehen eines Universitätsassistenten, empfangen, der infolge einer Überdosis Bürokram früh ergraut war. Leibniz stand auf und drückte Lupo schwungvoll die Hand, wobei er Daria einen bewundernden Blick zuwarf.

– Professor Spinoza lässt Sie herzlich grüßen, Doktor Lupo.

– Lassen Sie ihn ebenfalls herzlich grüßen, Doktor Leibniz. Und ich hoffe, wir werden gemeinsam einen Ausweg aus dieser ... einzigartigen Situation finden.

– Gewiss. Es passiert einem ja nicht jeden Tag, dass man einen Toten festnimmt.

Im Keller des Gebäudes, in einer kahlen, schalldichten Zelle rieb sich Guido das Handgelenk, das er sich bei dem Handgemenge in Tolbiac verstaucht hatte. Die Hand, mit der er Rossanas Hand gepackt und die Flugbahn des Projektils abgelenkt hatte, das ihm sonst die Brust durchschlagen hätte. Als sie zwei Nächte davor aufgetaucht war, war Guido bereits auf die Begegnung vorbereitet gewesen. Inzwischen hatte er verstanden, dass es nur eine mögliche Erklärung für das Vorgefallene gab, und das war die Erklärung des Barons. Ein tiefes Unbehagen hatte sich seiner bemächtigt. Er hatte beschlossen aufzugeben. Sollten sie ihn doch schnappen. Sollten sie ihn doch umbringen. Er hatte alles falsch gemacht. Und es gab keinen Ausweg. Aber als er sie vor sich gesehen und sich einen Augenblick lang in ihren kalten Augen gespiegelt hatte, in denen er sogar einen Anflug von Verachtung gesehen hatte, war eine dumpfe Wut an die Stelle der Resignation getreten. Eine Art Wut, von der er sich nie hätte vorstellen können, sie zu besitzen.

– Ich bringe dich um, hatte er geschrien und sich auf sie gestürzt.

Der Angriff hatte sie überrascht, und der kurze Augenblick des Zögerns hatte ihm ermöglicht, sie zu überwältigen. Sie hatten gekämpft. Als es ihm gelungen war, die Waffe auf ihre Brust zu richten … als er sie ihr hätte entreißen und weggehen können … und sie gehen lassen … hätte können … hatte ihn die neue Wut, die in seinem Inneren brodelte, angestachelt, den Abzug zu drücken. Anders gesagt, er hatte sie vorsätzlich getötet. Und er bereute nicht, es getan zu haben. Immerhin hatte sie ihm nicht mehr und nicht weniger als das Leben genommen.

Die Tür zur Zelle ging auf. Der Baron und die Frau, die ihn für gewöhnlich begleitete, kamen herein. Mit herausforderndem Blick und sarkastischem Lächeln sagte Guido:

– Ich bin bereit, zu Ihrem Lebenslänglich, Baron.

Aber der Baron hatte keine Lust auf Spielchen. Und sein Gesichtsausdruck war schrecklich ernst, als er ihm einen italienischen Pass mit seinem Foto und einem unbekannten Namen reichte.

– Das Leben, das sie Ihnen genommen haben, kann ich Ihnen nicht zurückgeben. Tut mir leid. Aber ich kann Ihnen ein anderes geben.

– Wer ist dieser Guido Arnese?

– Ein anständiger Junge. Er hatte ähnliche Ideen wie Sie. Er ist zu früh gestorben, um ihren Untergang mitzuerleben. Er wäre glücklich, wenn er wüsste, dass Sie an seine Stelle treten.

Guido drehte und wendete das Dokument in den Händen. Es schien echt zu sein.

– Was für einen Beruf hatte er?

– Es wird Ihnen seltsam erscheinen, aber er war Arbeiter.

Eigentlich, dachte Guido, ist es ein Mandala, das vervollständigt wird. Die Herkunft war ausradiert. Die Erbsünde getilgt. Das Bürgersöhnchen war ausgerechnet in einem Arbeiter auferstanden.

– Serge?

– Es wird keine Konsequenzen geben, für niemanden.

– Nicht einmal für … Rossana?

– Jemand hat sich um sie gekümmert. Ach, Sie wollen wissen, ob sie tot ist. Nein, sieht nicht so aus. Oder zumindest noch nicht.

– Und Flavio?

– Sobald Sie entschieden haben, was Sie mit Ihrer Zukunft machen, können Sie Kontakt zu ihm aufnehmen. Sofern sie ihn nicht hinter die Gitter des Hotel Regina zurückgeschickt haben. Sie sollten ihm aber sagen, dass er sich mit den Joints ein wenig zurückhalten sollte.

– Meine Zukunft …, hatte Guido bitter gesagt.

Lupo lächelte.

– Ich kann Ihnen auf völlig offiziellem Weg eine kleine Wiedergutmachung zukommen lassen. Genug, um eine Zeit lang auszukommen, um sich umzusehen, mit einem Wort …

– Ich will Ihr Geld nicht!

Lupo und Daria warfen sich einen viel sagenden Blick zu. Was hatte ich dir gesagt? So ist er nun mal. Ein junger Idiot, der sehr, sehr viel Glück hatte. Sie gingen, ohne die Tür zu schließen. Als sie den engen Gang zur Hälfte zurückgelegt hatten, kam ihnen der Junge nachgelaufen.

– Danke, Baron.

Lupo nickte, drückte dem Jungen die Hand und drehte ihm endgültig den Rücken zu.

Alissa kam langsam zu Bewusstsein. Vor den vergitterten Fenstern des Cottages fielen die schrägen Sonnenstrahlen auf die grünen Hügel Connecticuts. Mit wenigen nüchternen Worten teilte ihr der Kommandant mit, was geschehen war. Sie hatten eine Runde verloren, aber das Match war noch nicht entschieden, Dann bückte er sich und streichelte ihr mit einer unüblichen Geste das Gesicht.

Alissa ergriff seine Hand, als wolle sie sie für immer festhalten. Sie wusste weder, wo sie war, noch wie sie hier hergekommen war, aber sie fühlte sich zu Hause.

Epilog

Ein paar Stunden später saßen Lupo und Daria in einem Café auf der Place de l'Odéon. Lupo dachte, wenn er wirklich so konsequent wäre, wie er sich zu sein rühmte, hätte er seinen Abschied einreichen müssen. Angesichts der Querschüsse der hohen Tiere, die das Netzwerk der Kriegstreiber protegierten, und der Unentschlossenheit der Demokraten hatte sich die Gelegenheit, dem Kommandanten das Handwerk zu legen, in Luft aufgelöst. Wenn er bis zuletzt konsequent gewesen wäre, hätte er alles auffliegen lassen müssen. Er hätte kündigen und den Richtern das ganze Material aushändigen müssen. Er hätte, er hätte ... aber er würde es nicht tun. Lupo kannte die Niederungen der Justiz viel zu gut, um sich Illusionen zu machen. Mastino und die anderen waren lieber gestorben, als sich zu ergeben, also konnte er sie nicht gegen ihren Chef ausspielen. Der Kommandant wäre in ein Land geflüchtet, das seiner Auslieferung nie zugestimmt hätte. Die ganze Sache wäre in den Prozessordnungen versandet. Die Wahrheit wäre unter einer Lawine juristischer Haarspaltereien verschüttet worden. Letzten Endes hätten die Gegner das Spiel gewonnen. Und die Wisniaski-Regel hätte triumphiert: eine Wahrheit, die wahrer als wahr war, wäre in den Augen aller zu einem mittelmäßigen Spionageroman verkommen. Aber mehr als alles andere überzeugte ihn die Tatsache, dass der schmutzige Krieg eine Sache für Profis war. Besser sie auf der einen und wir auf der anderen Seite. Im Interesse aller.

In dieser Sache waren er und der Kommandant derselben Meinung. Von diesem Widerspruch würde er sich nie befreien können. Aber für Erste hatte er beschlossen, sich einen Urlaub zu gönnen. Es war ein kalter Oktoberabend in Paris, der einem Lust machte, sich in ein Hotel zu flüchten, unter warme Decken zu kriechen, in ein Bett, das man mit einem weichen, warmen Körper teilen konnte. Bei der fünften oder sechsten Runde hatte der schnurrbärtige Kellner beschlossen, die Flasche auf dem Tisch stehen zu lassen. Lupo nahm den letzten Schluck Calvados und beugte sich zu Daria. Sie achtete gerade nicht auf ihn. Lupo wartete darauf, dass sich ihre Blicke kreuzten.

Inhalt

Prolog 5

Erster Teil
Marco 13

Zweiter Teil
Rossana 29

Dritter Teil
Lupo 57

Vierter Teil
Der Kommandant 95

Fünfter Teil
Guido 121

Sechster Teil
Alissa und Rossana 147

Siebter Teil
Alle auf die Bühne! 166

Achter Teil
Vorhang! 199

Neunter Teil
Das Theater der Angst 225

Epilog 241

Giancarlo De Cataldo, geboren 1956 in Taranto. Lebt und arbeitet als Richter am Berufungsgericht in Rom. Er hat zahlreiche erfolgreiche Romane, Erzählungen und Drehbücher verfasst, ist ständiger Mitarbeiter großer italienischer Tageszeitungen und Herausgeber von Krimianthologien.
Bei Folio erschienen bisher die Mafiathriller *Romanzo Criminale* (2010) und *Schmutzige Hände* (2011).

Mimmo Rafele ist einer der erfolgreichsten Drehbuchautoren Italiens. Er hat u. a. mit Bernardo Bertolucci, Giuseppe Bertolucci und Gianni Amelio zusammengearbeitet. Er hat Drehbücher zur Fernsehserie *Allein gegen die Mafia* verfasst sowie gemeinsam mit De Cataldo das Drehbuch zum Film *Paolo Borsellino*, über den Staatsanwalt, der einem Anschlag der Mafia zum Opfer fiel.